Joanna Wolfe

KÜSS MICH UNTERM WINTERMOND

DIE AUTORIN

Joanna Wolfe reiste mit einer Band durch die USA und Europa und schwärmt vom hohen Norden, solange sie denken kann. Mit Wölfen verbindet sie eine »Seelenverwandtschaft«. Sie verbringt zahlreiche Monate des Jahres in Alaska und Kanada und lebt die restliche Zeit des Jahres in Chicago und Frankfurt am Main. Unter anderen Namen hat sich die weit gereiste Autorin bereits mit Spannungsromanen und gefühlvollen Liebesgeschichten einen Namen gemacht.

Von der Autorin ist außerdem bei cbt erschienen:

Küss mich unterm Nordlicht (31004)
Küsse wie Schneeflocken (31119)

JOANNA WOLFE

KÜSS MICH UNTERM WINTERMOND

cbt

Dieses Buch ist auch als E-Book erhältlich.

MIX
Papier aus verantwortungsvollen Quellen
FSC® C014496

Verlagsgruppe Random House FSC® N001967

1. Auflage 2018
Originalausgabe November 2018

Umschlaggestaltung: Kathrin Schüler, Berlin
Umschlagmotive: © Gettyimages / Westend61; Photocase.de / bit.it
MI · Herstellung: eR
Satz und Druck: GGP Media GmbH, Pößneck
ISBN: 978-3-570-31194-3
Printed in Germany

www.cbj-verlag.de

1

Annie hatte das Gefühl, beobachtet zu werden, als sie Rebel auf den Hügelkamm trieb. Sie griff dem Pferd in die Zügel und blickte sich aufmerksam um. Vor einigen Tagen hatten sie und ihr Vater einen Grizzly am Flussufer gesehen und auch einige Wölfe sollten sich in der näheren Umgebung herumtreiben. Obwohl sie den Menschen gewöhnlich aus dem Weg gingen, war erhöhte Vorsicht geboten. Sie gerieten in Panik, wenn man sie überraschte oder aus der Ruhe schreckte. »Easy, Rebel!«, beruhigte sie den Schecken.

Ihr Pferd entspannte sich und ließ erkennen, dass ihm keine ungewöhnliche Witterung in die Nüstern stieg. »Hab ich's nicht gesagt?«, rief sie ihm zu. »Ich sehe schon Gespenster. Ich brauche dringend ein paar Monate Pause.«

Sie stützte sich mit beiden Händen auf das Sattelhorn und blickte über die Wälder hinweg nach Westen.

Dichte Nebelschwaden hingen über den Fichten und leuchteten im Abendrot. Der Lost River, ein schmaler Nebenfluss des Fraser River, zog sich wie ein leuchtendes Band durch das Tal unterhalb der Hügelkämme und verlor sich zwischen einigen Felsen. Zwei Elche standen am jenseitigen Ufer im Gestrüpp und zupften daran. Sie hätten sich bestimmt davongemacht, wenn ein Grizzly oder Wölfe in der Nähe gewesen wären.

Die Hügel oberhalb des Flusses gehörten zu ihren Lieblingsplätzen auf der elterlichen Lodge und waren ein unverzichtbarer Teil der Ausritte, die sie mit den Gästen unternahm. Vor einigen Tagen war sie mit einem texanischen Ehepaar, das zwei Wochen auf ihrer Lodge verbracht hatte, auf den Hügeln gewesen und hatte von ihnen das schönste Kompliment gehört, das man von einem Texaner bekommen konnte. »Nun sieh dir das an, Schätzchen!«, hatte der Mann zu seiner Frau gesagt. »Hier ist es fast so schön wie in San Antonio. Okay, wir haben den Alamo und den Riverwalk, aber das hier schlägt alles.«

Annie beobachtete, wie sich die beiden Elche zwischen die Bäume zurückzogen, und genoss die letzten Sonnenstrahlen. Sie trennte sich nur ungern von ihrer Heimat. Umso näher ihr Abreisetag rückte, desto nervöser wurde sie. In nicht einmal zwölf Stunden würde ihre Clique sie mit dem alten Wohnmobil abholen und nach Kalifornien entführen, vielleicht sogar nach

Mexiko, das wollten sie unterwegs entscheiden. »Urlaub vor dem Ernst des Lebens«, hatte Simon es genannt, der Typ, mit dem sie zum Abschlussball gegangen war. Noch einmal durchpusten, bevor sie zur Uni oder aufs College gingen oder einen Job annahmen. Ein halbes Jahr wollten sie unterwegs sein.

Ein lautes Knacken, als wäre jemand auf trockenes Holz getreten, ließ sie zum Waldrand blicken. Ihr Schecke begann, nervös zu tänzeln. Sie glaubte einen dunklen Schatten zwischen den Bäumen zu sehen, doch als sie genauer hinblickte, war er nicht mehr zu erkennen. Wahrscheinlich die Elche oder irgendein anderes Tier. Auf keinen Fall ein Raubtier, sonst hätten sich die Elche nicht so behäbig bewegt, und Rebel wäre wesentlich nervöser gewesen.

Sie tätschelte ihrem Schecken den Hals und redete eine Weile beruhigend auf ihn ein. Seit einem Unfall, der ihn beinahe das Leben gekostet hätte, war er besonders empfindsam. Außer ihr und vielleicht ihrem Vater hätte er niemand auf seinen Rücken gelassen. Sie würde Rebel vermissen, ihren Schecken, ihre Eltern, ihre Freunde und Bekannten und die vertraute Umgebung. Wie oft hatte sie während der vergangenen Wochen beschlossen, nach einer plausiblen Ausrede zu suchen und die Reise abzusagen, doch auch ihr Wunsch, neue Erfahrungen in einer vollkommen anderen Umgebung zu sammeln, war groß und ließ sie immer wieder zögern.

Sie brachte Simon Taylor keine besonderen Gefühle entgegen, und allein wäre sie bestimmt nicht mit ihm auf große Fahrt gegangen, aber außer ihm waren noch ein Pärchen, ein Junge und zwei andere Mädchen dabei. Sie spielte sogar mit dem Gedanken, sich in Monterey von den anderen zu trennen und eine Bleibe in Big Sur zu suchen. Die traumhafte Küstenlandschaft am Highway One kannte sie aus Büchern und Filmen.

Immer noch mit einem mulmigen Gefühl im Magen lenkte sie den Schecken vom Hügelkamm. Im leichten Trab ritt sie über das Grasland nach Osten zurück. In British Columbia, der im äußersten Westen von Kanada gelegenen Provinz, war bereits der Herbst eingezogen. Das Gras war braun, die Laubbäume verloren ihre Blätter. Im Sommer verzauberte ein farbenprächtiger Blumenteppich die Ebene. Ihre Lodge lag einige Kilometer nördlich vom Yellowhead Highway, in den Ausläufern der Rainbow Range und in unmittelbarer Nähe des Mount Robson, einem beinahe viertausend Meter hohen Bergriesen, der sich in majestätischer Pracht aus dem Land erhob. Wie so oft lag sein Gipfel auch an diesem Abend hinter nebligem Dunst verborgen.

Annie hatte einen arbeitsreichen Sommer hinter sich. Nach dem Abschlussball in der Secondary School war sie auf der Lodge geblieben und hatte ihren Eltern geholfen. Obwohl sie weniger Gäste als im Vorjahr gehabt hatten, war die Arbeit nicht weniger geworden. Sie war mit den Gästen ausgeritten und gewandert, hatte sich zusammen mit dem alten Walker um die Pferde gekümmert und war beim Errichten neuer Zäune dabei gewesen. Die Lodge kam langsam in die Jahre. Walker hatte eigentlich einen unaussprechlichen polnischen Namen und sich der Einfachheit halber den Namen des Texas Rangers aus der gleichnamigen TV-Serie gegeben, die er sich jede Nacht in einem obskuren Kabelkanal ansah. Er stammte tatsächlich aus Texas und besaß einige Unterlagen und Zeitungsberichte, die bewiesen, dass er auch bei der legendären Polizeitruppe gewesen war. Doch seine große Zeit war lange vorbei und er begnügte sich inzwischen mit dem Aushilfsjob auf der Lodge.

Die Sonne war schon beinahe hinter den Bäumen verschwunden, als das Haupthaus in der Ferne auftauchte, ein zweistöckiges Blockhaus am Ufer des Lost Lake, von dessen Veranda man bei gutem Wetter einen herrlichen Ausblick auf den Mount Robson hatte. Das knallrote Giebeldach leuchtete im Abendrot noch intensiver und passte nicht so recht zum Namen der Lodge, der auf einem eher unscheinbaren Schild neben dem Eingang zu lesen war: Rainbow Lodge. Gegenüber dem Blockhaus lagen ein Stall, das Schlafhaus, in dem Walker und andere Angestellte schliefen, ein Schuppen und eine Koppel, auf der mehrere Pferde weideten. Die Tiere hatten Rebel längst bemerkt und wieherten erwartungsvoll. Walker war nirgendwo zu entdecken.

Sie ließ ihr Pferd in einen gemächlichen Schritt fallen und blickte verwundert auf die Scheinwerfer eines Pick-ups, der ungewöhnlich rasant über die Schotterstraße vom Highway gefahren kam. Selbst im schwachen Licht der untergehenden Sonne erkannte sie, dass es sich um den Wagen ihrer Eltern handelte. Sie waren in Prince George gewesen, um bei der Lodging Association über neue Werbemaßnahmen und mit der Bank über einen neuen Kredit zu verhandeln. Ohne Kredite überlebten nur wenige Ranches und Lodges.

»Das sind Mom und Dad«, sagte sie zu Rebel. Wie die meisten Cowboys und Cowgirls sprach sie mit ihrem Pferd, wenn sie allein war. Als passable Barrel Racerin hatte sie schon bei zahlreichen Rodeos mitgemacht, jedoch ohne einen der begehrten Pokale und Geldpreise zu gewinnen. Das hatte sie nur als Musherin mit ihrem Hundeschlitten geschafft. Eines der Junior Races hatte sie sogar gewonnen. »Ich möchte mal wissen, warum sie es so eilig haben.«

Sie stieß dem Schecken die Absätze in die Seite und erreichte die Lodge nur wenige Minuten nach ihren Eltern. Walker trat aus dem Schuppen, sah auf den ersten Blick, wie besorgt sie war, und bot ihr an, sich um ihr Pferd zu kümmern. Sie nahm dankbar an, reichte ihm die Zügel und betrat das Haus.

Ihre Eltern standen noch in ihren Anoraks in der Wohnküche. Ihre Mutter hatte Kaffee aufgesetzt, ihr

Vater holte zwei Becher aus dem Schrank und ließ sich erschöpft auf einen der Stühle fallen. Obwohl nur das kleine Licht über dem Herd brannte, sah Annie, dass ihr Mutter geweint hatte und ihr Vater zumindest nahe daran gewesen war. Walter Baldwin gehörte zu den Männern, die sich immer noch schämten, ihre Gefühle offen zu zeigen, ein »Cowboy der alten Schule«, machte er sich über sich selbst lustig. Dabei hatte sie ihn mehrmals dabei erwischt, wie er kitschige Romanzen im Fernsehen verfolgte.

»Was ist passiert?«, fragte Annie besorgt.

Lisa Baldwin war nicht das »Heimchen am Herd«, wie es viele von der Frau eines angeblich harten Mannes wie Walter Baldwin erwartet hätten. Sie war auf einer Ranch bei Williams Lake aufgewachsen, hatte mit Rindern und später sogar mit Büffeln gearbeitet und zweimal im Jahr beim Zusammentrieb geholfen. Sie brachte so schnell nichts aus der Ruhe. »Die Bank hat uns den Kredit verweigert«, sagte sie mit ungewohnter Grabesstimme. »Wir sind pleite.«

»Pleite? Habt ihr denn keine Reserven?«

»Natürlich haben wir die«, erwiderte ihre Mutter, »und wenn wir unsere Winterjobs bekommen, brauchen wir uns auch keine Sorgen zu machen.« Während der langen Winter fuhr ihr Vater einen Schneeräumer und ihre Mutter half in einem Andenkenladen in Valemount aus. »Aber um mit der Lodge über den Winter zu kommen und vor allem um die nötigen Investitionen für die nächste Saison zu tätigen, brauchen wir eine größere Summe.«

»Und wenn ihr es mit einem niedrigeren Betrag versucht?«

»Das haben wir getan«, warf ihr Vater ein, »aber ich glaube, die hätten uns nicht mal hundert Dollar gegeben. Es wäre nichts Persönliches, nur wäre das Touristikangebot am Yellowhead Highway inzwischen so vielseitig, dass es kaum noch eine Zukunft für eine kleine Lodge wie unsere geben könnte.« Seine Stimme nahm einen verächtlichen Klang an. »Er würde uns aber dabei helfen, die Lodge möglichst gewinnbringend zu verkaufen. Wahrscheinlich hat er schon ein Angebot von dieser Superlodge am Fraser River auf dem Tisch.« Die Robson Wellness Lodge lockte mit einem überdachten Pool, einer Sauna, einem attraktiven Unterhaltungsprogramm und abendlichen Sterne-Menüs.

»Habt ihr es bei einer anderen Bank versucht?«

»Uns gibt keiner mehr was«, sagte ihr Vater, »und irgendwie haben sie sogar recht. Die Einnahmen im Sommer reichen nicht aus. Aber wie sollen wir unsere Lodge attraktiver gestalten, wenn wir kein Geld mehr für Investitionen bekommen?«

Ihre Mutter schenkte Kaffee ein und reichte auch Annie einen Becher. »Wir können nicht verkaufen«, sagte sie, während sie sich setzte. Sie wirkte inzwischen etwas gefasster. »Die Lodge ist alles, was wir haben. Unser Traum von einem erfüllten Leben. Die Freiheit, die Tiere, die Begegnungen mit den Menschen, die zu uns kommen … es muss doch einen Weg geben, das alles zu erhalten.« Sie blickte ihren Mann an, als wüsste er eine Antwort.

Stattdessen antwortete Annie: »Das wird schon wieder, Mom. Die Bank hat recht, es sieht nicht gerade gut aus, seitdem die Robson Wellness Lodge mit ihren Pools und ihren vielen anderen Extras lockt. Aber warum sollten wir deswegen pleitegehen? Die meisten Urlauber, die nach Kanada kommen, wollen doch die unverfälschte Wildnis erleben. Habt ihr nicht die Umfragen gelesen? Wandern, Reiten und Rafting, im Buschflieger über den Mount Robson und die Gletscher in den Nationalparks fliegen, das wollen die Leute. Wir müssen ihnen das geben, was sie in der Superlodge nicht bekommen.«

»Das haben wir doch schon im Spätsommer vergeblich versucht«, sagte ihre Mutter. »Sobald die Wellness Lodge eröffnet hatte, sprangen uns die Gäste ab.« Sie trank einen Schluck von ihrem Kaffee. »Ich bin mir immer noch sicher, dass sich das wieder legen wird, und habe nicht einmal im Traum daran gedacht, dass die Bank den Glauben an uns verlieren und uns einen Kredit verweigern könnte.«

»Wer weiß?« Ihr Vater wurde schnell wütend und

reagierte öfter übertrieben emotional, wie es einige seiner Freunde formulierten. »Vielleicht haben diese Wellness-Heinis ihre Finger im Spiel und die Banken angewiesen, uns den Geldhahn abzudrehen. Die Lodge gehört zu einem großen Konzern, der hat sicher einige Power. Man könnte glauben, die seien auf unser Land scharf.«

»Auf unsere Lodge?« Ihre Mutter schüttelte den Kopf. »Was wollen sie denn damit? Die haben doch am Fraser River alles, was sie brauchen. Und mit den Veranstaltern in den Nationalparks handeln sie sicher beste Bedingungen aus.« Sie schniefte leise. »Was sollen wir bloß machen, Walter?«

»Uns fällt schon etwas ein«, sagte er. Er klang nicht sehr optimistisch.

»Unter den Umständen bleibe ich natürlich hier«, entschied Annie. Sie versuchte, ihrer Stimme einen festen Klang zu geben. »Ich finde sicher einen Job, der uns ein paar Tausender zusätzlich einbringt. Ich könnte bei den Husky-Leuten in Jasper als Musherin anheuern. Oder in einem Lokal arbeiten.«

»Kommt nicht infrage!«, mischte sich ihre Mutter ein. »So gerne ich dich um mich habe, aber du freust dich seit drei Monaten auf diesen Trip, und wir denken gar nicht daran, dir diese Fahrt zu verderben. Stimmt doch, Walter, oder?«

Ihr Vater klang genauso entschieden wie sie. »Das ist

ganz allein unsere Sache, Annie! Wir wissen, wie gerne du mit unseren Gästen über die Bergwiesen reitest, aber dich trifft keine Schuld an unseren Problemen, und wir werden den Teufel tun und dich für unsere Zwecke einspannen. Wir kommen schon irgendwie zurecht. Wer weiß? Wenn wir alles noch mal durchrechnen und der Bank neue Zahlen vorlegen, gewähren sie uns vielleicht doch noch einen Kredit. Wenn wir ihnen klarmachen, dass wir eine echte Alternative zu der Wellness Lodge darstellen und genug Gäste anziehen ...« Er klang nicht sehr zuversichtlich. »Wenn wir genug Reservierungen vorweisen können ... es haben sich schon einige Gäste angekündigt. Ein Ehepaar aus Seattle ...«

»Ich muss nicht nach Kalifornien reisen, Dad.«

»Wir bestehen darauf, Annie. Auch ich habe dich gern um mich, aber es wird höchste Zeit, dass du mal hier rauskommst und dir den Wind um die Nase wehen lässt. Du hast in letzter Zeit viel gearbeitet, in der Schule und hier auf der Lodge. Lass dir in Kalifornien die Sonne auf den Bauch scheinen. Du musst ausgeruht sein, wenn du an der Uni anfängst. Genieße deine Auszeit.«

»Aber Dad ...«

»Keine Widerrede!« Er lächelte aufmunternd. »Es ist alles nicht so dramatisch, wie es sich anhört. Natürlich sind wir erst mal ein wenig unter Schock, das wäre wohl jeder, der sich von seinem Banker sagen lassen muss, dass er kein Geld mehr bekommt. Aber deine Mutter und ich haben schon ganz andere Probleme gemeistert.« Er blickte seine Frau an. »Weißt du noch? Als einer unserer Gäste von einem Grizzly angegriffen und schwer verletzt wurde, stornierten so viele Leute ihre Reservierungen, dass wir an unsere eisernen Reserven ranmussten. Da spielte es auch keine Rolle, dass der Mann unsere Warnungen in den Wind geschlagen und sich dem Grizzly auf leichtsinnige Weise genähert hatte. Es war auf unserem Land passiert, und die meisten Leute hatten Angst, dass ihnen Ähnliches widerfahren würde, wenn sie ihre Ferien bei uns verbrachten.«

Ihre Mutter reichte über den Tisch und griff nach ihrer Hand. »Mach dir keine Sorgen, Annie! Wir schaffen das! So leicht lassen wir uns nicht unterkriegen.« Sie lächelte tapfer. »Wann kommt Simon dich morgen abholen?«

»Um acht Uhr früh.«

»Dann frühstücken wir noch zusammen, okay? Sag mir, wenn du Hilfe beim Packen brauchst. Und vergiss nicht, deinen neuen Bikini mitzunehmen.«

Jetzt lächelte auch Annie. »Ich war noch nie im Meer baden.«

»Dann wird's höchste Zeit, oder?«

Obwohl der Gedanke an Sonne, Strand und Palmen verlockend war, fand Annie an diesem Abend nicht in den Schlaf. Zu groß waren die Probleme, die ihre Eltern nach dem abgelehnten Kredit zu überwinden hatten. Selbst wenn sie einen Weg fanden, den drohenden Bankrott zu verhindern, würde es einige Jahre dauern, wieder in die Spur zu kommen. Sie kam sich wie eine Verräterin vor. Wie konnte sie sich in Kalifornien am Strand vergnügen, wenn ihre Eltern den ganzen Winter schuften mussten und versuchten, die Lodge zu retten? Die Lage war dramatisch, daran änderten auch ihre Beteuerungen nichts.

»Ich kann das nicht«, sagte sie, »ich kann es einfach nicht.«

Sie schaltete die Nachttischlampe ein und stieg aus dem Bett. Barfuß ging sie zum Fenster. Der Nebel hatte sich verzogen und ein ungewöhnlich klarer Sternenhimmel spannte sich über den Wäldern. Das silberne Licht verlieh dem Land einen magischen Glanz und ließ selbst die schroffen Berge im Norden verlockend erscheinen. Den Mount Robson konnte sie von ihrem Fenster aus nicht sehen, aber sie lebte lange genug in dieser Gegend, um zu wissen, dass der eben noch verhangene Gipfel wieder sichtbar war und mit seinen verschneiten Hängen in den Himmel ragte. Allein wegen dieses Anblicks buchten viele Gäste einen Urlaub auf der Lodge und waren erst zufrieden, wenn sie das magische Foto auf der Speicherkarte ihrer Kamera hatten.

Mit einem hörbaren Seufzen stützte sie sich auf das Fensterbrett. Der Anblick der nächtlichen Wildnis wärmte ihr das Herz, trotz der kühlen Temperaturen, die bereits den Winter ankündigten. Als hätte es die Natur darauf angelegt, sie umzustimmen und zu überreden, zu Hause zu bleiben. Das Wiehern eines Pferdes in der Koppel drang zu ihr herauf. Gleich darauf glaubte sie, die beruhigende Stimme des alten Walker zu vernehmen. Der Oldtimer war ein Pferdeflüsterer, kannte sich besser mit Pferden aus als die meisten anderen.

Es klopfte an ihre Tür. »Annie! Darf ich reinkommen?«

»Mom?«

Die Tür ging auf und ihre Mutter erschien. Sie trug einen leichten Morgenrock, so wie die Frauen in alten Filmen. »Ich hab Licht bei dir gesehen.«

»Ich mach mir Sorgen.«

»Ich weiß«, sagte ihre Mutter, »die machen wir uns alle, aber es ist alles nicht so dramatisch, wie du denkst. Ich hab vorhin ein wenig überreagiert. Kein Wunder, nachdem wir gerade erst in der Bank gewesen waren. Aber dein Vater hat recht. Wir kriegen das schon hin. Und du fährst nach Kalifornien!«

»Ich weiß nicht, Mom.«

»Dein Vater und ich sind erwachsen, Annie. Und Geldprobleme hatten wir schon öfter, die hauen uns nicht um. Du wirst sehen, wenn du zurückkommst, sieht die Welt schon wieder ganz anders aus. Versprich mir, dass du fährst.«

»Okay, Mom.«

»Lass dir die Laune nicht vermiesen.«

»Nein, Mom.«

Ihre Mutter umarmte sie und drückte ihr einen Kuss aufs Haar, so wie damals, als sie ein kleines Mädchen gewesen war, und verließ das Zimmer.

Annie kehrte in ihr Bett zurück und löschte die Nachttischlampe.

2

Während des Frühstücks redeten sie über Belanglosigkeiten. Das Wetter, das sich an diesem Morgen von seiner angenehmsten Seite zeigte, den zottigen Hund, den Walker vor einigen Wochen auf einem Parkplatz aufgelesen hatte und um den er sich seitdem kümmerte, die Fortschritte, die eines der jungen Pferde machte, das sich nach einem Fehltritt nur noch humpelnd fortbewegen konnte. Die Baldwins gaben sich alle Mühe, ihre Probleme totzuschweigen und Annie den Abschied nicht schwerer zu machen, als er ohnehin schon war.

Annie hatte kaum geschlafen und begnügte sich mit etwas Rührei und einer Scheibe Toast, ließ sogar die Hälfte ihres Kaffees stehen. Obwohl sie ihren Eltern mehrfach versprochen hatte, ihren Ausflug nach Kalifornien zu genießen, war sie immer noch unschlüssig und hätte sich am liebsten in einer dunklen Ecke verkrochen. Sie kannte ihre Eltern gut genug, um die Besorgnis in ihren Augen zu entdecken. Die Lage war ernster, als sie zugeben wollten.

Simon Taylor war überpünktlich. Um Punkt acht Uhr beobachtete Annie durchs Fenster, wie er mit dem Wohnmobil seiner Eltern auf den Hof fuhr und vor dem Haus hielt. Walkers zottiger Hund bellte laut, als Simon ausstieg, ein junger Mann mit breiten Schultern, der mit seinem fröhlichen Lächeln sicher bei vielen Mädchen punkten konnte und auch sie beeindruckt hatte. Doch schon während des Abschlussballs hatte sie gespürt, dass sie kein zweites Date wollte. »Das wird schon noch«, hatte er lächelnd geantwortet.

Er hatte sie nicht bedrängt und sich wie ein netter Junge verhalten, der sich damit zufriedengab, lediglich mit ihr befreundet zu sein. Nur deshalb und weil sie eine ganze Clique sein würden, hatte sie eingewilligt, mit ihm nach Kalifornien zu fahren. Schließlich kamen ja auch noch Karen und Rita mit, die beiden Mädchen aus Prince George. Beide waren Cheerleaders des Schulteams gewesen und hatten schon lange ein Auge auf Simon geworfen.

Annies Eltern gaben sich große Mühe, einen unbeschwerten Eindruck zu machen, als er sie begrüßte. »Und Sie wollen tatsächlich nach Kalifornien?«, fragte Walter Baldwin. Er deutete aus dem Fenster. »Mit diesem Monstrum?«

»Halb so wild. Das Ding ist leichter zu fahren, als man denkt.«

»Passen Sie trotzdem auf.«

»Versprochen, Mister Baldwin.«

Annie machte kein großes Drama aus der Verabschiedung. Sie umarmte beide, ihre Mutter und ihren Vater, versprach noch einmal hoch und heilig, sich von unterwegs bei ihnen zu melden und ihnen ein Foto vom Palmenstrand zu mailen. Sie umarmte Walker und tätschelte Rebel, machte, dass sie auf den Beifahrersitz des Wohnmobils kam, bevor jemand ihre Tränen sah.

»Super, dass du mitkommst«, sagte Simon, als sie über die Schotterstraße zum Highway fuhren. Optimistisch, wie er war, hatte er sich bereits jetzt eine Sonnenbrille in die Haare geschoben. Sein Lächeln wirkte ein wenig unsicher. »Ich dachte schon, du wolltest überhaupt nichts mehr von mir wissen.«

»Wir haben kein Date, Simon.«

»Das weiß ich doch.«

»Wir sind befreundet, das ist alles.«

»Schon klar, Annie.«

»Dann ist es ja gut.« Sie blickte nach vorn und ignorierte seinen Dackelblick, wollte ihm auch auf diese Weise zu verstehen geben, dass er sie gar nicht erst anzubaggern brauchte. »Mit Karen und Rita hast du genug zu tun.«

»Und wenn ich dich lieber mag?«

Sie hatte nicht damit gerechnet, nach wenigen Meilen so direkt von ihm angegangen zu werden, und überlegte sich ihre Antwort gut. »Ich dachte, wir hätten nach dem Abschlussball eine Abmachung getroffen. Kein Date, keine Beziehung. Bis jetzt hast du dich daran gehalten. Wenn du auch nur versuchst mich anzubaggern, kannst du mich sofort nach Hause zurückfahren.«

»So war's doch gar nicht gemeint«, wehrte Simon ab. »Leg doch nicht jedes Wort von mir auf die Goldwaage. Ich wollte nur ein bisschen nett sein.«

»Schon gut, ich hab schlecht geschlafen.«

»Kummer?«

»Nichts Besonderes«, wich sie aus.

Auf dem Yellowhead Highway herrschte wenig Verkehr. Den meisten Besuchern war es zu kühl im Spätherbst, auch wenn die Luft dann besonders klar war wie an diesem Morgen und einen keine Moskitos plagten. Zwischen vereinzelten Wolken zeigte sich sogar die Sonne, und als sie aus dem Beifahrerfenster blickte, sah sie den Gipfel des Mount Robson schneeweiß leuchten. Ein majestätischer Anblick, der sogar einige Einheimische an den Straßenrand fahren und ihre Smartphones hervorholen ließ. Der zweithöchste Berg Kanadas gehörte zu den beliebtesten Fotomotiven am Yellowhead Highway.

Die Robson Wellness Lodge erkannte Annie schon von Weitem. Das mehrstöckige Gebäude, im rustikalen

Stil gehalten und jedes Zimmer mit einem geräumigen Balkon, erhob sich südlich vom Highway am Ufer des Fraser River, ein luxuriöses Resort, wie man sie meist nur in Nationalparks wie Jasper und Banff antraf. Es gab überdachte Tennisplätze, einen Indoor-Pool, eine eigene Anlegestelle für Schlauchboote, Kajaks und Kanus und ein Edelrestaurant, das von einem mehrfach preisgekrönten Koch aus Vancouver geführt wurde. Gleich neben der Tennishalle befand sich der hoteleigene Pferdestall.

Annie konnte sich einen neidvollen Blick nicht verkneifen, hütete sich jedoch, in Simons Gegenwart auf die Lodge zu schimpfen. So war das nun mal in der freien Wirtschaft, sagte sie sich, gegen Konzerne kam man nicht an. Es sei denn, man fand eine Nische wie der kleine Buchladen in Prince George, der sich auf Kochbücher spezialisiert hatte und sogar gegen Amazon bestand.

»Edler Laden«, bemerkte Simon mit einem Blick nach links, »die stechen sogar die riesigen Kästen in Banff aus.« Er war so fasziniert vom Anblick der Luxusherberge, dass er beinahe auf die Gegenfahrbahn geriet und erst bei Annies ängstlichem Schrei zurücksteuerte. »Sorry, aber der Laden ist wirklich absolute Extraklasse!« Er sah Annie an. »Machen die euch auch zu schaffen?«

Sie schüttelte tapfer den Kopf. »Andere Zielgruppe.«

Simon Taylor brauchte sich wegen der Lodge keine Sorgen zu machen. Seine Eltern besaßen ein erfolgreiches Restaurant an einem See westlich von Prince George und waren an einem Catering-Unternehmen beteiligt, das Firmen und Privatleute im weiten Umkreis belieferte. Prince George war ein Verkehrsknotenpunkt und lag wesentlich günstiger als die Wellness-Lodge.

»Hast du noch mal mit den anderen gesprochen?«, fragte Annie.

»Mit wem?«

»Mit Karen und Rita«, antwortete sie leicht irritiert, »dem Jungen aus Williams Lake und dem Pärchen aus Vancouver. Wer waren die beiden noch?«

»Mein Halbbruder und seine Verlobte. Joe und Melissa.«

»Dein Vater war schon mal verheiratet?«

»Meine Mutter. Mit einem Fallensteller, stell dir vor.« Er konzentrierte sich auf ein Überholmanöver und sprach erst weiter, als er einen Truck mit Baumstämmen hinter sich gelassen hatte. »Der Typ hielt es mit der Treue nicht besonders genau und brannte mit einer Jüngeren durch. Joe, meinen Halbbruder, ließ er bei meiner Mutter zurück. Mein Dad hat ihn adoptiert.«

»Nobel von ihm.«

Simon blickte zu ihr herüber und nickte. »Meine ich auch. Meine Eltern legen Wert auf geordnete Familienverhältnisse. Kein Wunder nach dem, was meine Mom mit dem Fallensteller durchmachen musste. Meinem Dad ging es übrigens nicht besser. Ihn hat seine Verlobte drei Tage vor der Hochzeit verlassen.« Er lachte. »Was soll's? Was Besseres hätte ihnen nicht passieren können.«

»Und wann heiraten Joe und Melissa?«

»Meine Eltern hätten es gern gesehen, wenn sie noch vor unserer Reise geheiratet hätten, aber daraus wurde nichts. Wer weiß? Vielleicht müssen wir einen Umweg über Las Vegas machen. Obwohl Mom ihnen eine heimliche Hochzeit niemals verzeihen würde. Sie will was Festliches, so wie bei den Royals im alten London.«

»Und der Typ aus Williams Lake? Ronny, oder?«

»Ronny Shephard«, bestätigte er. »Erinnerst du dich nicht mehr an ihn? Ein echter Draufgänger. Spielte im Footballteam, kletterte in den Bergen rum und fuhr in einem Kajak die Stromschnellen des Fraser runter. In Kalifornien will er unter die Surfer gehen. Kann auch nicht schwerer als Snowboarding sein, glaubt er. Wie ich Ronny kenne, macht er gleich bei irgendwelchen Meisterschaften mit. Soweit ich weiß, hat er mit Mädels wenig im Sinn.«

»Oh, oh.« Sie musste unwillkürlich lächeln. »Und Karen und Rita?«

»Die wollen Spaß haben. Du kennst sie doch. Cheerleaders eben.«

»Holen wir sie zu Hause ab?«

»Ja …« Die Antwort kam etwas zögernd. »Das heißt, ich soll sie noch mal anrufen, bevor wir nach Prince George reinfahren. Falls irgendwas dazwischenkommt. Könnte sein, dass sie mit den Cheerleaders auf Tour müssen.«

»Es ist noch gar nicht sicher, ob sie mitkommen?«

»Doch … schon … es sei denn …«

»Es sei denn, sie gehen mit den Cheerleaders auf Tour. Dann sind wir mit deinem Halbbruder, seiner Verlobten und Ronny allein. Tolle Aussichten.«

»Wäre das so schlimm?«

»Das werden wir ja sehen«, antwortete sie.

Während der nächsten Kilometer schwieg Annie. Sie lehnte sich zurück und schloss die Augen, gab vor zu schlafen, während Simon das Radio einschaltete und belanglose Top-40-Hits die Stille füllten. Sie traute ihm nicht mehr. Schon die Anspielungen und Komplimente zu Beginn ihrer Fahrt hatten sie misstrauisch gemacht, doch die Ausrede mit den Anrufen war noch viel heftiger. Was, wenn er es von Anfang an darauf angelegt hatte, mit ihr allein zu fahren? Wenn Karen und Rita längst mit ihren Cheerleaders unterwegs waren und auch Ronny und sein Halbbruder und dessen Verlobte niemals zusteigen würden? Oder sah sie zu schwarz? War sie nach der Meldung über die drohende Pleite ihrer Eltern schon so negativ gepolt, dass ihr Glas immer nur halb leer und niemals mehr halb voll war? So verrückt zu glauben, dass sie ein halbes Jahr allein mit ihm durch Kalifornien reisen würde, konnte er doch nicht sein.

Als der Top-Hit der Woche zum dritten Mal innerhalb einer Stunde erklang, hielt sie es nicht länger aus. »Ruf sie an!«, forderte sie Simon unvermittelt auf.

Er blickte sie erschrocken an.

»Dreh das Radio leiser und ruf sie an!«

Eine Weile reagierte er gar nicht, dann hielt er am Straßenrand an und zog sein Handy aus der Tasche. »Soll ich bei Karen anrufen? Sie müssten beide bei ihr sein.«

»Bei wem denn sonst?«

Er wählte Karens Nummer und wartete darauf, dass sie abhob. Beim dritten Klingeln hustete er nervös, nach dem vierten Klingeln schaltete sich der Anrufbeantworter ein, und ihre Stimme war selbst für Annie deutlich zu hören. »Tut mir leid, aber ich bin mit den Cheerleaders unterwegs und kann leider selten drangehen. Meldet euch nach dem Piepton, dann rufe ich zurück.«

»Das hab ich mir doch gedacht«, sagte Annie verärgert.

Er spielte den Unschuldigen und hob entrüstet die Hände. »Aber das wusste ich doch nicht! Ich hatte keine Ahnung, dass sie bei dieser Tournee mitmachen. Wenn ich es gewusst hätte, dass sie dabei sind, hätte ich's dir doch gesagt.«

»Das glaubst du doch selbst nicht!«

»Ich hatte fest damit gerechnet, dass sie mitkommen, ehrlich! Warum auch nicht? Zugegeben, sie können einen gewaltig nerven mit ihrem Gekicher. Aber sie können auch lustig sein und nach Kalifornien hätten sie irgendwie gepasst. Sie wollten dabei sein. Sie wollten unbedingt nach L. A. Okay, vielleicht wären sie dort ausgestiegen und nach Hollywood weitergefahren. Dann hätten wir sie nächstes oder übernächstes Jahr vielleicht im Kino sehen können.«

»Ja, als Opfer in einem Horrorfilm. Oder in einem Porno.«

»Du bist gemein.«

»Klar bin ich gemein!« Sie machte gar kein Hehl aus ihrer Wut. »Du hast doch gewusst, dass Karen und Rita mit den Cheerleaders unterwegs sind, sonst hättest du dich nicht so unklar ausgedrückt. Du wusstest ganz genau, wie ich darauf reagieren würde, dass sie nicht mitkommen. Stimmt doch, Simon, oder?«

Er blieb scheinbar gelassen. »Ich weiß gar nicht, was du hast. Es ist zwar schade, dass die beiden nicht mitkommen, aber was macht es für einen Unterschied? Wir können auch ohne sie Spaß haben. Du regst dich völlig umsonst auf.«

»Und wer sagt mir, dass Ronny und die anderen mitkommen?«

»Joe und Melissa sagen bestimmt nicht ab.«

»Bist du auch sicher, dass sie sich nicht irgendwo absetzen? Liebespaare wollen lieber allein sein. Darauf hätte ich schon viel früher kommen können.«

»Wäre das so schlimm?«

»Wenn wir ein halbes Jahr allein unterwegs wären?«

»Ich mag dich, Annie. Ich mag dich sogar sehr.«

»Und ich hab dir gesagt, dass zwischen uns nichts läuft.«

Simon wirkte verlegen. »Jetzt warte doch erst mal ab.«

Annie wandte sich von ihm ab und blickte nach vorn. Wie ein endloses Band zog sich der Yellowhead Highway durch die Fichtenwälder. Nur gelegentlich entdeckte sie vereinzelte Blockhütten im Schatten der Bäume. Die Zivilisation schien weit entfernt, nicht mal eine Tankstelle war zu sehen. Etwas Dunkles tauchte auf einer Lichtung auf, vielleicht ein Schwarzbär auf der Suche nach seinem Schlafplatz, in den Baumkronen turnten Eichhörnchen.

Missmutig schloss sie die Augen. Sie war außer sich vor Wut, vor allem auf sich selbst, weil sie Simon nicht früher auf die Schliche gekommen war. Wie konnte sie nur so dumm sein und sich auf einen gemeinsamen Urlaub mit dem Typen einlassen, den sie nach dem Abschlussball in die Wüste geschickt hatte? Selbst wenn noch andere mitfuhren, ganz egal, wie viele, machte das die Situation nicht besser. Was hatte sie sich nur dabei gedacht? Warum hatte sie Simon nicht früher durchschaut? Wo war ihr gesunder Menschenverstand geblieben?

Aber es war nicht zu spät. Sie waren noch keine drei Stunden unterwegs und sie konnte jederzeit aussteigen und mit dem Bus zurückfahren. Vielleicht war ihre Auseinandersetzung mit Simon sogar ein Wink des Schicksals gewesen, das sie in diesen schweren Zeiten an der Seite ihrer Eltern sehen wollte.

In der Ferne tauchte Dome Creek auf, ein verlassenes Nest mit einigen Blockhäusern und einem Roadhouse, das sie von früheren Besuchen kannte. Der Wirt, ein ehemaliger Musher, der zweimal am Yukon Quest teilgenommen hatte, einem der großen Hundeschlittenrennen, war mit einer Indianerin verheiratet, die berühmt für ihre schmackhaften Eintöpfe war. Sie würde sich einen Teller gönnen und mit dem Nachmittagsbus nach Hause zurückfahren.

»Halte vor dem Roadhouse«, forderte sie ihn auf.

»Warum? Du willst doch nicht etwa …?«

»Ich hab's mir anders überlegt, Simon. Ich fahre nicht mit. Tut mir leid, dass ich so plötzlich damit komme, aber ich kann nicht. Außerdem werde ich zu Hause gebraucht. Lass mich vor dem Lokal aussteigen.«

»Du meinst das ernst, was?« Er klang bestürzt. »Du meinst das tatsächlich ernst. Was hab ich dir getan, dass du plötzlich so … so wütend auf mich bist? Wir könnten auch ohne Karen und Rita eine schöne Zeit haben. Wir haben uns doch immer gut verstanden. Ich träume schon seit Wochen davon, mit dir am Strand zu liegen, Piña colada zu trinken und coole Musik zu hören.«

»Und genau das ist das Problem, Simon!« Sie wusste nicht, ob sie mitleidig oder entrüstet reagieren sollte. »Du wolltest am liebsten allein mit mir in Urlaub fahren. Unter dem Deckmantel, mit einer Clique durch Kalifornien zu ziehen. Und ich habe mich auf eine Fahrt mit vielen interessanten Leuten gefreut.«

»Du brauchst keine Angst zu haben«, sagte Simon. »Ich würde dich bestimmt nicht belästigen, das ist nicht meine Art. Ich bin mir sicher, wir würden uns in Kalifornien näherkommen. So ein gemeinsames Erlebnis schweißt zusammen, und du würdest bestimmt merken, dass du auch etwas für mich empfindest.« Er seufzte. »Lass uns zusammen weiterfahren, Annie!«

Sie blieb eisern. »Halte bitte an! Vor dem Roadhouse.«

»Aber ich mag dich! Ich will, dass du bei mir bleibst!« Er klang verzweifelt. »Versuch's doch wenigstens ... bis Vancouver, okay? Bis Vancouver wirst du doch wohl durchhalten. Bitte tu mir den Gefallen, Annie!«

»Tut mir leid, Simon.«

»Das darfst du mir nicht antun, Annie!«, flehte er sie an. Wie ein Vierzehnjähriger, der seine erste Abfuhr bekam. »Denk daran, wie schön so ein gemeinsamer

Urlaub sein kann. Wir hätten bestimmt eine tolle Zeit. Du würdest dich schon an mich gewöhnen. Wir gehören doch zusammen. Bitte, Annie!«

»Sorry, Simon.«

Er hielt vor dem Roadhouse und wollte weiter auf sie einreden, doch sie brachte ihn mit einem strengen Blick zum Schweigen. »Das mit uns wäre sowieso nie was geworden«, sagte sie, während sie nach ihrem Rucksack griff und die Tür öffnete. »Leb wohl, Simon. Tut mir leid, es geht nicht anders.«

Sie wartete, bis er davongefahren war, und betrat das Roadhouse.

3

Seit ihrem letzten Besuch vor einigen Wochen hatte sich im Roadhouse kaum etwas verändert, nicht einmal die Speisekarte. Auf der großen Tafel über dem Tresen stand immer noch »Der beste Eintopf des Nordens«, daneben der unveränderte Preis und ein Smiley. An der Wand hingen Elchgeweihe, historische Schneeschuhe, eine alte Flinte und Fotos aus der Goldgräberzeit im 19. Jahrhundert, und die Fenster warteten geduldig darauf, geputzt zu werden.

»Miss«, begrüßte sie der Wirt, trotz seines fortgeschrittenen Alters noch extrem sportlich, »sind Sie nicht die Lady von der Rainbow Lodge? Lange nicht gesehen. Suchen Sie sich einen Tisch aus. Was darf's denn sein?«

Außer ihr waren nur noch zwei griesgrämige Alte im Lokal und spielten Mühle an einem der hinteren Tische. Sie nickte ihnen freundlich zu und setzte sich ans Fenster. »Schwarztee mit Milch und Zucker, bitte«, bestellte sie, »wie die englische Königin.« Einer ihrer Standardwitze, der ihr schon so in Fleisch und Blut übergegangen war, dass sie auch an diesem tristen Tag nicht darauf verzichtete. »Der Bus nach Banff kommt gegen zwei, nicht wahr?«

»Um zehn vor, wenn er pünktlich ist.« Er hatte wohl beobachtet, aus welcher Richtung das Wohnmobil gekommen war, und blickte sie neugierig an. »Sie wollen schon wieder nach Hause? Sie hatten hoffentlich keinen Ärger?«

»Ein Missverständnis«, erwiderte sie nur.

Während er den Tee holte, blickte sie aus dem Fenster. Vor der Werkstatt gegenüber hielt ein Motorradfahrer und rief nach einem Mechaniker. Anscheinend hatte er Probleme mit seiner Maschine. In der Werkstatt konnte ihm auch keiner helfen, und ihm blieb nichts anderes übrig, als weiterzufahren. Offensichtlich kein ernstes Problem, so wie er den Motor aufheulen ließ.

Der Wirt brachte ihren Tee. »Machen Sie diesen Winter auch wieder zu?«, fragte er. »Die Lodge, meine ich. Ihre Saison beginnt am ersten Mai, oder?«

»Im Mai, stimmt«, antwortete sie. »Warum fragen Sie?«

Er blieb neben ihrem Tisch stehen. »Wir hatten letztes Jahr von Weihnachten bis Anfang Januar geschlossen. Kein Problem, da war sowieso immer wenig los, aber das wird sich dieses Jahr ändern. Die neue Wellness

Lodge hat etliche Christmas Specials im Programm, und es wäre ziemlich leichtsinnig von uns, das Lokal zu schließen. Die meisten Leute kommen hier vorbei.«

»Gute Idee«, erwiderte Annie.

»Ein ziemlicher Klotz, diese Robson Wellness Lodge.« Er schien noch etwas auf dem Herzen zu haben. »Da steckt mächtig Kohle dahinter. Bei mir haben schon einige Lodge-Besitzer auf die neue Konkurrenz geschimpft. Einige wollen es mit Specials und Rabatten versuchen, aber das bringt nichts.« Er zögerte, überlegte anscheinend, ob er mit seinem Vorschlag herausrücken sollte. »Ich hab wenig Ahnung von Lodges, aber wenn ich Besitzer wäre, würde ich durchgehend aufmachen, besonders an Weihnachten und Neujahr.«

Annie wurde hellhörig. Daran hatten ihre Eltern und sie schon selbst gedacht, aber keines ihrer Konzepte war finanzierbar gewesen. »Wie stellen Sie sich das vor? Wir haben keinen beheizten Pool, keine Luxussauna, nicht mal einen dieser russischen Pferdeschlitten, wie ihn diese Wellness Lodge auf den Flyern hat. Ich weiß, dass die im Winter offen haben, auch an Weihnachten.«

»Keine Ahnung«, räumte er ein, »man müsste die Bank zu einem Kredit überreden. Wär doch schade, wenn all die alten Lodges pleitegingen und es in ein paar Jahren nur noch diese edlen Superlodges gäbe.« Er lächelte schwach. »Sie wundern sich wahrscheinlich, dass ich mir über die Sorgen der Lodge-Besitzer den Kopf zerbreche, aber ich war lange genug einfacher Musher und bin selbst ziemlich oldschool. Dieser moderne Kram passt irgendwie nicht in unsere Bergwildnis.«

Zwei neue Kunden kamen herein, Bauarbeiter, die weiter westlich den Straßenbelag erneuerten. Anscheinend hatte sich die Kunde von dem guten Eintopf bis zu ihnen herumgesprochen. Der Wirt begrüßte sie fröhlich und brauchte sein »Special« gar nicht erst anzupreisen. Natürlich bestellten beide den Eintopf. »Ist es wahr?«, fragte einer. »Ihre Frau ist Indianerin, und das Rezept hat sie von ihrer Urgroßmutter, der Frau, die General Custer getötet hat?«

»Keine Ahnung, ob das mit Custer stimmt, aber es stammt von ihrer Urgroßmutter, und die soll was mit dem berühmten Crazy Horse gehabt haben. Der soll übrigens ein Feinschmecker gewesen sein, das wissen nur wenige.«

Annie hörte nicht mehr hin und blickte wieder aus dem Fenster. Bald würde der erste Schnee fallen und die Rockys im Osten und die Caribou Mountains im Süden würden sich in ein weißes Paradies verwandeln. In Banff, dem weltbekannten Kurort, würde es dann von Menschen wimmeln. Dort gab es gleich mehrere Luxushotels wie die Robson Wellness Lodge, allesamt sündhaft teuer, und an der Main Street befanden sich Boutiquen von Cartier und Gucci.

»Ein Kontrastprogramm muss her«, flüsterte sie

aufgeregt. »Wir müssen den Leuten das geben, was sie in der Wellness Lodge nicht bekommen. Das wahre Kanada. Winterferien in einem einfachen Blockhaus. Hundeschlittenfahrten und Snowmobil-Ausflüge in die Ausläufer des Mount Robson. Winter Camps mit der Chance, das Nordlicht zu bestaunen.« Sie war plötzlich so begeistert, dass sie ihr Notizbuch aus dem Rucksack zog und die einzelnen Punkte hineinschrieb. »Weihnachten im Schnee. Neujahr in der Wildnis.«

Holy Moly, warum war sie nicht schon früher darauf gekommen? Warum hatten sie die Idee von einer Wintersaison immer sofort wieder verworfen? Warum musste sie erst der Wirt des Roadhouse darauf bringen, dass man auch das Unmögliche schaffen konnte, wenn man nur beharrlich genug war? Gegen übermächtige Gegner kam man nur mit Fantasie und Erfindungsreichtum an, das hatte letztes Jahr ein Sportler gesagt. Der Spieler eines Eishockeyteams, das fast alles verloren und in einem entscheidenden Pokalspiel überraschend gewonnen hatte. Der Spruch war damals so oft wiederholt worden, dass selbst sie ihn sich gemerkt hatte. Dabei interessierte sie sich gar nicht für Eishockey.

Sie blickte in ihr Notizbuch und dachte angestrengt nach. Natürlich brauchte man Geld für eine Wintersaison, aber wenn sie ein überzeugendes Konzept erstellte, schafften es ihre Eltern vielleicht, die Bank zu überreden. Wenn sie im Winter ein überraschendes Plus machten, profitierte die Bank doch am meisten davon, und vielleicht gelang es ihnen, die Wellness Lodge auszustechen. So nach dem Motto: Wenn ihr Luxus wollt, dann ist die neue Lodge das Richtige für euch. Wenn ihr euch aber nach dem wahren Kanada sehnt und dicht an der Natur sein wollt, kommt zu uns. Sie musste lachen. Sie wusste schon, warum sie Touristik und Public Relations studieren wollte.

»Auch einen Teller Eintopf?«, unterbrach der Wirt ihre Gedanken.

»Klingt gut«, antwortete sie.

Inzwischen kamen immer mehr Gäste in das Lokal. Einheimische aus der näheren Umgebung, die dem Wirt freundschaftlich auf die Schultern klopften und ein paar Worte mit ihm wechselten, bevor sie sich setzten. Urlauber, die zufällig hielten, und sogar ein junges Ehepaar aus Prince George, das jede Woche mindestens einmal wegen des guten Eintopfs in das Roadhouse kam.

Sie hatte gerade ihren Eintopf bekommen, als ein knorriger Alter den Raum betrat. Er sah wie ein Indianer aus, hatte seine langen weißen Haare zu Zöpfen gebunden und trug einen hellen Hudson's-Bay-Mantel mit grünen, roten, gelben und schwarzen Streifen. Die Hudson's Bay Company hatte einst den Pelzhandel in Kanada beherrscht, war inzwischen ein Kaufhaus und lebte immer noch von ihrem historischen und abenteuerlichen Ruf. Seine dunkle Wollmütze hätte eher zu einem Seemann gepasst. Sein Gesicht war dunkel und verwittert, dafür leuchteten seine Augen fröhlich wie bei keinem anderen.

»Old Jules!«, begrüßte ihn der Wirt überschwänglich. »Höchste Zeit, dass du dich mal wieder sehen lässt! Wo hast du denn die ganze Zeit gesteckt?«

Der Indianer zog seine Jacke aus und hängte sie an einen der Haken neben der Eingangstür. Darunter trug er Jeans und ein kariertes Hemd. »Ich war bei einem dieser Typen, die meine Huskys kaufen wollten. Übers Internet, du weißt schon. Nun ja, ich hatte ein wenig mit dem Alter der Hunde geschummelt, und er wollte mir lediglich ein paar Hunderter zahlen. Ein Skandal.«

»Der Typ kannte sich mit Huskys aus?«

»Ein Tierarzt, der unbedingt den Yukon Quest gewinnen will.«

»Da gehört mehr dazu. Künstlerpech.«

Der Wirt und der Indianer standen nur wenige Schritte von Annie entfernt und sie hatte aufmerksam gelauscht. »Sie wollen Ihre Huskys verkaufen?«, fragte sie, ohne lange nachzudenken. »Setzen Sie sich zu mir, Mister Jules.«

Der Indianer kicherte. »Jules, einfach nur Jules.«

»Ich bin Annie.« Sie stand auf und reichte ihm die Hand. »Ich möchte Sie auf einen Eintopf einladen. Und auf einen Kaffee, wenn Sie wollen.«

»Klingt gut, Miss. Sie kennen sich mit Huskys aus?«

Annie wartete, bis Old Jules sich gesetzt hatte. »Das kann man sagen. Ich hab sogar mal ein Rennen gewonnen. Ein Junior Race, aber immerhin.« Sie trank einen Schluck von dem Kaffee. »Um wie viele Huskys geht es denn?«

»Sieben. Das war eine heilige Zahl bei den Sioux.«

»Sie sind ein Sioux-Indianer?«

»Ein halber. Oder ein Viertel, genau weiß ich das nicht.« Er stopfte, ohne sie zu fragen, seine Stummelpfeife, legte sie aber beiseite, als ihm einfiel, dass sie noch aß. »Nach der Schlacht am Little Bighorn flohen Sitting Bull und die Sioux nach Kanada. Da war sicher einer meiner Vorfahren drunter.«

»Das wissen Sie so genau?«

Er grinste. »Nein, aber es könnte sein und klingt gut.«

Annie aß grinsend weiter. Sie mochte den Halb- oder Viertelindianer und seinen schrägen Humor. Genau das Richtige nach der lästigen Auseinandersetzung mit Simon Taylor. »Und warum wollen Sie Ihre Huskys verkaufen?«

»Ich bin älter, als ich aussehe, und nicht mehr so flink auf den Beinen wie früher. Und für die ewigen Jagdgründe tauge ich noch lange nicht. Aber Huskys machen viel Arbeit, das Futter ist teuer, und die Fahrerei mit dem Hundeschlitten wird mir langsam zu gefährlich. Ich hab keine Lust, irgendwo im dunklen Tann von den Kufen zu kippen und den Geist aufzugeben. Man muss wissen, wann es vorbei ist. Keine Angst, ich hab nicht vor, ins Altersheim nach Prince George zu ziehen. Ich bleibe in meinem Blockhaus wohnen. Nur mit der Pelzjagd ist es vorbei. Zu anstrengend. Andere Männer in meinem Alter sitzen längst neben dem Ofen oder vor der Glotze. Ich hab keine Glotze, aber einen Ofen, und ich sag Ihnen was: Die Wärme tut einem alten Sioux-Indianer wie mir extrem gut. Ich werde mir jeden Herbst einen Elch schießen, damit komme ich durch den Winter. Mehr brauche ich nicht zum Leben. Und für den Kaffee und das bisschen Gemüse reicht es auch noch.«

Das war eine ziemlich lange Ansprache für einen Indianer, dachte sie. Bisher hatte sie immer geglaubt, Indianer wären besonders wortkarg. Auch eines dieser Klischees, aber er war ja auch nur ein Halb- oder Viertelindianer. »Und wie alt sind Ihre Huskys wirklich? Kommen sie noch mit einem beladenen Schlitten klar? Meinen Eltern gehört die Rainbow Lodge am Mount Robson und ich würde einige unserer Gäste im Winter gern auf Schlittenfahrten mitnehmen.«

Inzwischen hatte der Wirt seinen Eintopf gebracht, und Jules stillte erst mal seinen größten Hunger, bevor er antwortete. »Das schaffen sie locker«, versprach er. »Solange Sie nicht den Yukon Quest mit ihnen gewinnen wollen, ist das kein Problem. Meine Huskys haben viel Erfahrung.«

»Kann ich die Hunde mal sehen?«

»Klar doch, aber erst muss ich essen.«

»Kein Problem.«

Er grinste zufrieden. »Was halten Sie davon? Ich nehme Sie mit zu meiner Blockhütte, und wenn Sie die Huskys kaufen, fahre ich Sie mitsamt dem Gespann zu Ihrer Lodge. Wenn nicht, bringe ich Sie zum Nachmittagsbus.«

»Klingt nach einem fairen Angebot.«

»Das will ich doch meinen.«

»Solange Sie keine Wucherpreise verlangen«, sagte sie. »Ich bin keine Millionärin und mein Sparschwein leidet nicht gerade unter Fettsucht. Ich hoffe, dass Sie nicht übertrieben haben und die Hunde noch geradeaus laufen können.«

»Großes Indianer-Ehrenwort.«

Wenig später verließ sie mit Old Jules das Roadhouse. Ein wenig Angst, Simon könnte zurückgekommen sein und ihr nachstellen, hatte sie schon, doch sein Wohnmobil war nirgendwo zu sehen. Der Indianer war mit seinem ramponierten Pick-up da. Auf der Ladefläche lag ein Aufbau mit den Zwingern für die Huskys, ihre Quartiere, wenn sie mit dem Truck unterwegs waren.

»Die Hunde warten zu Hause«, erklärte er.

Bis zur Blockhütte des Indianers war es ungefähr eine halbe Stunde. Sie bogen vom Highway auf eine nur schwer einsehbare Forststraße ab und fuhren durch dichten Fichtenwald, bis sie die Lichtung mit der verwitterten Hütte erreichten. Schon von fern waren die Hunde zu hören. Sie übertönten mit ihrem Gebell sogar den Motor des Pick-ups. Annie hielt sich mit beiden Händen am Armaturenbrett fest, als der Truck über den zerfurchten Boden holperte.

»Immer mit der Ruhe!«, beruhigte Old Jules seine Huskys. »Die junge Lady ist meine Freundin, und es sieht ganz so aus, als würde sie euch mitnehmen.« Er lächelte Annie verschmitzt an. »Natürlich nur, wenn ihr sie mögt und ihr Sparschwein nicht allzu mager ist. Kommen Sie, Annie.«

»Okay«, begann der Indianer mit der Vorstellung, »das ist Phantom, mein Leithund.« Er umarmte den Husky, der nicht violett war wie der gleichnamige Superheld, sondern kohlrabenschwarz, und kraulte ihn unter dem Kinn. »Er hat fünf Jahre …« Er hielt inne und besann sich gerade noch rechtzeitig. »Nee, ich sag Ihnen die Wahrheit, er hat sechs Jahre auf dem Buckel, steht aber noch voll im Saft und kann es mit den meisten jungen aufnehmen. Außerdem hat er so ziemlich alles erlebt, was man in der Wildnis erleben kann. Ihm macht keiner was vor. Mit ihm könnten Sie vielleicht sogar den Yukon Quest gewinnen.«

»Phantom, wie der Typ mit der Maske?«

Old Jules grinste schon wieder. Im Sonnenlicht, das sich durch die Wolken kämpfte, sah man deutlich die vielen Falten in seinem Gesicht. Er war wohl doch schon älter, als man zunächst annahm. »Ich habe alle meine Huskys nach Superhelden benannt. Sie sollten mal die Comics sehen, die ich in meiner Hütte gestapelt habe. Auf den Flohmärkten gibt's das Zeug haufenweise.«

Annie hatte einen der Batman-Filme im Kino gesehen, war aber kein großer Fan von Superhelden. Auch mit *Star Wars* konnte sie wenig anfangen. Sie hielt es mit der Konkurrenz, mit *Star Trek Voyager* und dem ersten weiblichen Captain im *Star-Trek*-Universum. Sie mochte aber auch Tierfilme, besonders welche mit Pferden und Hunden, und alte Western. Die zeigten eine romantische Version ihres Lebens auf der Lodge und die war auch mal ganz schön.

»Phantom nimmt es mit jedem auf«, sagte Old Jules. Er ging ein paar Schritte und blieb vor zwei Huskys stehen, die wie alle anderen mit langen Ketten an Holzpflöcke gebunden waren, auch zur eigenen Sicherheit. Huskys waren keine Schoßhunde, die gingen auch mal auf Artverwandte los. »Das sind Batman und Thor«, stellte er sie vor, »die laufen hinter Phantom in der ersten Reihe des Gespanns. Sie sind etwas jünger, aber genauso wachsam und klug.« Er tätschelte beide. »Auf die können Sie sich hundertprozentig verlassen.«

Im Gegensatz zu Batman und Thor, die eher gelassen wirkten, gebärdete sich Flash wie ein nervöser

Rekordsprinter, der er tatsächlich war, und Wonder Woman zeigte sich von ihrer zickigen Seite, wandte sich scheinbar beleidigt ab, als der Indianer sie berühren wollte, und jaulte ein paarmal, bevor sie klein beigab und sich streicheln ließ. »Wonder Woman hält sich für eine Prinzessin«, sagte Old Jules, »mit der echten Wonder Woman hat sie wenig gemein. Ältere Ladys sind manchmal so.« Als er lächelte, schienen die Falten in seinem Gesicht zu platzen. »Und Flash … er ist der Jüngste und Schnellste.«

Annie verstand genug von Hunden, um zu erkennen, dass sie zwar schon betagter waren, auch der angeblich so viel jüngere Flash, aber immer noch einiges zu bieten hatten. Für Ausflüge in der Umgebung der Lodge reichte es allemal. Das galt auch für Hulk, der nicht grün, sondern schwarz-weiß gemustert war, und Iron Man, beide kräftig und ausdauernd und prädestiniert dafür, direkt vor dem Schlitten zu laufen. Sie bellten feindselig, beruhigten sich aber bald wieder.

»Na, was sagen Sie?«, fragte der Indianer.

»Batman hat eine Narbe am Hals.«

»Das war ein Tierquäler. Er hat es längst vergessen.«

»Flash ist nicht so jung, wie er aussieht. Vier Jahre?«

»Fünf«, räumte Old Jules widerwillig ein. »Sie verstehen was von Hunden, sehe ich, Ihnen kann man nichts vormachen. Ich geb Ihnen Rabatt. Wie viel zahlen Sie?«

Annie dachte nach. Auch wenn die Huskys bereits einiges hinter sich hatten und teilweise älter waren, als der Indianer zugeben wollte, waren sie immer noch runde zweitausend Dollar wert. Mindestens. Sie hatte sechzehnhundert Dollar aus ihrem Sparschwein in ihrem Gürtel stecken. Das Geld, das sie mit Nebenjobs verdient und für ihre Reise zur Seite gelegt hatte. »Hm«, begann sie vorsichtig wie ein ausgekochter Pferdehändler, »ich will aufrichtig sein. Die Huskys sind okay, obwohl Sie beim Alter von Flash und einigen anderen etwas geflunkert haben und nicht alle so gut in Schuss sind, wie Sie behaupten.« Sie machte eine Show daraus, sich einige der Hunde näher zu betrachten, und nickte bedächtig. »Ich will großzügig sein. Ich geben Ihnen dreizehnhundert.«

»Dreizehnhundert?«, rief der Indianer entsetzt. »Das ist nicht Ihr Ernst!«

»Okay, vierzehnhundert, aber das ist mein letztes Angebot. Mehr gibt mein Sparschwein nicht her.« Von den zweihundert Dollar, die sie dann noch übrig haben würde, brauchte er nichts zu wissen, sie wollte nicht vollkommen blank nach Hause zurückkehren. »Vierzehnhundert, bar auf die Hand. Na, was sagen Sie?«

»Weil Sie es sind«, erwiderte er nach einigem Grübeln.

»Wunderbar, dann ist das ein Deal!«, freute sich Annie.

4

Auch wenn sie auf sonnige Palmenstrände verzichtete und beinahe ihre ganzen Ersparnisse für die Huskys geopfert hatte, verspürte Annie ein seltenes Glücksgefühl. Nach den bitteren Nachrichten, die ihre Eltern von der Bank in Prince George erhalten hatten, und der schwierigen Auseinandersetzung mit Simon Taylor sah sie die Welt nun wieder durch eine rosarote Brille. Mit dem neuen Konzept würden sie bestimmt einen Kredit bekommen und so viel Umsatz machen, dass ihnen die Wellness Lodge nicht gefährlich werden konnte.

»Ich habe ein gutes Gefühl«, sagte Old Jules, nachdem ihm Annie nach einigem Zögern geschildert hatte, was zwischen Simon Taylor und ihr vorgefallen war und was sie auf der Lodge vorhatte. »Sie sind eine Kriegerfrau. Bei den Cheyenne, den Verbündeten der Sioux im Krieg gegen die Weißen, gab es eine Frau, die mit den Männern in den Krieg gegen die Crow zog und zahlreiche Feinde berührte, bevor sie den Mörder ihres Vaters erkannte und ihn für seine heimtückische Tat bestrafte. Der Krieg ist lange vorbei, aber in Ihnen sehe ich die gleiche Entschlossenheit. Sie wollen Ihren Eltern helfen und Sie wollen etwas erreichen in Ihrem Leben.« Er wandte den Kopf und lächelte verschmitzt. »Könnte es sein, dass einige Ihrer Vorfahren mit Sitting Bull oder Red Cloud geritten sind? Sie haben sicher einen Sioux-Vorfahren.«

»Soweit ich weiß, kommen unsere Vorfahren aus Irland«, widersprach Annie, »obwohl weder meine Eltern noch ich rote Haare haben. Auch unter den Iren soll es zahlreiche Frauen gegeben haben, die sich zu helfen wussten. Ohne die Iren, habe ich gelesen, wäre die Eisenbahn nie gebaut worden, und manche Städte würde es heute gar nicht geben.« Sie trank von dem Tee, den sie in einem verschließbaren Pappbecher mitgenommen hatte, und sah ihm eine Weile beim Fahren zu. »Tut mir leid, was mit den Indianern passiert ist.«

»Das ist lange her.« Er hatte sich inzwischen seine Stummelpfeife angezündet und paffte nachdenklich vor sich hin. Das Thema schien ihm nicht sonderlich zu behagen. »Ich kenne diesen Simon Taylor«, überraschte er sie.

Sie blickte ihn fragend an. »Woher?«

»Die Delle im linken Kotflügel stammt von ihm.« Er deutete nach vorn. »Wenn ich nicht rechtzeitig das

Steuer herumgerissen hätte, wäre die Sache noch schlimmer ausgegangen. Er hatte mir die Vorfahrt genommen, doch die Cops glaubten ihm, und die Versicherung zahlte nicht. Ich kann mit der Delle leben, aber seine Beschimpfungen habe ich noch heute im Ohr. Er kann froh sein, dass wir nicht im Wilden Westen leben, sonst hätte ich ihn skalpiert.«

Weder Old Jules noch Annie lachten. Der Indianer meinte es ernst und wirkte sichtlich mitgenommen, als er von dem Unfall berichtete. Anscheinend hatte ihn Simon Taylor auf übelste Weise beleidigt. Ein Grund mehr, sich darüber zu freuen, dass sie sich gegen die gemeinsame Reise entschieden hatte. Mit Rassisten wollte sie nichts zu tun haben. »Tut mir leid«, sagte sie wieder, »es war ein großer Fehler, dass ich mich überhaupt mit ihm eingelassen habe. Ich hab nichts gegen junge Männer, die mich anhimmeln, aber was er sich da geleistet hat, war definitiv völlig inakzeptabel.«

Old Jules blieb im Windschatten eines großen Trucks und überholte ihn erst an einer übersichtlichen Stelle. »Zu jungen Frauen wie Ihnen kommt die Liebe auf Umwegen«, sagte er lächelnd. »Sie haben zu viele Dinge im Kopf.«

Ihre Eltern staunten nicht schlecht, als sie vor der Lodge aus dem Pick-up stieg. »Annie!«, rief ihre Mutter. »Was machst du denn hier? Was ist passiert?«

»Das ist eine längere Geschichte«, erwiderte sie bester

Laune. Sie umarmte ihre Eltern und stellte den Indianer vor. »Und das sind unsere neuen Mitbewohner. Sie werden uns helfen, die Lodge wieder flottzumachen. Old Jules hat mir einen Sonderpreis gemacht. Eigentlich hätte ich zwei Sparschweine haben müssen.«

Natürlich luden ihre Eltern den Indianer zum Essen ein, aber der ahnte wohl, dass sie und Annie sich einiges zu erzählen hatten, und verabschiedete sich, nachdem er geholfen hatte, die Huskys vom Truck zu laden. Auch den Aufsatz mit den Zwingern ließ er da. »Den brauche ich ja jetzt nicht mehr«, sagte er grinsend. Er setzte sich hinters Lenkrad und winkte ihnen zu. »Kommen Sie mich mal besuchen, wenn Sie mit den Hunden unterwegs sind. Ich würde sie gern irgendwann wiedersehen.«

»Das mache ich ganz bestimmt«, versprach sie.

Ihre Eltern staunten nicht schlecht, als sie von der Auseinandersetzung mit Simon Taylor berichtete, und waren erleichtert über ihre Entscheidung. »Das hätte ich dem jungen Mann gar nicht zugetraut«, sagte ihre Mutter. »Er machte einen …«, sie suchte nach den passenden Worten, »… ganz passablen Eindruck. Wie kommt er nur auf die Idee, du würdest allein mit ihm verreisen? Und das nicht nur für ein paar Wochen, sondern gleich für mehrere Monate? Selbst mit einer Clique hatte ich Bedenken, aber das hätte ich mir gar nicht vorstellen können.«

»Du hättest ihm gar keine Hoffnung machen dürfen«, sagte ihr Vater streng. »Wenn man einen Jungen in die Wüste gejagt hat, fährt man nicht mit ihm durch die Lande, auch nicht mit einer Clique. Die Mädchen, die mir einen Korb gegeben haben, hätten sich kaputtgelacht, wenn ich mit so was angekommen wäre.« Er schnaufte erleichtert. »Immerhin hast du rechtzeitig die Kurve gekriegt. Das hätte ein ziemliches Desaster werden können, Annie.«

Beim Abendessen erzählte Annie ihnen von ihrer Idee, ein Konzept für den Winter zu erstellen und erneut einen Kredit zu beantragen. »Der Wirt im Roadhouse von Dome Creek hat mich darauf gebracht. Der macht sogar zwischen Weihnachten und Neujahr auf. Er rechnet mit den Leuten, die ihren Winterurlaub in der neuen Wellness Lodge verbringen. Einige kehren bestimmt bei ihm ein. Wir sollten es genauso machen. Sicher gibt es viele Leute, die im tiefsten Winter im beheizten Pool schwimmen, in die Sauna gehen oder in feinen Klamotten beim Drei-Sterne-Dinner sitzen wollen, aber es gibt auch andere, die das wahre Kanada erleben wollen: Hundeschlitten-Fahrten, Ausflüge mit dem Snowmobil, Schneeschuh-Wanderungen … so was in der Art.«

Ihre Mutter schob ihr ein zweites Sandwich auf den Teller und goss Kaffee nach. »Darüber haben wir doch schon öfter gesprochen«, sagte sie, »und es scheiterte immer wieder an den Investitionen, die wir dann tätigen müssten.«

»Snowmobile kosten Geld«, sagte ihr Vater, »viel Geld.«

»Das weiß ich doch. Aber Banker mögen schlüssige Konzepte«, widersprach Annie. »Ich will Touristik und Public Relations studieren, das wisst ihr doch, und hab in letzter Zeit viel darüber gelesen. Lasst uns ein Konzept schreiben, die Kosten aufstellen und noch mal zur Bank gehen. Mehr als uns auslachen und aus der Filiale jagen können sie doch nicht. Was meint ihr?«

»Besser als tatenlos rumsitzen«, stimmte ihr Vater zu. Ihre Begeisterung steckte ihn an. »Was bleibt uns auch anderes übrig? Wär doch schade, wenn du dein Sparschwein umsonst geschlachtet hättest. Es tut dir doch nicht leid, oder?«

»Dass ich nicht nach Kalifornien fahre?« Sie griff nach ihrem Sandwich. »Das Meer läuft ja nicht weg, das ist auch noch da, wenn wir aus dem Gröbsten raus sind. Hab ich schon gesagt, dass mir eine verschneite Winterlandschaft genauso gut gefällt? ›Winter Wonderland‹ sollte auf unseren Flyern stehen.«

»Gutes Stichwort. Flyer kosten Geld.«

»Das bekommen wir von der Bank.« Annie war in ihrem Tatendrang kaum zu bremsen. »Und Flyer sind nicht die einzige Möglichkeit, um neue Kunden zu gewinnen. Im Internet gibt's genug Seiten, um an die

Leute heranzukommen, und wer weiß? Vielleicht druckt der *Citizen* einen Bericht über uns. Wir machen ein paar Fotos, schreiben einen Bericht ... lasst mich mal machen.«

»Na dann!«, sagte ihre Mutter. Es klang wie ein Schwur.

Während der folgenden Tage arbeitete Annie pausenlos. Zusammen mit ihren Eltern entwickelte sie ein Konzept und stellte eine Liste der Anschaffungen auf, die sie für eine Wintersaison benötigen würden. Pferde besaßen sie genug, auch Four-Wheeler standen im Schuppen. Benötigt wurden vor allem Snowmobile, Benzin, Zelte, Schneeschuhe, Hundefutter, Vorräte für die Kühltruhe und die Speisekammer und der übliche Kleinkram, den ihr Vater säuberlich notierte, um möglichst nichts zu vergessen. Dass der Betrag, der auf diese Weise zusammenkam, die Summe, die sie bei ihrem letzten Besuch von der Bank erbeten hatten, sogar noch überstieg, dämpfte ihre Hoffnung, bis Annie den geplanten Text für den Flyer präsentierte und ihnen mit zahlreichen guten Ideen neuen Auftrieb gab. »Winter Wonderland«, war der Flyer überschrieben. »Abseits der befahrenen Highways überrascht Kanada mit einer verschneiten Winterlandschaft, wie sie früher nur Fallensteller und Indianer erleben durften. Abenteuerliche Ausflüge mit dem Hundeschlitten oder dem Snowmobil, Schneeschuh-Wanderungen in unberührter Wildnis, Nachtwanderungen im schillernden Nordlicht und gemütliche Abende am offenen Kamin – erleben Sie das wahre Kanada in der romantischen Rainbow Lodge!«

Ihre Eltern waren begeistert und überschütteten sie mit Komplimenten. »Ich wusste gar nicht, dass du so begabt bist«, sagte ihre Mutter. »Ich dachte immer, du bist noch unsere kleine Annie, dabei bist du längst eine erwachsene Frau und stehst mitten im Leben. Mit dir gehen wir bestimmt nicht pleite.«

Das war etwas viel des Lobes, aber Annie hatte sich tatsächlich einige Gedanken gemacht. Gäste, die nur ein paar Tage bleiben konnten, wollte sie mit Special Weekends locken, zum Sonderpreis und mit Attraktionen wie einem Schnellkurs für angehende Musher, die sich auf den Kufen eines Hundeschlittens versuchen wollten. Mit einem Schneeschuh-Wettlaufen, einem winterlichen Barbecue, einem winterlichen Ausritt und einem Erlebniswochenende für Familien mit Kindern, die sich bei dem Wettbewerb »Wer baut den schönsten Schneemann?« austoben konnten. Und dann gab es noch die Specials »Christmas Time im Winter Wonderland« und »Auf der Rainbow Lodge ins neue Jahr».

Auch ihre neuen vierbeinigen Freunde vernachlässigte Annie nicht. Ihr Vater hatte Räder an den Schlitten geschraubt, und sie drehte jeden Tag ihre Runden mit ihnen auf der befestigten Zufahrtsstraße, um die Huskys bei Laune zu halten. Huskys liefen für ihr Leben gern und konnten sehr ungemütlich werden, wenn man sie zwang, den ganzen Tag faul im Stroh zu liegen. Selbst schon etwas ältere Hunde wie ihre neuen Freunde steckten noch voller Tatendrang.

»Von wegen ältere Herrschaften«, rief Annie den Huskys zu, als sie auf den Kufen des rollenden Schlittens zum Highway fuhr, »ihr seid besser in Form, als ich dachte. Hey, Phantom, du machst das sehr gut. Mit dir habe ich ein echtes Schnäppchen gemacht. Du bist mindestens das Doppelte wert.«

Als wollte sich ihr Leithund für dieses Lob bedanken, zog er noch fester an. Die anderen Hunde folgten ihm. Vor allem Hulk und Batman zeigten, was in ihnen steckte, so kraftvoll, wie sie sich in die Geschirre legten. »In zwei, drei Wochen fällt der erste Schnee, dann macht es noch mehr Spaß«, rief Annie.

Sie selbst fühlte sich pudelwohl. Nachdem sie das fertige Konzept und die Liste mit den nötigen Anschaffungen ausgedruckt hatte, glaubte sie zu spüren, dass ihnen nichts mehr passieren konnte. Als hätte eine geheimnisvolle Kraft ihnen neue Zuversicht gegeben. Sie würden den Kredit bekommen, da war sie ganz sicher. Der Banker stellte zwar ein paar neugierige Nachfragen, als ihr Vater um einen neuen Termin bat, ließ sich aber breitschlagen und gab ihm einen Termin. »Ich hoffe, Sie rauben mir nicht unnötig meine Zeit«, sagte er.

Eine knappe Woche nachdem Annie zurückgekehrt

war, fuhren sie im Van ihrer Eltern nach Prince George. Den geräumigen Wagen, wesentlich bequemer als der Pick-up, benutzten sie auch, um Gäste ihrer Lodge von den Flughäfen in Banff oder Prince George abzuholen. Auf beiden Seiten klebte das Logo ihrer Lodge, ein stilisierter Regenbogen mit den Umrissen des Mount Robson. Der Berg selbst war an diesem Morgen kaum zu sehen, der Himmel war bedeckt, und in den Baumkronen hing nebliger Dunst. Die Wetterfee im Fernsehen hatte zunehmende Bewölkung und leichten Regen vorausgesagt.

Die Bank lag in der Innenstadt, nur wenige Blocks vom Nechako River entfernt. Sie parkten auf dem Parkplatz gegenüber. Sie waren zwanzig Minuten zu früh und nutzten die Zeit, um noch einmal das Konzept durchzugehen. Inzwischen waren auch ihre Eltern so überzeugt von dem Plan, dass auch die letzten Zweifel verflogen. Ihr Vater war sehr redegewandt, und ihre Mutter verstand sich auf Statistiken und Zahlen, da konnte doch gar nichts schiefgehen.

»Du kannst gerne mitkommen«, sagte Walter Baldwin. »Ich glaube nicht, dass der Banker was dagegen hat, wenn wir zu dritt bei ihm auftauchen.«

»Mit Bankern könnt ihr besser umgehen«, wehrte sie ab.

»Okay, das Konzept kenne ich inzwischen schon auswendig.«

»Ich warte in dem Coffeeshop dort drüben.« Sie deutete auf die Kaffeebar auf der anderen Straßenseite. »Starbucks für Arme« hieß sie im Volksmund.

Wobei das Kaffeeangebot ähnlich vielseitig und beinahe genauso teuer war, wie Annie erkannte, als sie vor dem Tresen stand und die Liste der teilweise exotischen Kaffeedrinks über den Regalen studierte. »Einen Cappuccino Caramel«, bestellte sie, »mit extra Schlagsahne.« Man gönnte sich ja sonst nichts.

Auch weil das Wetter sehr kühl war, herrschte ordentlich Betrieb in dem Kaffeeladen. Vor allem junge Leute trafen sich dort. Schüler und Studenten, denen die Cafeterias in den Schulen zu öde waren. Die Kaffeebar war äußerst gemütlich, es gab schwarze Sessel und sogar ein kuscheliges Sofa.

Sie machte es sich auf einem der Barhocker am Tresen neben dem Eingang bequem und löffelte die Sahne von ihrem Cappuccino, eine Einstimmung auf die Jubelfeier nach dem Bankbesuch, die sie bereits fest eingeplant hatte.

Auf den Jungen, der gedankenverloren in einem der Sessel an der Wand thronte, fiel ihr Blick eher zufällig. Lag es nur an dem vorteilhaften Licht oder hatte seine Haut tatsächlich einen leichten Goldschimmer? Er war ungefähr in ihrem Alter, vielleicht sogar ein wenig jünger, trug löchrige Jeans, eine verwitterte Lederjacke und eine schwarze Wollmütze, die nur einen Teil seiner halblangen dunklen Haare bedeckte. Eigentlich gar nicht ihr Typ, dachte sie, vor allem, als sich ihre Blicke kreuzten und sie in seine grimmigen Augen blickte. Als hätte er gerade eine heftige Auseinandersetzung hinter sich.

Und doch strahlte er irgendetwas aus, das sie gegen ihren Willen in seinen Bann zog. Sagte man nicht, dass sich viele Mädchen am liebsten in böse Buben verliebten? Wer wollte schon einen strahlenden Helden ohne Fehl und Tadel? Okay, der hatte auch seine Reize, aber viel interessanter war es manchmal doch, sich in den Bad Boy zu verknallen, diesen knallharten Burschen, der alle paar Minuten den Macho rauskehrte und einen anschrie, wenn man anderer Meinung war.

Das behaupteten jedenfalls manche Frauen, und sie ertappte sich wenigstens für einen kurzen Augenblick dabei, ihn trotz seines grimmigen Blickes »verdammt süß« zu finden, ein Gefühl, das schon nach wenigen Augenblicken verschwand. Nein, dachte sie nach dem kurzen Schwächeanfall, der Kerl war definitiv nicht ihr Typ, auch wenn er plötzlich lächelte und ihr zuwinkte.

Sie beugte sich rasch über ihren Cappuccino und saugte am Strohhalm. Das Zeug schmeckte fantastisch, auch wenn es den Kalorienbedarf von mindestens drei Tagen abdeckte. Daran änderte auch die zweiprozentige Magermilch nichts. Aber wann kam sie schon mal nach

Prince George? Die Piña coladas am kalifornischen Palmenstrand waren sicher ebenso gehaltvoll.

Als sie den Kopf hob, sah sie den Jungen auf sich zukommen. Ihr neugieriger Blick hatte ihn wohl ermuntert. Sie ahnte, dass er sehr schnell aggressiv werden würde, und wollte ihn nicht provozieren, schon gar nicht vor so vielen Leuten, und suchte verzweifelt nach einer Möglichkeit, ihm aus dem Weg zu gehen. Aber ihr blieb keine Wahl. Sie musste wohl oder übel in den sauren Apfel beißen, ein paar Worte mit ihm wechseln und dann versuchen, sich rasch von ihm zu verabschieden. Was soll's, dachte sie, ich hab schon blödere Situationen erlebt.

Ein dummer Zufall wollte es anders. Auf ungefähr halbem Weg stieß er gegen einen jungen Mann, der gerade zu seiner Freundin gehen wollte und einen der beiden Kaffeebecher fallen ließ, die er in den Händen hielt.

»He, kannst du nicht aufpassen?«, rief der Junge wütend.

Der Junge in der Lederjacke verlor die Nerven. »Und du? Das hast du doch absichtlich gemacht, du Wichser! Ich sollte dir deine blöde Fresse polieren!« In seiner Wut schlug er dem verdutzten Jungen den zweiten Kaffeebecher aus der Hand und verließ das Lokal. Bevor sich die Leute von dem Schrecken erholten und die Angestellten auf den Zwischenfall aufmerksam wurden, war er bereits verschwunden. »Habt ihr das gesehen?«, rief jemand. »Unmöglich, der Typ!«

Der leidtragende Junge bekam einen neuen Becher Kaffee spendiert und schimpfte noch eine ganze Weile auf den anderen. Annie war ebenso geschockt wie er und erleichtert, dass der seltsame Junge verschwunden war.

»Was machst du denn für ein Gesicht?«, erklang plötzlich die Stimme ihres Vaters.

Sie blickte hoch und sah ihre Eltern vor dem Tresen stehen. Ihre Wangen waren gerötet, ob vom kühlen Wind oder von der Aufregung, vermochte sie nicht zu sagen. Ihr Vater hielt eine Mappe mit dem Logo der Bank in den Händen.

»Das ist jetzt unwichtig«, erwiderte sie ungeduldig. »Und, wie war's?«

»Wir haben den Kredit«, sagte ihre Mutter freudestrahlend. »Er habe selten ein so schlüssiges Konzept vorgetragen bekommen, sagte der Banker. Das Geld befindet sich bereits auf unserem Konto.« Sie umarmte Annie und drückte sie an sich. »Das hast du gut gemacht, meine Liebe!«

»Darauf muss ich mir einen zweiten Cappuccino Caramel gönnen«, sagte Annie.

5

Nach einem Imbiss in einem Schnellrestaurant kauften Annie und ihre Eltern für die bevorstehende Wintersaison ein. Sie beluden den Van, bis sie selbst kaum noch Platz darin hatten, und verbrachten über eine Stunde bei einem Händler am Stadtrand. So lange brauchte Annies Vater, um fünf Snowmobile auszusuchen und einen günstigen Rabatt auszuhandeln. Der Händler versprach, die neuen Maschinen noch vor dem Wochenende auf die Lodge zu liefern.

Zu Hause wartete viel Arbeit auf Annie und ihre Eltern. »Verrückt, nicht wahr?«, sagte sie zu dem alten Walker, als sie Rebel striegelte. »Dabei könnte ich jetzt am Strand liegen und mir die Sonne auf den Bauch scheinen lassen.«

»Du hast genau das Richtige getan«, erwiderte der Oldtimer. »Du gehörst hierher. So wie ein Texas Ranger nach Texas, wenn er nicht zum alten Eisen gehört wie ich. Nach Kalifornien kommst du noch früh genug.« Er hielt in der Arbeit inne. »Obwohl ich an deiner Stelle lieber ins schöne Texas fahren würde.«

»Aber nur, wenn wir zusammen fahren.«

»Ich kenne doch kaum noch jemanden da unten«, sagte er. »Als Texas Ranger macht man sich nicht viele Freunde, und der einzige Sohn, den ich hatte, ist im Ersten Golfkrieg gefallen. Ich hab ihn nicht mal begraben können. Und meine Frau, meine Lucy, hat mich schon vor vielen Jahren verlassen. Ich weiß nicht mal, ob sie noch lebt, und wenn ja, ob sie noch in Texas wohnt. Sie wollte, dass ich meinen Job aufgebe, aber das konnte ich nicht. Das kann kein Ranger. Nein, ich hab nur noch meine Pferde ... und dich und deine Eltern.«

»Und wir haben dich. Du gehörst doch längst zur Familie, Walker.«

»Ich weiß. Und dafür bin ich euch auch sehr dankbar.«

Annie hatte den Oldtimer selten so sentimental erlebt, und dass er seinen einzigen Sohn im Krieg verloren hatte, hatte sie gar nicht gewusst. Er schien in seinem Leben einiges mitgemacht zu haben, mehr noch als der Walker in der Fernsehserie, die er sich so gerne ansah. Der war sogar verheiratet, und seine Leute bewunderten ihn, weil er stets gegen das Böse gewann.

Auch wenn die Pferde im Winter nur selten zum Einsatz kamen, inspizierte Walker die Sättel und das

Zaumzeug und kümmerte sich um das humpelnde Pferd. Auf sein Anraten kam noch einmal der Tierarzt und untersuchte es gründlich. Mit einem festen Verband würde es bald wieder einsatzbereit sein.

Annies Vater überholte die beiden Four-Wheeler, die bereits in ihrem Besitz waren, und führte einige Reparaturarbeiten am Haus durch. Ihre Mutter portionierte die Vorräte und verstaute sie in der Gefriertruhe. Sie hatten keine Ahnung, ob sie im Winter überhaupt Gäste haben würden, wollten aber gar nicht an den schlimmsten Fall denken und mussten auf alles vorbereitet sein.

Annie nutzte den ersten zaghaften Schneefall für eine Foto-Session, während der eine Bekannte aus Valemount ein dramatisches Foto von ihr auf dem Hundeschlitten und neue Fotos von ihren Eltern, der Lodge und den Pferden und Huskys schoss. Als Hobby-Grafikerin half sie Annie, die Homepage der Lodge neu zu gestalten und das Layout für den geplanten Flyer festzulegen. Annie schrieb alle Texte für den Flyer, die neue Homepage und die Pressemeldung, die sie an den *Prince George Citizen* mit der höflichen Bitte mailte, sie in einer der nächsten Ausgaben abzudrucken. Reine Glückssache, wie sie wusste. Die Medien bekamen täglich stapelweise solche Meldungen.

Die Flyer verteilte sie auf zwei anstrengenden Tagesfahrten in mehreren Restaurants und Geschäften in Prince George, am Yellowhead Highway und in Banff.

Sie konnte zwar nicht alle Besitzer dazu überreden, die Flyer auszulegen, die meisten erklärten sich jedoch dazu bereit, als sie ihnen versprach, für ihre Restaurants und Läden auf der Lodge zu werben. Eine Hand wäscht die andere, sagten sie sich.

Ihre Glückssträhne hielt an. Nur ein paar Tage später brachte ihre Mutter die neue Ausgabe des *Prince George Citizen* mit ihrem Artikel aus Tete Jaune Cache mit und hielt sie wie eine Trophäe in die Luft, während die Klicks ihrer neuen Homepage ständig zunahmen und eine weite Verbreitung versprachen. Eine Flasche Champagner köpften sie aber erst, als die erste Buchung für die Wintersaison einging, von einem Ehepaar aus San Francisco, das immer schon davon geträumt hatte, Weihnachten in einer Blockhütte zu verbringen.

Annie kehrte gerade von einem Ausritt zurück und brachte Rebel in die Koppel, als ein schwarzer SUV in die Einfahrt bog, einer dieser teuren Wagen mit verdunkelten Fenstern, wie man sie sonst nur in Filmen sah. Auf der Fahrertür entdeckte sie das Logo der Robson Wellness Lodge. »Die haben uns gerade noch gefehlt«, sagte sie zu Walker. »Ich bin gespannt, was sie wollen.«

Sie gab Rebel einen freundschaftlichen Klaps und ging zum Haus. Es war kälter geworden und die Luft roch nach Schnee. Neben dem Haus jaulten die Huskys, als der Fahrer des SUV ausstieg und dem modisch gekleideten Mann auf dem Beifahrersitz die Tür öffnete.

Einer dieser weißhaarigen Typen, die man gern als Gentleman bezeichnete, obwohl sich hinter ihrer scheinbaren Freundlichkeit oft nur schamlose Profitgier verbarg. Du hast Vorurteile, wies sie sich in Gedanken zurecht, vielleicht ist der Gentleman gar nicht so übel.

Ihr Vater hatte gerade einen Zaun ausgebessert und kam neugierig näher. Ihre Mutter öffnete die Tür und blickte den Besucher überrascht an. Das Logo der neuen Wellness Lodge war beiden wohl nicht entgangen. »Ja bitte?«

»Rupert W. Harris«, stellte sich der freundliche Herr vor, »ich bin Geschäftsführer der Robson Wellness Lodge. Bitte verzeihen Sie, dass ich hier einfach so unangekündigt auftauche, aber wir kommen gerade aus Banff, und als ich Ihr Schild am Highway sah, fiel mir ein, dass wir uns noch gar nicht kennengelernt haben.«

»Kommen Sie doch rein, Mister Harris«, sagte Lisa Baldwin.

Annie war viel zu neugierig, um draußen zu bleiben, und fühlte sich nach all ihrem Einsatz auch wichtig genug, um bei der Besprechung dabei zu sein. Ihre Eltern hatten anscheinend nichts dagegen und auch ihr Besucher wunderte sich nur kurz. Sie setzten sich an den großen Tisch im Gastraum, umgeben von historischen Fotos aus der kanadischen Geschichte, einer grandiosen Farbaufnahme des Mount Robson und einer Karte der

Region. Über dem offenen Kamin aus klobigen Flusssteinen thronte ein Elchgeweih.

»Schön haben Sie es hier«, lobte Harris.

Annies Vater lächelte. »Sie haben den Umweg zu uns doch bestimmt nicht unternommen, um unsere Einrichtung zu loben. Was führt Sie zu uns, Sir?«

»Sie haben recht«, erwiderte der Manager, »es gibt tatsächlich einen Grund für meinen Besuch. Zuerst einmal wollte ich mich mit Ihnen bekannt machen und das ist wirklich ehrlich gemeint. Immerhin arbeiten wir in der gleichen Branche, und das auch noch in derselben Region. Und ich wollte Ihnen versichern, dass der Konzern, zu dem unsere Lodge gehört, keinesfalls die Absicht hat, Sie aus dem Geschäft zu drängen. Unsere Zielgruppe ist eine vollkommen andere. Uns ist natürlich bewusst, dass wir das touristische Gefüge am Mount Robson durch die Eröffnung unserer Lodge, sagen wir, ein wenig durcheinandergebracht haben und dass wir in einigen Bereichen auch in Konkurrenz zueinander stehen, aber glauben Sie mir: Nichts liegt uns ferner, als andere Lodges vom Mount Robson zu vertreiben.«

Das waren schöne Worte, und Annie hätte dem Manager gern geglaubt, aber sie kannte solche Typen aus dem Fernsehen und wusste, dass man Managern in dieser Position niemals trauen durfte. Ihre Eltern dachten wohl ähnlich und ließen es Harris auch merken. Ihr Lächeln fiel sehr spärlich aus.

»Sie haben also bereits von unseren Aktivitäten gehört«, sagte ihr Vater.

»Wie bitte?«

»Sie haben gehört, dass wir diesen Winter geöffnet haben, und nun wollen Sie herausfinden, ob wir uns gegenseitig in die Quere kommen, deshalb sind Sie hier.«

Harris war viel zu routiniert, um zu erröten, und beließ es bei einem verlegenen Lächeln. »So würde ich das nicht formulieren«, warf er ein. »Wie gesagt, ich glaube nicht, dass wir in Konkurrenz zueinander stehen. Aber ich müsste lügen, wenn ich sagen würde, dass mich Ihre Initiativen nicht interessieren. Ich habe Ihren Artikel im *Citizen* gelesen und Ihren Flyer studiert.«

»Den hat Annie getextet, unsere Tochter.«

Harris bedachte sie mit einem anerkennenden Blick und einem jovialen Lächeln. »Gute Arbeit, Miss. Das hätten unsere PR-Experten nicht besser gekonnt.« Er wandte sich wieder an ihre Eltern. »Wie gesagt, ich wollte Ihnen eigentlich nur meine Aufwartung machen und Ihnen versichern, dass wir mit offenen Karten spielen. Und um Ihnen zu zeigen, dass wir uns sogar glücklich schätzen würden, mit Ihnen zusammenzuarbeiten, darf ich Ihnen jetzt schon verraten, welches Highlight wir zwischen Weihnachten und Neujahr planen. Im Rahmen unseres Winter Carnivals veranstalten wir die erste Robson Jubilee, ein Hundeschlittenrennen, das über fünfzig Kilometer bis in die Ausläufer des Mount

Robson führen soll. Ein erfahrener Musher, dessen Name noch geheim ist, wird den Kurs für uns abstecken. Ihre Lodge könnte der erste Checkpoint für die Musher werden … eine echte Win-win-Situation für uns beide.«

»Und wer darf an diesem Rennen teilnehmen?«, fragte Annie.

»Jeder Musher, der glaubt, auf diese Entfernung eine Chance zu haben. Für den Gewinner oder die Gewinnerin spendet einer unserer Werbepartner dreitausend Dollar. Für den dritten gibt es immerhin noch tausend Dollar. Die Pressemeldung geht morgen raus und dann beginnt unser Experte mit der Planung der Strecke. Deshalb würde ich gerne wissen, ob Sie mitmachen.«

»Als Checkpoint? Warum nicht?«, sagte ihr Vater.

»Wunderbar«, freute sich der Manager. »Dann melde ich mich, wenn wir ins Detail gehen.« Er stand auf und reichte ihrer Mutter die Hand. »Auf gute Zusammenarbeit, Mrs Baldwin. Mister Baldwin? Miss Baldwin?« Er verabschiedete sich wie ein Gentleman und stieg zu seinem Fahrer in den Wagen.

»So ein Schleimer!«, lästerte ihr Vater, nachdem Harris gefahren war.

»So sind sie, diese Manager«, stieß ihre Mutter ins selbe Horn.

»Dem werden wir zeigen, wo es langgeht«, verkündete Annie ungewohnt kämpferisch. »Ich habe gerade beschlossen, bei dem Rennen mitzumachen.«

»Du willst was?«, erschrak ihre Mutter.

»Ich melde mich für dieses Rennen an. Robson Jubilee, was für ein dämlicher Name! Aber die dreitausend Dollar könnten wir gut gebrauchen.«

»Du willst da mitmachen?« Auch ihr Vater konnte es nicht glauben. »Also nichts gegen deine neuen Huskys, aber du weißt doch sicher selbst am besten, dass sie schon etwas betagter sind und nicht für ein solches Rennen taugen.«

»Oder ist dieser Indianer jemals ein Rennen mit ihnen gefahren?«, fragte ihre Mutter. »Phantom sieht wie ein guter Leithund aus, aber zwei oder drei der anderen Hunde sind bestimmt nicht in Topform. An dem Rennen nehmen sicher erfolgreiche Musher teil, die schon mal das Iditarod oder den Yukon Quest mitgemacht haben. Gegen solche Profis hast du doch keine Chance.«

»Dann sehe ich es eben olympisch: Dabei sein ist alles.«

»Und wenn du Letzte oder Vorletzte wirst?«

»Bringt mich das auch nicht aus der Bahn.«

Ihre Mutter schien sich an den Gedanken zu gewöhnen. »Nun ja, wenn du meinst. Mit Hunden konntest du schon immer umgehen, das stimmt. Ich bin sicher, du wärst sogar beim Yukon Quest vorn gelandet, wenn wir damals das Gespann behalten hätten. Und dir bleibt genug Zeit zum Trainieren?«

»Jeden Morgen nach dem Frühstück. Tut mir auch gut.«

»Besser als Surfen im Pazifik?«

»Ganz sicher«, sagte Annie überzeugt.

Auch bisher hatte sie ihre morgendlichen Runden mit dem Hundeschlitten gedreht. Ohne die Hunde besonders zu fordern und ohne ihnen zu vermitteln, dass es bald auf Schnelligkeit und Ausdauer ankommen würde. Ihr Gespann sollte dazu in der Lage sein, abenteuerlustige Urlauber durch die Wälder zu ziehen. Im gemächlichen Tempo, wie es auf solchen Touren üblich war, wenn man keinen Ärger mit der Versicherung bekommen wollte. Ein Traumjob für Huskys, die ihre beste Zeit schon hinter sich hatten, aber nicht vollkommen einrosten wollten. Auch ein betagter Husky verspürte noch den Drang, sich zu bewegen, und mit etwas Training würde ihnen vielleicht ein Comeback gelingen. Nicht auszudenken, wenn sie sogar einigermaßen erfolgreich bei dem Rennen abschneiden konnte. Es musste ja nicht gleich der Sieg sein.

Anfang November fiel der erste Schnee und sie konnte endlich die Räder vom Schlitten abschrauben. Im Schnee fuhr es sich deutlich besser. Er fiel in dicken Flocken aus einem verhangenen Himmel und verwandelte das Robson Valley innerhalb weniger Stunden in ein winterliches Paradies, ein Winter Wonderland, das sie an die Wintermärchen ihrer Kindheit und die kitschigen Wandbilder im Einkaufszentrum von Prince George erinnerte. Der Schnee verhüllte die dunklen Fichten und lastete schwer auf ihren Ästen, legte sich in weiten Dünen über die vormals braunen Wiesen und ließ selbst die kantigen Felsen der nahen Berge sanfter aussehen. Mit dem Schnee drängten eisige Kälte und böiger Wind aus dem Norden herab.

Für Annie und die meisten Menschen in ihrer Gegend waren die strengen Winter genauso schön wie die Sommer. Das Land veränderte seinen Charakter, wirkte stiller und erhabener und nötigte vor allem den Einheimischen, die es kannten, größten Respekt ab. Sie wussten, wie gefährlich die Natur sein konnte, auch in ihrem winterlichen Festtagskleid. Gerade im Winter konnte eine Laune der Natur innerhalb kürzester Zeit für einen Wetterwechsel sorgen. Wenn man den hohen Norden kannte, war man entsprechend vorsichtig.

Mit dem Schnee verbesserte sich auch ihre Laune. Es bereitete ihr riesige Freude, mit dem Schlitten über die Trails zu fahren, die ihr Vater mit den Snowmobilen geebnet und befahrbar gemacht hatte. Er probierte eine Maschine nach der anderen aus und war hochzufrieden mit ihrem Kauf. Sie entsprachen den neusten Standards, fraßen nicht so viel Benzin wie die alten, die im Schuppen standen, und würden auch den Besuchern das Fahren erleichtern. Von anderen Vermietern in den nahen Winterzentren wusste er, wie gerne Urlauber Snowmobile fuhren. Viel lieber noch als gewöhnliche Four-Wheelers.

Annie genoss ihre morgendlichen Fahrten mit dem Hundeschlitten. Sie hatte inzwischen Freundschaft mit ihren Huskys geschlossen und sich auf die Eigenarten jedes Einzelnen eingestellt. Sie wusste jetzt, dass Batman gern mal zögerte, bevor er den anderen folgte, und Hulk manchmal nicht wusste, wohin mit all seiner Kraft. Iron Man war der Zuverlässigste, ein ruhiger und intelligenter Zeitgenosse, und Wonder Woman war zickig wie ein pubertierender Teenager und hatte ihren eigenen Kopf. Ihr musste sie manchmal lautstark die Meinung sagen, um sie zur Räson zu bringen.

Viel Zeit, bis die ersten Wintergäste eintreffen würden, war nicht mehr. Die Preise im November hatten sie etwas niedriger gehalten, vor allem für Familien mit kleinen Kindern, und es hatten sich bereits einige davon angemeldet. Während der ersten Novemberwochen waren sie einigermaßen ausgebucht, der wirkliche Run setzte aber erst am amerikanischen Thanksgiving Day ein, den viele Besucher aus den benachbarten USA für einen Winterurlaub nutzten.

»Und für den Dezember sind wir so gut wie ausgebucht«, sagte ihre Mutter. »Es sieht ganz so aus, als würde unsere Rechnung aufgehen. Das haben wir vor allem dir zu verdanken, Annie. Wenn du jetzt auch noch das Rennen gewinnst …«

Ein Scherz natürlich, über den sie alle lachten, aber Annie entwickelte immer stärkeren Ehrgeiz, trieb die Huskys auf ihren morgendlichen Ausflügen zu immer größeren Leistungen an und rief ihnen zu: »Von wegen zu alt. Das lassen wir nicht auf uns sitzen, oder? Wir gehen in dieses Rennen, um zu gewinnen!« Oder um zumindest so gut wie möglich abzuschneiden, fügte sie in Gedanken hinzu. »Ihr gehört noch lange nicht zum alten Eisen, wisst ihr das?«

Die Huskys verfügten tatsächlich noch über Reserven und entwickelten auch Ehrgeiz. Sie schienen sich regelrecht zu freuen, als sie an einem Montagmorgen auf einen anderen Trail abbog und einen anstrengenderen Anstieg mit ihnen wagte. In zahlreichen Windungen ging es weit in die Berge hinein und über verschneite Hügelkämme zu einem Aussichtspunkt – im Sommer eine blumenübersäte Wiese und nun von tiefem Schnee bedeckt –, von dem man auf den nahen Highway hinabblicken konnte. Ihr Vater war nicht den ganzen Trail abgefahren, und immer wenn der Schnee ein Vorankommen verhinderte, musste sie vom Schlitten steigen und den Trail mit ihren Schneeschuhen ebnen.

Ihre Hunde hielten sich wacker, nur Wonder Woman tat sich im Tiefschnee sichtlich schwer und wäre wohl am liebsten umgekehrt. »Du kannst das«, spornte Annie sie an, »du wirst doch wohl nicht vor den Rüden schlappmachen?«

Ein Geräusch ließ sie zusammenfahren. Das Brummen eines Motors, sicher weit entfernt, aber in dieser abgelegenen Stille deutlich hörbar. Ein Snowmobil, war ihr erster Gedanke, oder war sie schon so nahe am Highway, dass man den Verkehr hörte? »Seid doch mal ruhig!«, rief sie den Huskys zu und lauschte angestrengt, aber es war nichts mehr zu hören. Ich hab mich wohl doch getäuscht, dachte sie, oder ich werde langsam nervös.

Auch um nicht vor ihrer eigenen Courage einzuknicken, fuhr sie weiter und hielt nach wenigen Metern erneut den Schlitten an. War da nicht ein Geräusch ganz in ihrer Nähe gewesen? Sie verspürte ein beklemmendes Gefühl. Es kam ihr beinahe so vor, als hätte sich jemand zwischen den Bäumen versteckt und würde sie heimlich beobachten. Aber als sie ihren Blick über den Waldrand schweifen ließ, konnte sie nichts entdecken, und das einzige Geräusch kam von dem Wind, der in den Baumkronen rauschte. Die verschneite Lichtung, die bis zu den Hügeln reichte, lag einsam und verlassen vor ihr.

»Weiter!«, rief sie den Hunden zu. »Da ist nichts. Weiter!«

6

Auf einem der Hügel hielt sie an. Über den Bergen war bereits die Sonne aufgegangen, doch der Himmel war bedeckt, und sie war lediglich als heller Schimmer hinter den grauen Wolken zu erkennen. Der Mount Robson hielt sich versteckt, wie so oft um diese Jahreszeit. Eine Windböe wirbelte Schneeschleier über die Hügelkämme und zwang sie, die Schutzbrille aufzusetzen.

Nach einer Weile ließ der Wind nach, und sie hatte wieder freie Sicht auf den Yellowhead Highway, der sich keinen halben Kilometer von ihr entfernt durch die Ausläufer der Berge zog. Die Straße war bereits geräumt und glänzte in der schwachen Morgensonne. Die schneebedeckten Berge der nahen Rocky Mountains ragten hoch empor und bildeten eine eindrucksvolle Kulisse. Das Brummen eines Trucks hallte durch den ansonsten stillen Morgen.

Annie ließ ihren Blick schweifen und erschrak, als sie ein Wohnmobil auf einem Seitenstreifen stehen sah. Daneben stand jemand und blickte anscheinend zu ihr empor. Sie nahm ihr Fernglas aus dem Schlittensack und blickte hindurch. Es dauerte eine Weile, bis sie scharf gestellt hatte und einen jungen Mann in den Fokus bekam. Simon Taylor! Anstatt weiter nach Kalifornien zu fahren, war er umgekehrt und beobachtete sie. Oder irrte sie sich? Sie setzte das Fernglas ab, beruhigte ihre Augen und blickte noch einmal hindurch. Er war es, war sie sich jetzt ganz sicher, das war Simon Taylor. Auch er besaß ein Fernglas.

Wutentbrannt stieg sie auf die Kufen und lenkte das Gespann auf die Forststraße, der unterhalb der Hügel in einer weiten Kurve zum Highway führte. Was war nur in diesen Mistkerl gefahren? Wie kam er bloß dazu, noch vor der Grenze umzukehren und ihr nachzufahren? War er etwa ein Stalker? Und was war mit Ronny aus Williams Lake und dem Pärchen aus Vancouver? Hatte er sie einfach im Stich gelassen, oder hatten sie niemals vorgehabt, mit ihm nach Kalifornien zu reisen? Hatte Simon von vornherein geplant, mit ihr allein zu fahren?

Wie konnte man nur so krank sein? Ein Typ, der so gut aussah, dass ihm die Mädchen in Scharen nachliefen, war ausschließlich auf sie fixiert und setzte alles daran, sie für sich zu gewinnen. Ein anderes Mädchen, eine andere junge Frau hätte sich vielleicht geschmeichelt gefühlt, doch sie nervte sein Verhalten nur. Sie hätte nicht den Fehler begehen dürfen, sich zunächst auf diese Fahrt nach Kalifornien einzulassen, aber woher hätte sie auch wissen sollen, dass er es nur darauf angelegt hatte, mit ihr allein zu sein? »Mensch, war ich dumm!«, beschimpfte sie sich selbst, während sie den Schlitten zum Highway lenkte.

Simon stand noch immer neben seinem Wohnmobil, als sie die Straße erreichte und von den Kufen stieg. »Annie!«, rief er erfreut. »Ich hab schon gehofft, dass du zu mir runterfahren würdest. Da oben ist es doch sicher kalt?«

»In deiner Nähe ist es noch viel kälter!«, fuhr sie ihn an. Es fiel ihr schwer, ihre Wut einigermaßen im Zaum zu halten. »Was fällt dir ein, mir nachzuspionieren? Hast du nichts Besseres zu tun, als mich zu verfolgen? Und jetzt erzähl mir nicht, dass du rein zufällig in der Nähe warst. Warum bist du hier?«

Er blickte sie verwundert an, als könnte er nicht glauben, dass sie ihm eine solche Frage stellte. »Weil ich dich mag, Annie. Du bist alles, was ich mir je erträumt habe. Ich dachte, das wüsstest du.«

»Und deshalb brichst du deinen Urlaub ab?« Sie konnte sich noch immer nicht beruhigen. »Was sagen denn die anderen dazu? Ronny, Joe und Melissa? Hattest du ihnen überhaupt Bescheid gesagt? Die wussten nichts von unserer Fahrt, oder? Du hattest nie vor, sie mitzunehmen. Du wolltest mit mir allein sein.«

»Wäre das denn so schlimm gewesen?«

»Du bist nicht mein Typ, Simon! Kapier das doch endlich!«

»Wir hätten bestimmt eine tolle Zeit miteinander gehabt.«

»Nein, Simon, das hätten wir nicht«, sagte sie. »Ich wollte nie etwas mit dir anfangen und das hab ich dir auch deutlich zu verstehen gegeben. Inzwischen weiß ich, dass es falsch war, mich anfangs überhaupt auf die Reise einzulassen, aber woher sollte ich auch wissen, dass du meine Zusage missverstehen würdest?«

»Du magst mich doch auch, Annie. Du bist jetzt nur wütend ...«

»Und ob ich das bin!« Sie schrie beinahe und hätte ihm am liebsten eine schallende Ohrfeige verpasst. »Ich kann es nicht ausstehen, von einem Stalker verfolgt zu werden. Ein Stalker, das bist du! Einer dieser kranken Typen, die eine andere Person beschatten, weil sie ihr nahe sein wollen. Krank ist das!«

»Sag so was nicht, Annie!« Er hatte Tränen in den Augen.

»Woher wusstest du überhaupt, dass ich hier bin?«

»Ich warte schon lange auf dich, Annie.«

Sie hatte nicht das geringste Mitleid mit ihm. »Damit ist es jetzt vorbei!«, sagte sie entschlossen. »Wenn ich dich noch einmal in meiner Nähe erwische, rufe ich die Polizei. Fahr nach Prince George und lass dich hier nie wieder blicken!«

»Ich mag dich, Annie! Ich mag dich wirklich!«

»Wenn du mich magst, dann lass mich gefälligst in Ruhe. Verschwinde, Simon! Hau ab! Lade die beiden Cheerleaders in dein Wohnmobil und fahr endlich nach Kalifornien! Die beiden schwärmen für dich.« Sie sparte sich die anzügliche Bemerkung, die ihr auf der Zunge lag. »Leb wohl, Simon! Auf Nimmerwiedersehen!«

Ohne eine Antwort abzuwarten, stieg sie auf ihren Schlitten und fuhr auf dem Trail, der parallel zum Highway verlief, nach Westen zurück. Erst eine gute Viertelstunde später fuhr Simon an ihr vorbei. Er bremste kurz, und sie hatte schon Angst, dass er das Beifahrerfenster herunterlassen und auf sie einreden würde, aber er fuhr weiter und hupte nicht mal. Sie war erleichtert, als sein Wohnmobil in der Ferne verschwand und der Spuk endlich vorüber war.

Zu Hause warteten ihre Eltern mit dem Frühstück. Sie versorgte die Hunde, wusch sich die Hände und setzte sich zu ihnen an den Küchentisch. Es gab Rührei mit Speck und gebutterten Toast, morgens aßen sie gerne deftiger.

»Simon Taylor hat angerufen«, sagte ihre Mutter, noch bevor sie von ihrer unliebsamen Begegnung berichten konnte. »Gleich nachdem du weg warst.«

»Das dachte ich mir schon«, erwiderte Annie.

»Er wollte sich bei dir entschuldigen und fragte, wo du bist. Ich war noch völlig verschlafen und hab ihm wohl verraten, dass du heute in die Hügel fahren würdest. Ich weiß, ich hätte besser den Mund gehalten, aber ...«

»Er hat mir aufgelauert, Mom.«

»Simon Taylor?«

Annie berichtete ihren Eltern von der Auseinandersetzung mit Simon und wie sie beinahe die Nerven verloren hatte. Sie hörten staunend zu und wurden beinahe genauso wütend wie sie, wussten aber auch, dass man einem Stalker selten beikommen konnte, solange er nichts Verbotenes tat. »Die Polizei kann erst eingreifen, wenn es meistens schon zu spät ist«, sagte ihr Vater. »Wenn er dir noch mal zu nahe kommt, schnappe ich ihn mir und bringe ihm Manieren bei, darauf kannst du dich verlassen.«

In den nächsten Tagen ließ sich Simon nicht blicken. Sicherheitshalber benutzte sie abgelegene und nur schwer erreichbare Trails und blieb auch bei der Arbeit in der Lodge wachsam, falls er auf die wahnwitzige Idee kommen sollte, ihr dort aufzulauern. Nachts verschloss sie die Tür ihres Zimmers. Sie war selbst entsetzt darüber, welche Auswirkungen Simon Taylors Rückkehr auf sie hatte, wollte aber jedes Risiko ausschließen, auch wenn sie sich damit Einschränkungen auferlegte. Erst nach einigen Tagen ging sie davon aus, dass er ihre Botschaft verstanden hatte und sie wohl keine Angst mehr zu haben brauchte.

Auch der alte Walker hatte natürlich von Simon Taylor erfahren und nahm sie beiseite, als sie von einem Ausritt mit Rebel zurückkehrte. Anders als die meisten anderen Pferde mochte die Stute den Schnee. »In Texas würden sie mit einem solchen Kerl kurzen Prozess machen«, sagte er. »Sie würden ihm irgendetwas anhängen und ihn wegsperren. Und vor nicht mal hundert Jahren hätten sie den Kerl geschnappt und am nächsten Baum aufgeknüpft.« Er musste grinsen, als er ihr entsetztes Gesicht sah. »Schon gut, Annie. Wir sind in Kanada, und wenn ich ihn lynchen würde, käme ich ins Gefängnis, aber eins verspreche ich dir: Wenn der Kerl dir irgendetwas antut, binde ich ihn gefesselt an mein Sattelhorn und schleife ihn langsam zu Tode!«

Auch das würde Walker niemals tun, aber ganz sicher war sie sich nicht. In den TV-Filmen mit dem Texas Ranger ging es immer ordentlich zur Sache. Walker hielt sich zwar streng an das Gesetz, verabreichte den Bösewichten aber meist eine solche Tracht Prügel, dass sie kaum noch stehen konnten. Walker war etliche Jahre älter als sein Idol, doch sie traute ihm so einiges zu.

»Wenn das so weitergeht, sind wir in ein paar Tagen ausgebucht«, sagte ihre Mutter beim Abendessen. »Unsere Werbung macht sich bezahlt. Schade, dass wir nur sechs Zimmer haben. Ein paar Hütten wären nicht schlecht.«

»Die sind bereits in Arbeit«, erwiderte Annies Vater. »Zwei Fertighütten für jeweils eine Familie und eine Hütte, die ich als Luxusapartment ausstatten möchte. Falls mal VIPs oder andere reiche Leute hierherkommen wollen.«

»Davon hast du uns noch gar nichts erzählt«, wunderte sich Annies Mutter.

»Weil ich erst heute das endgültige Okay bekommen habe.« Er blickte seine Frau an. »Erinnerst du dich noch an Paul, meinen Kumpel aus Quesnel?«

»Den mit dem Sägewerk?«

Annies Vater nickte. »Genau den. Ich hab neulich mit ihm telefoniert und zufällig erfahren, dass er jetzt mit Fertighäusern handelt. Er macht mir einen Sonderpreis für die Hütten, das Geld bekommen wir schnell wieder rein. Er will die Hütten schon in ein paar Tagen liefern lassen, du kannst sie ab Ende November belegen.« Er wandte sich an Annie. »Dir lasse ich einige Fotos der Hütten schicken, die solltest du so schnell wie möglich in unsere Homepage einbauen.« Er war guter Dinge. »Wir sind auf dem richtigen Weg, meine Lieben!«

Annies Mutter hob ihren Kaffeebecher. »Darauf trinke ich.«

»Auf die neue Luxuslodge!«, rief Walter Baldwin lachend.

»Und wer macht jeden Morgen die Zimmer sauber?«, fragte Annie nach einer Weile. »Ich würde es schon machen, aber ich hab genug mit den Pferden und den Huskys zu tun. Schaffst du die Kocherei ganz allein, Mom? Wer kümmert sich um den Bürokram? Ich schätze, wir brauchen noch mindestens zwei Angestellte, um all das zu schaffen. Soweit ich weiß, kennt Walker einen Cowboy – ungefähr in seinem Alter und angeblich noch fitter als er –, der bei den Pferden helfen und bei den Ausritten dabei sein könnte. Als Cowboy kennt er sich mit Pferden aus. Und Judy, die uns im Sommer unterstützt hat, kommt sicher auch, wenn wir sie ordentlich bezahlen.«

»Sie wäre dazu bereit«, sagte ihre Mutter, »ich habe sie schon gefragt. Notfalls würde sie sogar ihre Schwester und ihren Neffen mitbringen. Ich glaube nicht, dass wir die auch brauchen, aber es ist gut zu wissen.«

Die nächsten Tage waren so arbeitsreich, dass Annie gar nicht merkte, wie schnell die Zeit verging. Sie ergänzte ihre Homepage um die Fotos und das Angebot für die neuen Hütten, drehte einige Runden mit dem Hundeschlitten und holte mit Walker den alten Cowboy ab, der sich seit seiner Pensionierung langweilte und froh war, wieder arbeiten zu können. Die Gedanken an Simon Taylor hatte sie erfolgreich verdrängt. Einige Tage bevor die Fertighütten kamen, begleitete sie ihre Mutter nach Prince George, um die Einrichtung für die neuen Quartiere zu kaufen und teilweise schon mitzunehmen. Betten, Tische, Stühle und Schränke lieferte der Freund ihres Vaters mit den Hütten, aber sie brauchten Bettwäsche, Tischdecken, Vorhänge und den »üblichen Kleinkram«, wie sie es nannte, Handtücher, Waschlappen und solche Sachen.

Im *Costco*, einem riesigen Kaufhaus, bekamen sie so ziemlich alles zu günstigen Preisen. Sie verstauten die Waren im Wagen und belohnten sich mit einem Lunch im Thai-Restaurant und einem anschließenden Kaffee in derselben Kaffeebar, in der Annie gewesen war, als ihre Eltern bei der Bank nach einem neuen Kredit gefragt hatten. Sie bestellten zwei Cappuccino Caramel, und auch sonst schien sich einiges zu wiederholen, denn kaum hatte sie die Becher geholt und war auf dem Rückweg zu ihrer Mutter, da versperrte ihr der Junge von damals den Weg. Er trug dieselbe Lederjacke und dieselben löchrigen Jeans und präsentierte ein Lächeln, das so gar nicht zu einem bösen Buben passen wollte. War sein Ausraster von damals etwa eine Ausnahme gewesen?

»Hey«, begrüßte er sie, »dich kenn ich doch.«

»Ja, ich war zufällig dabei, als du dich mit einem anderen Jungen angelegt hast.«

»Das tue ich öfter, wenn mir einer dumm kommt.«

»Er hatte dir gar nichts getan. Du bist einfach ausgerastet.«

Sein Lächeln veränderte sich, wurde herablassend und beinahe arrogant. »Stehst du etwa auf Weicheier?« Er deutete auf einen freien Sessel. »Warum setzt du dich nicht zu mir? Du bist genau mein Typ, weißt du das?« Er zog einen Flachmann aus der Tasche. »Ich hab meine Spezialmedizin dabei. Ein paar Spritzer in deinen Kaffee und du bist gleich ganz anders drauf. Okay?«

»Nein, das ist nicht okay«, widersprach sie ihm. »Ich mag keinen Alkohol und du bist alles andere als mein Typ. Ich hab keine Lust, mich mit dir zu unterhalten. Außerdem bin ich mit meiner Mutter hier. Also lass mich bitte vorbei!«

»Warum sollte ich dich gehen lassen?«

»Weil du keinen heißen Kaffee ins Gesicht bekommen willst«, drohte sie ihm. »Und weil ich die ganze Gegend zusammenschreie, wenn du mir dumm kommst. Sexuelle Belästigung, schon mal davon gehört? Bei dem Thema sind sie inzwischen sehr empfindlich bei der Polizei. Lässt du mich jetzt bitte vorbei?«

Darauf wusste er keine Antwort mehr. Er ließ sie vorbei und verließ gleich darauf die Kaffeebar, jedoch nicht, ohne ihr noch einen wütenden Blick hinterherzuwerfen.«

»Wer war denn das?«, wunderte sich ihre Mutter.

»Zurzeit habe ich etwas seltsame Verehrer«, erwiderte sie nur.

Auf der Rückfahrt war Annie ungewohnt still. Die

Erinnerung an den Jungen und seine plumpe Anmache in der Kaffeebar ließen ihr keine Ruhe. Sie war es nicht gewohnt, auf diese aggressive Weise angegangen zu werden, und auch ein wenig erschrocken über ihre eigene Reaktion. Normalerweise wäre sie mit einem einfachen »Lass mich in Ruhe!« an ihm vorbeigegangen und hätte ihn nicht weiter beachtet, aber irgendwas im Blick des Jungen hatte sie dazu herausgefordert, ihn zu provozieren, um hinter seine ungehobelte Fassade blicken zu können. Dieser Junge war definitiv anders, als er sich gab. Ob besser oder schlechter, vermochte sie nicht zu sagen.

»Was ist los?«, fragte ihre Mutter. »Warum bist du auf einmal so nachdenklich?«

»Ach«, tat Annie die Frage scheinbar beiläufig ab, »ich muss immer an diesen Jungen denken. Den aus der Kaffeebar. Ich hab ja einiges erlebt auf der Secondary School. Schüchterne Typen, die mir heimlich Liebesbriefe in den Rucksack steckten. Draufgänger, die dachten, ich müsste vor Dankbarkeit in die Knie gehen, wenn sie ein Lächeln für mich übrig hatten. Aber so seltsam wie der Junge in der Lederjacke hat mich noch keiner angemacht. Billiger geht's gar nicht und doch schien er irgendwie Angst zu haben. Als hätte er Angst vor seinen eigenen Worten. Als wollte er irgendetwas anderes sagen und eine geheimnisvolle Macht würde ihn daran hindern.«

»Sah er gut aus? Ich hab ihn nur aus der Ferne gesehen.«

»Wenn man sich sein arrogantes Grinsen wegdenkt.«

Ihre Mutter war nicht überrascht. »Das war zu meiner Zeit nicht anders. Wenn einen Typen ansprachen, die man am liebsten zum Teufel gejagt hätte, sagte man sich: Logisch, von diesen Rabauken war auch nichts anderes zu erwarten. Kam einem aber ein Netter auf die nervige Art, suchte man nach tausend Entschuldigungen und hoffte, dass er es nicht so gemeint hatte. Dass die scheinbar Netten auch die Bösen sein können, merkt man erst viel später.«

»Klingt kompliziert.«

»Ist es auch.«

»Und was war Dad für einer?«, fragte sie.

»Er war ein Netter«, antwortete ihre Mutter, ohne lange nachzudenken, »damals so wie heute. Allerdings hat er mich auch nicht angebaggert. Ich hab mich im Schulbus neben ihn gesetzt und ihm gesagt, dass er mich gefälligst zum Abschlussball einladen soll. Und nach dem was weiß ich wievielten Date hab ich ihn zum Juwelier geschleift und ihm die Verlobungsringe in der Auslage gezeigt. Ein paar Wochen später waren wir verheiratet.«

Annie musste grinsen. »Dad war schüchtern?«

»In Liebesdingen schon.« Sie lächelte versonnen vor sich hin, erinnerte sich wohl an vergangene Zeiten.

»Aber sag ihm nicht, dass ich dir das erzählt habe. Er wird heute noch rot, wenn ich ihn darauf anspreche. Er ist ein toller Mann.«

»Das ist er.«

Dass er seine Schüchternheit längst abgelegt hatte, zeigte Walter Baldwin nach ihrer Rückkehr. Stolz und voller Freude präsentierte er ihnen die drei neuen Blockhütten, die er abseits der Lodge am Waldrand platziert hatte. »Na, was sagt ihr dazu? Sehen die nicht wundervoll aus? So etwas erwarten die Leute von Kanada, nicht diese auf Luxus getrimmten Bungalows der Wellness Lodge.«

»Wer hätte das gedacht?«, staunte Lisa Baldwin. »Es geht aufwärts!«

Annie war ebenso begeistert wie ihre Mutter. Die Blockhütten hoben sich mit ihren geschälten Stämmen deutlich von den Bäumen ab und würden sicher viele Besucher an die abenteuerlichen Geschichten eines Jack London erinnern. Die »Stimme des Nordens« hatte ihre Lehrerin den legendären Autor genannt. Die Luxushütte war wesentlich größer als die anderen und von einer Veranda umgeben. Sie war so geschnitten, dass man sie auch an zwei Familien mit Kindern vermieten konnte. »Eingerichtet werden sie noch besser aussehen, Dad. Du wirst staunen, was wir alles mitgebracht haben.«

An den Jungen aus der Kaffeebar dachte sie schon nicht mehr.

7

Annie stand gerade mit Walker und dem neuen Cowboy vor der Koppel beisammen, als die Lady in ihrem BMW vor der Lodge hielt. Der metallicblaue Sportwagen wirkte wie ein Fremdkörper in der ländlichen Umgebung, ebenso wie die Fahrerin, eine Dame im edlen Hosenanzug und mit modischen Cowboystiefeln.

»Hoffentlich kein Gast«, lästerte Walker leise. »Ich kenn diesen Typ. Weiß alles besser, meckert ständig und sorgt sich um ihre Frisur.« Er sprach mehr mit sich selbst als zu Annie und dem Cowboy. »Im Sommer hatten wir auch so eine. Die kostete mich den letzten Nerv. Jedes Mal wenn ihr Pferd den Kopf bewegte und an herunterhängenden Zweigen knabberte, drehte sie beinahe durch.«

»Dann hatte sie's noch nie mit einem Wildpferd zu tun«, erwiderte Duncan. Auch der neue Cowboy ließ sich mit dem Vornamen ansprechen und hatte schon bewiesen, dass er sich auf Pferde verstand. Nur weil er humpelte und mit seinem faltigen Gesicht älter aussah, als er war, hatte er keinen anderen Job mehr bekommen. »Auf der Rafter H hatte ich es mit einer Stute zu tun, die mir die Hose vom Hintern riss, nachdem sie mich abgeworfen hatte.«

»Die stand eben auf dich«, erwiderte Walker kichernd.

Annie war viel zu neugierig, um sich an der Unterhaltung der beiden Oldtimer zu beteiligen, und ließ sie mit ihren Erinnerungen allein. Inzwischen hatte ihre Mutter die Tür geöffnet und bat die Lady herein. Annie betrat das Haus mit ihrem Vater, der vom Stall herüberkam. Anscheinend hatten sie beide das Gefühl, der Besuch der Lady könnte von besonderer Bedeutung sein.

»Susan Donovan«, stellte sich die Besucherin vor.

Walter Baldwin erwiderte die Begrüßung. Sie setzten sich an den langen Esstisch, wechselten ein paar belanglose Worte über den vielen Schnee und tranken von dem Kaffee, den Annie aus der Küche brachte. Seit sie das Konzept für die neue Wintersaison erstellt hatte, war sie bei allen wichtigen Gesprächen dabei.

Die Lady wirkte bedrückt und schien nicht zu wissen, wie sie zu ihrem eigentlichen Thema kommen sollte. Schließlich sagte sie: »Tut mir leid, dass ich unangemeldet hier aufgekreuzt bin, aber ich hatte wohl Angst, Sie würden mich schon am Telefon abweisen, und da dachte ich mir, ich fahre am besten gleich selbst bei Ihnen vorbei.«

»Wenn es um eine Reservierung geht, Mrs Donovan …«

»Eigentlich schon, obwohl …« Sie hatte Schwierigkeiten, die richtigen Worte zu finden. »Es geht um meinen Sohn Mark. Er ist achtzehn. Wie Sie sicher wissen, wird man in dieser Provinz erst mit neunzehn volljährig. Mein Mann und ich sind also noch für ihn verantwortlich. Leider bereitet uns Mark in letzter Zeit einige Probleme. Er ist wohl in falsche Gesellschaft geraten.«

»Das tut mir leid«, sagte Annies Vater.

»Dieser Zirkus ist schuld«, fuhr die Lady fort, »einer dieser kleinen Wanderzirkusse, die alle paar Monate am Stadtrand gastieren. Mark trieb sich tagelang mit einigen jungen Kerlen herum, die dort beim Aufbauen halfen und wohl hofften, besser vor dem Gesetz geschützt zu sein, wenn sie einen festen Job vorweisen konnten. Diebstahl, Drogen, diesen Burschen traue ich alles zu. Leider erfuhren wir viel zu spät, dass Mark sich ihnen angeschlossen hatte.«

»Warum erzählen Sie uns das alles?«, fragte Annies Vater vorsichtig.

»Dazu komm ich gleich«, antwortete sie, »aber es ist wichtig, dass Sie die Vorgeschichte kennen. Mark ist ein guter Junge. Intelligenter, als es auf den ersten Blick den Anschein hat, und herzensgut, wenn man erst einmal zu ihm vordringt. Leider haben mein Mann und ich wenig Zeit für ihn. Wir sind beruflich sehr angespannt, arbeiten beide als Chirurgen am University Hospital, und waren gezwungen, ihm sehr viele Freiheiten zu lassen. Ein Fehler, das gebe ich zu. Wir hätten uns mehr um ihn kümmern müssen, aber das wäre auf Kosten unserer beruflichen Karriere gegangen. Das wäre für keinen von uns infrage gekommen. Außerdem bin ich der Meinung, dass man auch ohne ständige Aufsicht und Fürsorge zu einem anständigen Menschen werden kann. Mark hätte erkennen müssen, wie übel diese Zirkusleute sind.«

»Nicht alle Zirkusleute sind Verbrecher«, warf Annies Vater ein.

»Das behaupte ich auch nicht, aber die Typen, mit denen er herumhing, waren es, und leider war er zu schwach, um sich gegen ihren Einfluss zu wehren. Er prügelte sich mit wildfremden Menschen, nur um seinen Kumpels zu imponieren, und vor ein paar Tagen wurde er von der Polizei festgenommen, als er mit seinen neuen Freunden zwei junge Paare drangsalierte. Nun …« Es fiel der Lady zunehmend schwerer, von ihrem Sohn zu berichten. »Sie gingen mit Baseballschlägern auf die Jungen los und hatten Glück, dass die Polizei rechtzeitig erschien und sie festnahm. Die jungen Paare erstatteten Anzeige.«

»Es tut mir sehr leid für Ihren Jungen«, erwiderte Annies Vater, »aber seien Sie mir nicht böse, ich weiß noch immer nicht, warum Sie uns das alles erzählen. Wir sind eine Lodge. Sind Sie sicher, dass Sie mit uns sprechen wollen?«

»Ja, und ich sage Ihnen auch gleich, warum.« Sie nippte an ihrem Kaffee und verzog den Mund. »Mark hatte Glück. Wir konnten uns mit den Anklägern auf gütliche Weise einigen. Manchmal hilft es tatsächlich, etwas mehr Geld auf dem Konto zu haben. Daraufhin gingen wir mit Mark zu einer Psycholcgin, die uns empfahl, ihn für ein paar Wochen in einen Arbeitsurlaub zu schicken. So käme er auf andere Gedanken, und es würde ihm sicher gelingen, den schlechten Einfluss seiner düsteren Kumpane abzuschütteln. Zuerst dachten wir an eine Guest Ranch, aber mit Pferden und Rindern hat er es nicht so, und als wir hörten, dass Ihre Lodge auch im Winter geöffnet hat, dachten wir ...« Sie zögerte wieder und suchte nach den passenden Worten. »Nun, wir dachten, er könnte vielleicht für Sie arbeiten und auch ein wenig Urlaub machen, um Abstand zu gewinnen und neuen Mut zu finden.«

Annie unterdrückte mühsam ihre Überraschung. Ihre Rainbow Lodge als Bootcamp für einen Jugendlichen, der auf die schiefe Bahn geraten war? Das waren ja tolle Aussichten. Sie hatten doch gar nicht die Zeit, sich den ganzen Tag mit einem solchen Kerl zu beschäftigen. Der würde doch nur Ärger machen.

Die Lady ahnte wohl ihre Gedankengänge. »Geld

spielt keine Rolle«, sagte sie schnell, »ich zahle jeden Preis, den Sie verlangen. Wenn es sein muss, das Doppelte. Ich weiß, dass es spezielle Einrichtungen und Bootcamps für schwierige Jugendliche gibt, aber meinem Mann und mir ist sehr daran gelegen, ihn keinem übergroßen Druck auszusetzen, der führte doch sowieso zu nichts. Wir glauben, auf einer Lodge wie dieser fände er die familiäre Umgebung, die ihn wieder auf den rechten Weg führen würde. Was meinen Sie?«

Annie und ihre Eltern waren gleichermaßen überrascht und blickten sich einige Zeit fragend an, bis Walter Baldwin sagte: »Wir wissen Ihr Vertrauen sehr zu schätzen, Mrs Donovan, und ich möchte Ihnen ungern widersprechen, aber ich bin mir nicht sicher, ob wir wirklich in der Lage wären, uns so intensiv um Ihren Sohn zu kümmern, wie es Ihnen nötig erscheint. Unsere anderen Gäste wollen einen unbeschwerten Urlaub genießen, und sollte Ihr Sohn rebellieren, könnte es zu Beschwerden oder sogar zu Absagen kommen.«

»Wie gesagt, ich zahle jeden Preis, und sollte es tatsächlich zu Schwierigkeiten kommen, genügt ein Anruf, und ich hole meinen Sohn sofort ab.«

»Wenn Sie mitkommen und sich auch selbst um ihn kümmern würden, wäre es vielleicht machbar«, schlug Annies Mutter vor. »Wir könnten Ihnen eine der neuen Hütten zur Verfügung stellen, dort wären Sie relativ ungestört.«

Die Lady schüttelte vehement den Kopf. »So etwas wollen wir gerade vermeiden. Mal davon abgesehen, dass wir beruflich extrem eingespannt sind und ohnehin keine Zeit hätten. Unser Junge soll sich in einer familiären Umgebung bewähren und erkennen, dass die Welt auch ihre guten Seiten hat.«

»Wie gesagt, ich halte das für äußerst problematisch ...«

»Sie gehen keinerlei Risiko ein«, sagte sie schnell. »Ich zahle den doppelten Preis für drei Wochen, selbst dann, wenn ich ihn vorzeitig abholen müsste. Sie würden mir wirklich einen großen Gefallen tun und es würde sich bestimmt auszahlen. Mein Mann und ich haben gute Kontakte in unserer Stadt und über die Stadtgrenzen hinaus und könnten sicherlich einige zahlungskräftige Gäste für Sie akquirieren.«

Ein gutes Argument, fand Annie, und auch ihre Eltern wurden anscheinend schwach. Und es gab tatsächlich kein Risiko, wenn sie den vorgeschlagenen Deal besiegelten. »Ich könnte ihn auf eine Schlittenfahrt mitnehmen«, sagte Annie, ohne groß darüber nachzudenken. »Das gefällt ihm bestimmt, selbst wenn es ihm anfangs noch nicht so gut geht. Die meisten jungen Männer lieben Abenteuer und davon erlebt man mit den Huskys genug. Wenn er wirklich einen guten Charakter hat ...«

»Den hat er«, bestätigte die Lady rasch, »und die Idee

mit der Schlittenfahrt ist hervorragend. Ich bin mir sicher, auf so einer Fahrt würde er schnell auf andere Gedanken kommen.« Sie roch Morgenluft. »Was sagen Sie also? Darf ich unseren Sohn zu Ihnen schicken? Sie würden unserer Familie wirklich sehr helfen.«

Walter Baldwin blickte seine Frau an und nickte dann etwas zögerlich. »Also gut, Mrs Donovan. Wir versuchen es zu den Bedingungen, die Sie uns genannt haben. Am besten setzen wir gleich einen Vertrag auf.« Er holte seinen Laptop aus dem Büro und klappte ihn auf. »Wann soll Ihr Sohn denn kommen?«

»Am besten schon morgen«, sagte sie. »Würde Ihnen das passen?«

»Okay, also morgen«, bestätigte er.

Annie hatte genug gehört und sah bei den Huskys vorbei, die es sich auf ihren Strohlagern bequem gemacht hatten. Hulk und Iron Man schnarchten leise um die Wette und blinzelten nicht einmal, als sie sich zu ihnen herabbeugte. Wonder Woman war wach und wandte sich beleidigt ab, aus welchem Grund auch immer, und Batman und Thor ließen sich nicht stören und schliefen friedlich. Phantom hechelte wieder mal nach Aufmerksamkeit und wartete auf das Leckerli, das Annie bei ihren Besuchen stets aus der Tasche zauberte.

»Ruht euch gut aus, damit ihr fit seid, wenn die ersten Gäste eintreffen«, sagte sie. »Morgen kommt eine Mutter mit ihrer kleinen Tochter, da werdet ihr sicherlich gebraucht. Und außerdem … das wage ich euch gar nicht zu sagen …« Sie verriet es ihnen natürlich doch und hatte den Eindruck, dass Phantom wohl am Klang ihrer Stimme erkannte, dass es möglicherweise Probleme geben würde. »Am besten scheuchen wir den Kerl den ganzen Tag durch die Wälder, das ist anstrengend und lässt ihn nicht auf dumme Gedanken kommen.«

Betty King und ihre Tochter Megan trafen am späten Vormittag ein. Normalerweise durften die Gäste erst ab fünfzehn Uhr einchecken, aber bei den beiden machten sie eine Ausnahme und hielten sogar Sandwiches, Kaffee und eine heiße Schokolade für Megan bereit. Megan war sechs, sah in ihrem Jeans-Overall und mit dem kessen Strohhut wie eine Farmerstochter aus und brannte darauf, die Tiere der Lodge kennenzulernen. Vor allem das Pony, das auf der Homepage und im Flyer vorgestellt wurde, und die Huskys, die dort alle mit ihren Namen verzeichnet waren. Megan konnte sie bereits auswendig aufsagen.

Die beiden kamen aus Seattle jenseits der Grenze und hatten für zwei Wochen gebucht, ein Geburtstagsgeschenk von Bettys Mutter, die den beiden wohl etwas Gutes tun wollte. Sie hatten es nicht einfach seit Bettys Scheidung von ihrem Mann, der sie von heute auf morgen wegen einer jüngeren Frau verlassen hatte und sich anscheinend um die Unterhaltszahlungen für Megan drückte. Betty arbeitete als Assistentin in einer Spedition und verdiente nicht viel. Das erfuhren sie aber erst nach dem Abendessen, als Megan schon im Bett lag.

Nach dem Mittagessen konnte Megan gar nicht schnell genug zu den Tieren kommen. Walker hatte bereits das Pony für sie gesattelt und empfing sie mit seinem freundlichsten Lächeln. »Howdy, Megan!«, begrüßte er sie wie ein waschechtes Cowgirl. »Ich bin Walker, und der Cowboy, der sich gerade seinen Kautabak in den Mund stopft, das ist Duncan. Wir kümmern uns hier um die Pferde. Zurzeit liegt der Schnee ziemlich hoch, da kommst du mit dem Hundeschlitten besser vorwärts, aber wir haben die Koppel für dich freigeschaufelt. Wir drehen erst mal ein paar Übungsrunden, einverstanden?«

»Au ja«, sagte Megan strahlend. »Wie heißt denn das Pony?«

»Ruby«, antwortete der Oldtimer. »Gefällt dir der Name?«

»Ruby klingt gut«, sagte sie anerkennend.

Ruby war ein sanftes Tier, ein Schecke mit weißer Mähne und kurzen Beinen, wie geschaffen für eine junge und ungeübte Reiterin wie Megan. Er blieb geduldig stehen, als sie ihn streichelte und umarmte, und schnaubte freundlich, als Annie Megan in den Sattel half. Sie war sofort begeistert.

»Ich mag dich, Ruby«, sagte Megan, »du bist richtig toll.«

Walker stellte die Steigbügel für sie ein und reichte ihr die Zügel. »Nimm sie in eine Hand«, lehrte er Megan. »Wenn du nach links willst, ziehst du sie nach links, und wenn du nach rechts willst, nach rechts. Aber hier in der Koppel läuft er sowieso nur im Kreis. Verlass dich auf Ruby, er ist ein guter Kerl und weiß, was er tut. Du brauchst dich nicht am Sattelhorn festzuhalten.«

»Wie ein Cowgirl?«, fragte sie.

»Wie ein Cowgirl«, bestätigte Walker.

»Bleib ganz locker«, riet Annie dem Mädchen. »Am Anfang ist alles noch ein bisschen ungewohnt, aber das gibt sich mit der Zeit. Das war bei mir ganz ähnlich. Wenn du jeden Tag übst, reitest du schon bald wie eine Rodeo Queen.«

»Die erste Runde drehen wir im Schritt«, ließ es Walker langsam angehen. Sag Bescheid, wenn dir was nicht gefällt oder du absteigen willst.« Er trieb das Pony mit einem leichten Klaps an und achtete darauf, dass Megan im Sattel blieb.

Ihre Mutter kam aus dem Haus und trat an den Koppelzaun. Voller Stolz beobachtete sie, wie Megan ihre Runden drehte, eine nach der anderen und alle im Schritt, bis sie genug davon hatte und sich von Annie aus dem Sattel helfen ließ. Sie lief sofort zu ihrer Mutter und umarmte sie glücklich. »Das war eine tolle Idee, hierherzukommen«, sagte sie, »so ein liebes Pony. Es heißt Ruby, wusstest du das?« Sie drehte sich zu dem

Oldtimer um. »Darf ich morgen wieder reiten, Walker? Im Galopp, so, wie die Cowgirls beim Rodeo?«

Walker lachte. »Na, ganz so schnell noch nicht, aber wenn das Wetter mitspielt, reserviere ich das Pony für einen längeren Ausritt. Vielleicht übermorgen, was meinst du? Duncan und ich wären auch dabei, und wenn du willst, nehmen wir einen Picknickkorb mit und machen ein Lagerfeuer.« Er sah den besorgten Blick ihrer Mutter. »Keine Bange, wir passen gut auf. Ich bin sicher, deine Mom würde sich auch freuen, wenn wir sie mitnehmen würden.«

»Aber ich bin noch nie auf einem Pferd geritten«, sagte Betty.

»Dann fangen Sie am besten gleich damit an.«

Duncan hatte mitgedacht und bereits eine Stute für Betty gesattelt. Er wies die junge Frau ein und half ihr in den Sattel. Auch die Stute war ein sanftes Pferd, leicht zu führen und wie geschaffen für Anfänger. Sie drehte neugierig den Kopf, bewegte sich aber kaum, als Betty sich im Sattel zurechtsetzte.

»Das machst du toll!«, hatte Megan nur Lob für sie übrig.

Nach der zweiten Runde wurde es Megan langweilig, und sie suchte nach einem neuen Abenteuer. Das Jaulen der Huskys kam ihr gerade recht. »Oh, da drüben sind sie ja, die Huskys! Warum sind die denn alle festgebunden?«

»Alle Huskys muss man festbinden«, erklärte Annie, »sonst kommen sie sich gegenseitig in die Quere. Huskys sind keine Schoßhündchen, weißt du? Die schnappen schon mal nach dem anderen, wenn ihnen was nicht passt.«

»Und die Huskys haben nichts dagegen?«

»Die Ketten oder Leinen sind ihnen egal. Sie haben genug Platz, um sich zwischen den Lagerplätzen zu bewegen, und ich gehe fast jeden Tag mit ihnen auf Tour. Anschließend sind sie meist sowieso zu müde, um herumzuspringen.«

Annie stellte ihr jeden einzelnen Hund vor und gab ihren Vierbeinern genug Zeit, um sich an den jungen Gast zu gewöhnen. Hulk und Iron Man dösten immer noch, öffneten aber wenigstens die Augen, wenn auch nur für einen Sekundenbruchteil, um festzustellen, mit wem sie es zu tun hatten. Flash war aufgesprungen und bellte nervös, bis Annie ihn ärgerlich zurechtwies. Wonder Woman schien andere Sorgen zu haben und zeigte wenig Interesse an ihnen. Batman und Thor jaulten, als Annie den Namen des Mädchens nannte.

Phantom verhielt sich wieder mal am klügsten und schien gleich zu erkennen, dass Megan als Freundin gekommen war und sich nicht mit ihnen anlegen wollte. »Das ist Phantom«, stellte Annie ihn vor, »mein Leithund. Der Chef des Gespanns. Ist er nicht ein Prachtkerl?« Sie kraulte ihn unter dem Kinn, so, wie er es am liebsten hatte, und flüsterte ihm ins Ohr: »Na, was meinst du? Lässt du dich von unserer neuen Freundin streicheln? Sie heißt Megan und mag Huskys ganz besonders gern. Okay, wir versuchen es mal.«

»Darf ich wirklich?«, fragte Megan aufgeregt.

»Phantom ist einverstanden«, bestätigte sie, »aber keine hastigen Bewegungen, okay? Die erschrecken ihn nur. Sag ihm ruhig, dass du ihn magst.«

»Und ob ich dich mag!«, sagte Megan begeistert. Annie hielt den Husky mit beiden Händen, als das Mädchen ihn streichelte, und ließ ihn sogar los, als sie merkte, wie sehr sich Phantom über die zärtlichen Berührungen der Kleinen freute. »Phantom mag mich!«, rief Megan aufgeregt. »Siehst du?«

Nach einer Weile hatte Phantom genug und sie erhoben sich. Megan war fasziniert von den Huskys und trennte sich nur ungern von ihnen. Von diesen Hunden ging irgendetwas Magisches aus, das spürte sie auch an ihrer Wirkung auf Erwachsene. Sie hatte schon öfter darüber nachgedacht und mehrere Erklärungen dafür. Sie standen für Wildnis und Abenteuer, ähnlich wie Wölfe, nur etwas zahmer und zivilisierter. Sie sahen attraktiv aus mit ihrem oftmals gescheckten Fell und den meist hellblauen Augen. Und sie waren selbstständiger und unabhängiger als die zahmen Hunde und Schoßhündchen in der Stadt.

»Weißt du was?«, sagte Annie, als sie ins Haus gingen.

»Wenn du willst und nicht zu müde von deinem Ausflug mit dem Cowboy bist, nehme ich dich in ein paar Tagen auf eine Runde mit dem Schlitten mit. Und wenn du willst, kannst du mir beim Füttern der Huskys helfen. Was meinst du?«

»Das wäre toll!«, freute sich das Mädchen.

8

Am Mittag des nächsten Tages waren Megan und ihre Mutter gerade nach Valemount gefahren, um dort einige Kleinigkeiten einzukaufen, als Susan Donovan mit ihrem BMW auf dem Hof eintraf. Hinter den getönten Scheiben war Mark nicht zu erkennen, zumindest nicht vom Schuppen aus, in dem Annie gerade ihren Schlitten überprüft und die Kufen gewachst hatte.

Das Motorengeräusch des BMW hatte sie nach draußen gelockt, auch ihre Eltern waren aus dem Haus getreten und warteten darauf, ihren neuen und vor allem sehr ungewöhnlichen Gast kennenzulernen. Er ließ sich Zeit, verspürte wohl wenig Lust, dem Vorschlag seiner Eltern zu folgen. Erst als seine Mutter ihm die Tür öffnete und auf ihn einredete, stieg er leise brummend aus.

Annie blieb so abrupt stehen, als hätte sie der Blitz getroffen. Mark war der Junge, mit dem sie in der

Kaffeebar aneinandergeraten war, der nervige Kerl in der Lederjacke, der zweimal versucht hatte, sie auf die billige Tour anzumachen. Ein Junge, dem sie am liebsten nie mehr begegnet wäre, auch wenn er ziemlich gut aussah und ohne sein aggressives Getue sicher eine Chance bei ihr gehabt hätte. Wenn sie recht überlegte, vielleicht auch nicht.

»Annie! Wo bleibst du denn?«, rief ihre Mutter.

Sie löste sich aus ihrer Erstarrung und ging langsam weiter, bemerkte nach wenigen Schritten, wie sich seine Augen weiteten und ihm sofort klar wurde, wen er vor sich hatte. Man sah ihm nur seine Überraschung an, aber nicht, ob er sich freute, sie in der Nähe zu haben, ob sie ihn nervte oder ob er Angst hatte, von ihr verraten und an den Pranger gestellt zu werden. Wenn sie nur ein bisschen übertreiben würde, könnte er ernsthafte Schwierigkeiten bekommen.

»Kennt ihr euch?«, fragte ihre Mutter. Sie hatte wohl gesehen, wie erschrocken Annie beim Anblick des Jungen gewesen war. »Von der Schule?«

Sie schüttelte rasch den Kopf. »Nicht dass ich wüsste.«

»Nie gesehen«, bekräftigte Mark.

»Ich bin Annie«, zwang sie sich zu sagen.

Mark hatte sich bereits seiner Mutter zugewandt. »Hier bleib ich nicht«, sagte er, »da geht's ja auf einem Friedhof munterer zu. Mit Pferden und Huskys und dem ganzen Kram kann ich nichts anfangen. Lass uns nach Hause fahren! Bevor ich auf dieser Ranch versauere, gehe ich lieber in den Knast.«

»Das ist keine Ranch«, verbesserte ihn Annie. »Das ist eine Lodge.«

»Was auch immer«, erwiderte Mark. »Was soll ich hier? Die Schneeflocken zählen? Einen Schneemann bauen? Mit den Huskys um die Wette heulen? In die Berge gehen und mich von Wölfen fressen lassen? Jedes Bootcamp wäre besser, da wäre es jedenfalls nicht so langweilig.« Er wollte in den Schnee spucken, hielt sich aber noch rechtzeitig zurück. »Ist das wirklich dein Ernst?«

»Du hast es mir versprochen, Mark.«

»Da wusste ich auch noch nicht, wie öde es hier ist.«

»Aber schöner könnte die Lodge doch gar nicht liegen. Sieh dir die Berge an, so was haben wir in Prince George nicht. Und diese frische Luft! Sobald dein Dad und ich Zeit haben, werden wir uns auch einen Urlaub hier gönnen.«

»Sehr witzig! Ihr habt doch nie Zeit!«

»Sei doch vernünftig, Mark! Du wirst sehen, nach ein paar Tagen hast du dich an die Einsamkeit gewöhnt und willst gar nicht mehr hier weg.« Sie warf Walter Baldwin einen flehentlichen Blick zu. »Habe ich recht?«

»Wir leben sehr gerne hier«, sagte Annies Vater. »Heute ist das Wetter nicht besonders gut, aber sobald die Sonne scheint, kannst du den Gipfel des Mount Robson sehen. Selbst für uns ist das immer noch ein denkwürdiges Ereignis.«

»Ein Berg? Ich will nach San Francisco oder L. A.«

»Da wollte ich auch hin«, konnte sich Annie nicht verkneifen zu sagen. »Aber ich bin wieder umgekehrt. Wenn du erst mal eine Weile hier bist, willst du nicht mehr weg. Nichts gegen Kalifornien, da kann man mal hinfahren, aber diese Gegend hier würde ich nicht mal gegen Hawaii und die Südsee eintauschen.«

Seine Mutter hatte noch ein besseres Argument. »Außerdem würdest du zu Hause irgendwann im Knast landen, wenn du dich weiter mit dieser Bande treffen würdest. Warum macht ihr das? Warum geht ihr auf Leute los, die euch gar nichts getan haben? Wenn wir uns nicht außergerichtlich mit den beiden Paaren geeinigt hätten, wärst du jetzt schon im Knast. Aber so etwas funktioniert nicht immer.«

»Und was soll ich hier?«

»Bei der Arbeit helfen. Dich erholen.«

»Das bringt mir doch nichts.«

»Drei Wochen, okay? Besser in frischer Luft als irgendwo hinter Gittern. Einige der Jungen, mit denen du dich getroffen hast, sind bereits im Gefängnis und haben bestimmt nichts Gutes darüber zu berichten. Wir wollen nicht, dass du vor die Hunde gehst, Mark! Tu uns den Gefallen und halte die drei Wochen hier durch.

Es gibt Schlimmeres als ein bisschen Arbeit und Urlaub in so einer Umgebung.«

Mark brummte nur, ergab sich aber dann widerwillig in sein Schicksal.

Seine Mutter wollte ihn umarmen, doch er wich rasch einen Schritt zurück. »Mach's gut, mein Junge!«, sagte sie. »In drei Wochen hol ich dich ab. Du wirst sehen, es wird dir hier gefallen. Ich wollte, ich könnte auch hierbleiben, aber im Krankenhaus gibt es viel zu tun, und wir haben zu wenig Ärzte.«

»Das behauptest du doch immer.«

Susan Donovan reichte ihm sein Gepäck und stieg in ihren BMW. Die Räder des Sportwagens drehten mehrfach durch, als sie wendete und in Richtung Highway fuhr. Nach einer Weile verklang das Brummen des Motors.

»Okay«, beschloss Annies Vater, »dann wollen wir mal. Ich würde sagen, Annie zeigt dir dein Zimmer und führt dich auf der Lodge herum, und anschließend essen wir den Apple Pie, den meine Frau heute gebacken hat. Wir nennen uns übrigens beim Vornamen. Meine Frau heißt Lisa und ich heiße Walter. Aber sag nicht Walt zu mir, das kann ich gar nicht leiden.«

Annie war nicht gerade begeistert, sich um Mark kümmern zu müssen. Sie war noch immer schockiert darüber, dass er der Junge aus der Kaffeebar war, und hätte ihn am liebsten wieder nach Hause geschickt.

Einer wie er änderte sich nicht über Nacht. Die bösen Buben, die auf eine Ranch oder Farm fern der Heimat geschickt wurden und dann geläutert zurückkehrten, gab es nur im Fernsehen.

»Dein Zimmer liegt im Erdgeschoss«, sagte sie, ohne ihn anzusehen. Sie ging voraus und öffnete die Tür am Ende des Ganges. Er blickte sich suchend um. »Einen Fernseher gibt's nur im Aufenthaltsraum und der Handy-Empfang ist öfter gestört. So ist das nun mal in der Wildnis, aber zum Surfen im Internet haben die meisten Gäste hier sowieso keine Lust. Dazu ist die Gegend hier viel zu schön. Sieh aus dem Fenster, das ist besser als YouTube.« Sie wartete, bis er seinen Koffer abgestellt hatte. »Das Bad liegt gegenüber, das musst du dir mit den anderen Gästen im Erdgeschoss teilen. Handtücher legen wir raus.«

Er brummte wieder nur und folgte ihr in den Aufenthaltsraum. »An dem langen Tisch gibt's Essen. Mittags um zwölf, abends um achtzehn Uhr. Auf eine Tour oder einen Ausflug nehmen wir Lunchpakete mit. Kaffee, Tee und Kekse gibt's den ganzen Tag.« Sie deutete auf die Kommode und war schon auf dem Weg nach draußen. »Ich hab gehört, dass du uns ein bisschen bei der Arbeit helfen wirst. Für die Organisation ist mein Dad zuständig, das besprichst du mit ihm.«

»Scheißdeal«, meinte er abfällig.

»Manche Leute wären froh, wenn sie Urlaub auf

einer Lodge am Mount Robson machen könnten«, erwiderte sie. »Also meckere nicht rum. Sei froh, dass deine Eltern viel Geld haben und du nicht im Knast gelandet bist.«

»Damit ich hier in der Wildnis schufte?«

»So schlimm wird's schon nicht werden.«

»Das kommt auf dich an«, sagte Mark. Er war stehen geblieben und grinste plötzlich. »Könnte doch ein Wink des Schicksals sein, dass wir uns hier wiedersehen. Da will jemand, dass wir zusammenkommen. Okay, das war nicht besonders cool von mir in der Kaffeebar, aber ich kann auch anders.« Sein Grinsen verstärkte sich. »Viele Mädchen würden sich freuen, wenn ich sie anmachen würde.«

Annie verzog keine Miene. »Das kannst du dir abschminken. Ich wohne hier und mache meine Arbeit, aber glaub ja nicht, dass ich auf deine Anmache reinfalle. So arm kann ich gar nicht dran sein, dass ich was mit dir anfange.«

Sein Grinsen blieb. »Blödsinn! Das sagst du doch nur so.«

»Du hältst dich wohl für unwiderstehlich?« Der Junge ging ihr gewaltig auf die Nerven. »Mag sein, dass dir irgendwelche dummen Zicken nachlaufen, aber die Mädchen, die ich kenne, wollen mit einem Schläger nichts zu tun haben. Mir hat schon die Nummer in der Kaffeebar gereicht, aber mit einer Gang auf zwei hilflose

Paare loszugehen, ist unterste Schublade. Warum tut ihr das?«

»Es war nicht so, wie du denkst.«

»Sondern?«

Er wirkte plötzlich verlegen. »Wir sind nicht grölend durch die Straßen gezogen und haben nach Opfern gesucht, falls du das meinst. Es ist einfach ... es ist eben passiert. Ich weiß nicht mal mehr, wer angefangen hat. Was treiben sich diese Typen auch in unserem Revier herum? Die Stadt ist schließlich groß genug.«

»Prince George ist nicht Chicago oder L. A. Oder wollt ihr das etwa?«

»Ach, Scheiße!« Er wusste nicht mehr, was er sagen sollte.

Annie führte ihn zur Koppel. Walker und Duncan standen am Zaun und unterhielten sich, natürlich über Pferde. »Der humpelnden Stute geht es schon wieder etwas besser«, sagte Walker. »Duncan hat sich gestern den ganzen Tag um sie gekümmert.«

»Klingt gut«, erwiderte Annie. »Das ist übrigens Mark Donovan. Er bleibt drei Wochen bei uns, hilft uns ein bisschen bei der Arbeit und erholt sich von der Großstadt. Mark, das sind Walker und Duncan. Sie kennen sich besser mit Pferden aus als dieser Pferdeflüsterer im Fernsehen. Walker war mal Texas Ranger.«

»Walker? Wie der Typ im Fernsehen?«, fragte Mark ungläubig.

Walker griff sich an den Schnurrbart und dachte wohl an die Kickbox- und Karate-Einlagen in den Fernsehfilmen. »So ungefähr, obwohl es bei uns ruhiger zuging. Wenn mir ein Verbrecher dumm kam, hab ich ihm meine 375er Magnum unter die Nase gehalten, das hatte die gleiche Wirkung. Ist 'ne Weile her, und ich seh mir die 375er nur noch an, wenn ich über die alten Zeiten nachdenke. Was nicht heißen soll, dass ich jetzt ein alter Knacker bin, der sich nicht mehr wehren kann. So schnell verlernt man sein Handwerk nicht.«

Duncan begleitete die Worte seines Freundes mit einem lässigen Grinsen. »Wenn du Zeit hast, zeig ich dir, wie man ein Lasso wirft«, sagte er zu Mark. »Das ist nämlich nicht so einfach, wie manche denken. Kannst du reiten?«

»Mit Pferden hab ich's nicht so.«

»Hast du etwa Schiss?«

»Schiss? Wie kommst du denn darauf, Mann?«

Duncan stieß sich vom Zaun ab und spuckte seinen Priem in den Schnee. Er wirkte beinahe so lässig wie die Cowboys in den Filmen. »Na, wenn das so ist, fangen wir gleich mit dem Reiten an. Am besten machst du's wie die kleine Megan gestern Morgen. Ein paar Runden im Schritt, bis du dich einigermaßen sicher fühlst, dann die Feinheiten und die erste Tour. Stell dir vor, das Mädchen hat gestern so schnell gelernt, dass es heute schon mit dem Pferd unterwegs ist.«

Annie hatte den starken Verdacht, dass Duncan den Jungen genauso wenig leiden konnte wie sie und ihm einen Denkzettel verpassen wollte. Wer sich so arrogant benahm wie er, hatte es auch nicht anders verdient. »Mal sehen, vielleicht zeig ich dir auch gleich, was man mit einem Lasso alles anfangen kann.« Er sattelte einen Wallach, eines der zahmen Pferde, und half Mark hinauf. »Du musst dich wohlfühlen im Sattel«, sagte er, als er erkannte, dass der Junge nur mühsam seine Angst verbarg. »Sitzen die Steigbügel? Wenn dich ein Pferd abwirft, darfst du nicht darin hängen bleiben. Alles okay?«

»Was diese Megan kann, schaff ich schon lange!«, tönte er.

»Immer am Zaun entlang und im Schritt, nicht schneller!«

Mark ritt los und hielt sich tatsächlich sehr wacker. Ein bisschen steif und noch sehr ungelenk, aber besser als die meisten anderen Gäste. Er drehte sich triumphierend im Sattel und grinste stolz. »Na, was sagst du jetzt, Oldtimer?«

»Weiter so, Mark! Aber nicht übermütig werden!«

»Gar nicht so übel«, sagte Walker zu Duncan und Annie. »Aber ein Stinkstiefel ist er trotzdem. Auf der Guest Ranch meines Nachbarn in Texas sind öfter solche Kerle aufgetaucht. Die hielten sich für die Allergrößten und dann fielen sie als Erste auf die Nase.« Er sah dem Jungen eine Weile zu. »Ich hoffe, wir kriegen ihn wieder in die Spur. Wäre doch ein Jammer, wenn er auf die schiefe Bahn geriete.«

»Er versucht ständig, mich anzumachen«, schimpfte Annie leise.

»Wir flirten doch auch mit dir«, sagte Walker. »Ich kannte Texas Ranger in deinem Alter, die wären meilenweit geritten, um ein Mädchen wie dich zu einem Date zu überreden. Aber das hätte alles Stil gehabt. Texaner sind ziemlich altmodisch, wenn es um Mädels geht. Die machen einen ganz tiefen Diener.«

»Dann sollte ich vielleicht nach Texas gehen.«

»Wer weiß! Erstens kommt es anders ...«

»... und zweitens, als man denkt. Das stimmt.«

»Das mache ich gleich auch unserem jungen Freund hier klar«, sagte Duncan und nahm sein Lasso vom Zaun. Mal sehen, ob ich noch in Form bin.« Er wartete, bis Mark in seine Nähe kam, ließ dann die Lassoschlinge kreisen und gekonnt durch die Luft fliegen. Sie senkte sich wie durch Zauberhand über den Kopf des Jungen und zog sich über seiner Brust zusammen. Nur weil Duncan darauf verzichtete, an dem Seil zu ziehen, rutschte Mark nicht aus dem Sattel.

Zu seinem Glück blieb der Wallach stehen. »He, was soll das?«, rief Mark vorwurfsvoll. Die Schlinge presste seine Arme gegen den Körper, sodass er sich nicht am Sattelhorn festhalten konnte. »Mach sofort das Lasso ab!«

»Ich wollte dir nur zeigen, was man mit so einem Seil

alles anstellen kann. Du kannst von Glück sagen, dass ich nicht Ernst gemacht habe. John Wayne hätte fest daran gezogen und dich im hohen Bogen aus dem Sattel geholt.«

»John Wayne?«

»War vor deiner Zeit.«

»Was ist? Soll ich ewig hier so sitzen?«, beschwerte sich Mark.

Duncan erkannte, dass der Wallach neben einer hohen Schneewehe stand, und konnte sich nicht beherrschen. Mit einem Ruck zog er an dem Lasso und der Junge landete im hohen Bogen im Tiefschnee. Mark rappelte sich schnaufend wieder auf und schäumte vor Wut. »So eine Frechheit! Von wegen, die Leute sind hier alle nett und du wirst dich wohlfühlen. Einen Scheiß werde ich!« Er war außer sich. »Ich bleibe keinen Tag länger auf der Lodge!«

Der Cowboy sah, dass er zu weit gegangen war, und befreite den Jungen von seinen Fesseln. »War nicht so gemeint«, entschuldigte er sich, ohne das Grinsen um seine Mundwinkel zu verlieren. »Aber so läuft das in Texas, wenn ein Neuer auf der Ranch anfängt. Dem wird erst mal ein deftiger Streich gespielt. Wenn er den übersteht, läuft es anschließend wie geschmiert.«

»Wir sind aber nicht in Texas!«

»Ach ja? Ich dachte, Texas reicht bis nach Alaska hoch.«

Auch Annie musste lachen, als sich Mark den Schnee aus den Kleidern klopfte und mit hochrotem Kopf an den Oldtimern vorbeilief. Sie gab den Cowboys mit einem Blick zu verstehen, dass sie die Sache in Ordnung bringen würde, und lief hinter Mark her. »Plötzlich so empfindlich?«, rief sie. »Wer austeilt, muss auch einstecken können, oder gehst du nur auf Schwächere los? Reiß dich zusammen, wenn du nicht als Loser dastehen willst!«

Mark blieb stehen. »Du hast bestimmt gewusst, was die vorhatten!«

»Ich? Ich hatte keine Ahnung.«

»Du lügst doch!«

»Ich dachte mir, dass er irgendetwas im Schilde führte, aber was genau, wusste ich nicht. Ich finde, er war ziemlich zahm zu dir. Als Duncan vor ein paar Tagen bei uns anfing, ließ Walker ihn einen Gaul striegeln, der wie immer keinen Fremden an sich ranließ, dabei ständig den Kopf drehte und ihm in den Hintern biss.«

»Kinderkram!«, lästerte Mark.

»Warte!«, hielt sie den Jungen zurück, als er ins Haus stürmen wollte. »Ich muss dir noch den Rest der Lodge zeigen. Und meine Huskys! Wenn du ins Haus gehst, drückt dir meine Mutter bestimmt einen Besen in die Hand. Oder sie lässt dich Kartoffeln schälen. Oder du musst Judy beim Bettenmachen helfen.«

»Ich bin doch nicht verrückt! Das ist doch Weiberkram!«

»Da drüben ist der Stall«, redete Annie einfach weiter. »Wenn es sehr kalt wird, bringen wir die Pferde dort unter. Früher hatten wir eine Milchkuh und ein paar Hühner, aber das lohnt sich nicht mehr. In dem Schuppen lagern wir alles Mögliche, vom Werkzeug bis zum Pferdewagen. Und in dem Blockhaus dahinter schlafen die Cowboys. Judy schläft in ihrem eigenen Haus, sie wohnt nur ein paar Kilometer den Highway runter. Und das da drüben ...«, sie deutete auf die neuen Hütten, »... sind unsere neuen Cabins.« Sie blickte auf die Uhr. »Es wird langsam Zeit für den Apple Pie. Mom backt den besten der Welt. Die Huskys, meinen Hundeschlitten und die Snowmobile zeige ich dir später.«

Wieder gab er dieses abfällige Brummen von sich. Aber diesmal nicht mehr ganz so feindselig.

9

Bei Apple Pie und Kaffee schwieg Mark die meiste Zeit. Eher lustlos knabberte er an dem Kuchen, verzog das Gesicht, weil er wohl eher auf Herzhaftes stand, und ignorierte die beiden Oldtimer, die wie immer großen Hunger hatten und gar nicht genug von dem Kuchen bekommen konnten. Sie tranken Kaffee dazu, wie es sich für ehemalige Cowboys und Texas Ranger gehörte.

»Du kannst mir bei den Snowmobilen helfen, sobald du mit Annie bei den Huskys warst«, sagte Annies Vater. »Wir sollten mit jedem ein paar Runden drehen, bevor wir Besucher ranlassen. Bist du schon mal damit gefahren?«

»Klar doch«, antwortete er knapp.

»Dann kann ja nichts schiefgehen.« Annies Vater blickte die Oldtimer an. »Keine Angst, ich bin nicht so gemein wie unsere beiden Cowboys. Keine Tricks und keine bösen Überraschungen. Helm und Schutzbrille habe ich.«

Wieder brummte Mark nur.

Danach herrschte erneut Funkstille. Annies Vater und ihre Mutter unterhielten sich über belanglose Dinge, schienen sich aber genauso unwohl und unsicher in der Gegenwart des Jungen zu fühlen wie die beiden Oldtimer und sie. Sie war froh, als sie endlich aufstehen und nach draußen gehen konnte.

Das Wetter war ungewöhnlich schön. Der Himmel war nur leicht bewölkt und die Sonne ließ den Schnee verführerisch glitzern. Leichter Wind rauschte in den Fichten. Sie drehte sich zu Mark um, der hinter ihr aus dem Haus kam, und deutete nach Norden. »Schau dir das an! So klar siehst du den Mount Robson selten! Die meisten Besucher kommen allein wegen dieses Ausblicks.«

»Ist doch nur ein Berg.«

»Einer der eindrucksvollsten Berge, die ich kenne.«

»Zu viel Natur ist auch nicht gut.«

»Du musst ja nicht auf den Gipfel klettern«, sagte Annie. »Es reicht, wenn du den Anblick genießt und dabei gründlich durchatmest. Hektik und Stress hast du genug im Leben. Die Indianer sollen früher drei Tage und drei Nächte in der Nähe des Berges gefastet haben, um ihren Seelenfrieden zu finden.«

»Bist du ’n Psycho oder so was?«

»Wieso? Was gefällt dir denn?«

»Keine Ahnung. L. A. oder New York vielleicht. Eine Stadt, in der ordentlich was los ist, nicht diese Einöde. Die ist was für Spießer und alte Leute.«

»Hast du 'ne Ahnung«, widersprach Annie ihm. »Wir sitzen ja nicht den ganzen Tag im Schnee herum und starren den Mount Robson an. Hier gibt es mehr Action, als du wahrscheinlich denkst, und zu uns kommen auch nicht nur Spießer und alte Leute. Die meisten wollen was erleben. Auf Schneeschuhen wandern, durch den Schnee reiten oder mit dem Hundeschlitten oder dem Snowmobil fahren. Es gibt sogar Leute, die den Mount Robson besteigen.« Sie nahm ihr Gesicht aus dem teilweise böigen Wind und lächelte. »Auf den Berg lassen wir dich nicht klettern, das ist zu gefährlich, aber das übrige Programm ziehen wir durch. Mal sehen, ob du dann immer noch behauptest, dass hier nichts los ist.«

Mark wurde immer langsamer, als sie sich den Huskys näherten. Die Hunde waren ungewöhnlich laut, sie jaulten und bellten um die Wette, obwohl sie längst gefressen und sich einen Mittagsschlaf verdient hatten. »Da geh ich nicht hin!«, reagierte er entsetzt. »Mit wilden Tieren hab ich nichts im Sinn.«

»Die ziehen nur eine kleine Show ab«, beruhigte Annie ihn. »Wenn sie sich an dich gewöhnt haben, kannst du sie sogar streicheln. Aber erst dann.«

»Ohne mich! Erst dieser blöde Gaul und jetzt diese Bestien ... Nein danke!«

Annie hatte volles Verständnis für ihn. Die meisten Besucher, die zum ersten Mal einem Husky begegneten, schreckten erst einmal zurück, wenn sie sahen, wie ungestüm er sich benehmen konnte und wie wenig er dem Bild entsprach, das man aus Cartoons kannte. »Keine Angst!«, rief sie, »die sind alle angeleint.«

Während Mark zögernd ein paar Schritte näher kam, ging Annie zu ihrem Leithund und umarmte ihn in gewohnter Weise. »Hallo, Phantom! Alles im grünen Bereich? Der ängstliche junge Mann dort ist Mark. Er bleibt drei Wochen bei uns und ihr solltet ihn nicht so erschrecken. Er kommt aus Prince George, da ist man Wildfänge wie euch nicht gewohnt.« Sie fuhr Phantom lachend über die Stirn. »Aber ich glaube, ihr könnt gar nicht anders, denn ihr steckt voller Energie, stimmt's?« Sie zog ein Leckerli aus der Tasche. »Was meinst du? Darf Mark dich mal aus der Nähe betrachten? Du willst ihn doch sicher kennenlernen, bevor wir mit ihm auf Tour gehen.« Der Hund wurde tatsächlich ruhiger und sie drehte sich nach Mark um. »Komm her, Mark! Er mag dich.«

Mark wollte sich wohl keine Blöße geben und kam tatsächlich näher. Er machte einen großen Bogen um die zickige Wonder Woman, übersah dabei den diesmal übel gelaunten Hulk und stürzte vor Schreck in den

Schnee, als ihn der Husky fauchend anging. In panischer Angst rollte er sich in Sicherheit. Er blieb eine Weile liegen, stemmte sich dann ächzend vom Boden hoch und stützte sich an der Hauswand ab. »Gib's zu, das hast du extra gemacht!«

»Auf keinen Fall.« Annie war beinahe ebenso erschrocken wie der Junge. »Du musst schon aufpassen, wohin du trittst. Hulk hat heute schlechte Laune. Wahrscheinlich hab ich ihm nicht genug zu fressen gegeben.« Sie grinste. »Trotzdem brauchst du keine Angst zu haben. Er hätte dich vielleicht in den Hintern gebissen, aber mehr wäre nicht passiert. Ist alles okay mit dir?«

»Das fragst du noch?« Er war außer sich.

Sie erkannte, dass ihm der Zwischenfall mehr zu schaffen machte, als sie vermutet hatte, und ihr Gesicht wurde ernst. »Tut mir wirklich leid, Mark! Wie gesagt, sonst ist Hulk ganz anders. Komm und sag Phantom Guten Tag, der ist heute bester Laune.« Sie strich ihrem Leithund ein paarmal über den Kopf. »Ist doch so, Phantom, oder? Du weißt, dass Mark uns nichts Böses will.«

»Und wer sagt mir, dass der nicht genauso durchdreht wie dieser Hulk?« Er schüttelte heftig den Kopf. »Nee, ich hab genug. Deine Huskys können mir gestohlen bleiben. Ich pfeife auf den ganzen Scheiß hier! Bockende Gäule und bissige Hunde … wenn meine Mutter wüsste, was hier abgeht, hätte sie mich bestimmt nicht zu euch gebracht. Ärger kann ich auch zu Hause haben.«

Er stapfte wütend davon und verschwand im Haus. Selbst draußen hörte sie, wie er die Tür seines Zimmers zuschlug. Die gerechte Strafe für seine Auftritte in der Kaffeebar, dachte sie und war doch betrübt. Sein Besuch schien unter einem schlechten Stern zu stehen. Wenn er nicht bald was Positives erlebte, würde er nicht lange bleiben. Ein Gedanke, der sie seltsamerweise erschreckte. Eigentlich sollte sie doch froh sein, wenn er wieder verschwand.

Sie folgte ihm ins Haus und sah ihre Mutter aus dem Büro kommen. Ihr Vater und sie teilten sich die Büroarbeit. »Mark«, beantwortete sie ihren fragenden Blick und erzählte ihr, was draußen bei den Hunden passiert war. »Mein Fehler. Ich hätte wissen müssen, dass Hulk es auf ihn abgesehen hat.«

»Vielleicht sollten wir ihn wieder nach Hause schicken«, erwiderte ihre Mutter. »Wer weiß, wie er sich den anderen Gästen gegenüber verhalten wird? Ich hab seiner Mutter gesagt, dass wir ihn zurückschicken, sobald er sich was zuschulden kommen lässt. Sein erster Tag ist noch nicht vorbei und schon gibt es Ärger.«

»Es war beides nicht seine Schuld, Mom. Heute Morgen haben ihm die Oldtimer einen Streich gespielt und die Sache mit Hulk habe ich auf dem Gewissen. Ich bin sicher, wir kriegen das hin. Dauert vielleicht eine Weile.«

»Und inzwischen vergrault er uns die Gäste.«

»So schlimm wird es schon nicht werden.«

Ihre Mutter blickte in den Gang, in dem das Zimmer des Jungen lag. »Ein seltsamer Bursche. Wenn ich nur wüsste, warum er mir so bekannt vorkommt. Ob er mal bei uns im Krankenhaus war? Obwohl ich mich selten an Patienten erinnere. Ich kenne meist nur deren Innereien.« Sie lächelte über ihren kleinen Scherz, wurde aber gleich wieder ernst. »Nun ja, ist auch egal.«

»Er war in der Kaffeebar, Mom«, gestand sie.

»In der Kaffeebar? Er war der Rüpel in der Kaffeebar?«

»Ich wollte es euch eigentlich gar nicht erzählen. Warum, weiß ich auch nicht. Wahrscheinlich dachte ich mir, ihr würdet ihn gleich wieder rausschmeißen, wenn ich euch die Wahrheit verrate. Aber ich finde, er hat eine Chance verdient. Seine Mutter war so … unglücklich. Und so verzweifelt.«

»Sie hätte sich mehr Zeit für ihn nehmen sollen!«

»Sie ist Ärztin. Chirurgin. Die haben den ganzen Tag Stress.«

»Den haben andere auch.« Sie stutzte und blickte ihre Tochter ungläubig an. »Dir … dir liegt doch nicht etwa was an ihm? Du … du hast dich doch nicht in ihn verknallt?«

»Wie kommst du denn darauf?« Annie lachte. »Nein, ich hab mich nicht in ihn verknallt. Du hättest hören sollen, was er in der Kaffeebar zu mir gesagt hat. Auf die Art landet keiner bei mir, und mit einem Typ, der auf unschuldige Spaziergänger losgeht, will ich sowieso nichts zu tun haben. Zugegeben, er sieht ziemlich gut aus, aber nee ... so verzweifelt bin ich nicht.«

»Nimm dich in Acht, Annie!«

»Schon klar, Mom. Soll ich ...?«

»Nein, lass ihn schmoren«, antwortete ihre Mutter. »Wenn er Dampf ablassen will, tut er das besser allein. Hilf lieber Dad beim Betanken der Snowmobile, die müssen bis übermorgen in Schuss sein. Dann kommen neue Gäste, zwei Ehepaare aus Vancouver, die haben eine Zwei-Tages-Tour gebucht.«

»Und wer fährt als Guide mit?«

»Dad, du übernimmst die Hundeschlitten-Touren.«

Am Ende des Ganges trat Mark aus seinem Zimmer. Er hielt sein Smartphone in der Hand und schien noch wütender als vorher zu sein. »Ich krieg kein Netz«, schimpfte er. »Wann kann ich hier draußen mal telefonieren?«

Annies Mutter überhörte seinen aggressiven Ton. »In letzter Zeit ist das Netz öfter mal weg. Das ist nichts Besonderes, wenn man so abgelegen wohnt wie wir. Wenn du willst, kannst du über unser Festnetz telefonieren. Ist es dringend?«

»Nein. Ist nicht so wichtig«, sagte er und verschwand wieder.

Den restlichen Nachmittag ließ sich der Junge nicht mehr blicken. Annie half ihrem Vater, der mit ihrer Mutter einer Meinung war und ebenfalls dafür stimmte, Mark in Ruhe zu lassen, und begrüßte Megan und ihre Mutter, die am späten Nachmittag von ihrer kleinen Einkaufstour zurückkehrten. Megan hielt ein kleines Stoffpferd in der Hand, als sie das Haus betraten. »Als Belohnung, weil sie so tapfer geritten ist«, erklärte Betty. »Besser als ein Cowgirl. Ich befürchte, zu Hause muss ich sie bei einer Reitschule anmelden.«

Zum Abendessen waren sie vollzählig. Die Familie, die beiden Oldtimer, Betty und Megan und sogar Mark, der mit einiger Verzögerung aus seinem Zimmer kam und missmutig in die Runde blickte. Wahrscheinlich hatte ihn nur der Hunger nach draußen getrieben. Der Eintopf duftete sehr verlockend.

»Mark Donovan«, stellte Annies Vater den Jungen vor. »Er hilft uns ein wenig auf der Lodge und, nun ja, Urlaub macht er natürlich auch. Er hatte in letzter Zeit recht viel Stress und kann ein wenig Erholung gut brauchen.« Er stellte Betty und Megan dem Jungen vor und bat seine Gäste, sich zu setzen.

»Warum guckst du denn so böse?«, fragte Megan den Jungen.

Alle erschraken, aber Mark reagierte nicht so, wie wohl die meisten vermutet hatten. Er erwiderte überhaupt nichts, brummte in gewohnter Weise und setzte sich hin. Sein Platz war zwischen dem kleinen Mädchen und Annie.

»Du brummst wie ein Bär«, sagte Megan.

Betty flüsterte ihr etwas ins Ohr, ermahnte sie wahrscheinlich, sich zurückzuhalten, und wandte sich dann an Annies Mutter. »Der Eintopf duftet wirklich köstlich. Ich kriege diese Hausmannsgerichte nie hin. Meine Eltern waren beim Militär und da wurde Kochkunst nicht besonders großgeschrieben.«

»Ich gebe Ihnen gerne das Rezept«, sagte Annies Mutter.

Nach dem Tischgebet langten alle kräftig zu. Es war so viel Eintopf da, dass sogar Walker und Duncan satt wurden. Für ihr Alter hatten sie einen erstaunlichen Appetit. »Das liegt an der frischen Luft«, erklärten sie. Nur Mark stocherte ein wenig lustlos auf seinem Teller herum. Selbst die Limonade, von Lisa Baldwin mittags zubereitet, schien ihm nicht sonderlich zu schmecken. Annie zuckte lediglich die Achseln, als ihre Mutter sie fragend anblickte.

»Hast du keinen Hunger?«, fragte Megan den Jungen.

»Geht schon«, murmelte er unwillig.

»Wir reiten morgen zu einem Picknick. Stell dir vor, wir reiten bis zu dem großen Berg und zünden dort ein Lagerfeuer an. So wie früher die Indianer. Und dann braten wir Würstchen und Marshmallows mitten im Schnee! Ich darf das Pony reiten, mit dem bin ich heute

Morgen schon geritten. Walker und Duncan sagen, ich wäre beinahe wie ein Cowgirl geritten. Stimmt doch, oder?«

»Und ob das stimmt«, erwiderte Walker. »Wenn du so weitermachst, könntest du sogar beim Rodeo mitmachen. Beim Barrel Racing würdest du bestimmt eine gute Figur abgeben, da brauchen sie Draufgängerinnen wie dich.«

»Beim Wettreiten hängst du alle ab«, war auch Duncan sicher.

»Bist du auch schon geritten?«, fragte Megan den Jungen.

»Und ob!«, meldete sich Duncan, bevor ihn Walker oder ein anderer daran hindern konnte. »Aber er war lange nicht so gut wie du. Ich musste ihn mit dem Lasso einfangen, sonst wäre er mir glatt aus dem Sattel gekippt.« Er kicherte schadenfroh. »Das nächste Mal setzen wir ihn besser auf ein Maultier.«

»Oder auf eine Kuh, die ist nicht so wild.«

Die spöttische Antwort des Mädchens gab Mark den Rest. Er warf seinen Löffel in den Teller, stand so hastig auf, dass der Stuhl nach hinten kippte, und stapfte wütend in sein Zimmer. Die Tür fiel krachend hinter ihm zu.

»Tut mir leid, das hätte Megan nicht sagen dürfen«, entschuldigte sich Betty.

»Das Mädchen trifft keine Schuld«, erwiderte Annies

Vater. »Mark hat einiges mitgemacht und steht stark unter Stress, da geht einem schon mal der Gaul durch. Wir lassen ihn am besten in Ruhe. Ich spreche nachher mit ihm und versuche ihn zu beruhigen. Morgen geht es ihm bestimmt wieder besser.«

»Du hättest wenigstens die Klappe halten können, Duncan!«, schimpfte Walker. Er stieß seinen Kumpel an. »Du weißt doch, wie empfindlich der Kerl ist! Der geht gleich hoch wie eine Rakete, wenn ihm was nicht passt.«

»Einstecken kann er jedenfalls nicht.«

Nach dem Essen versuchte Annies Vater vergeblich, Mark zu besänftigen. Er redete mit Engelszungen auf ihn ein, versicherte ihm mehrere Male, dass Duncan unbedacht gesprochen hatte und kleine Mädchen wie Megan gar nicht merkten, wenn sie jemanden mit ihren Fragen kränkten. Doch es gelang ihm nicht, Mark aus seiner Reserve zu locken. Der Junge gab keine Antwort und blieb in seinem Zimmer, wie ein pubertierender Teenager, der wütend gegen seine Eltern rebellierte.

»Lass ihn eine Nacht darüber schlafen«, sagte Annies Mutter, »das wird schon wieder.«

»Hoffentlich«, sagte er. »So, wie der sich benimmt, würde ich ihn am liebsten rausschmeißen. Was hat seine Mutter gesagt? Sobald er sich irgendwas zuschulden kommen lässt, sollen wir sie sofort anrufen. Das ist der Fall.«

»Duncan ist schuld. Und Megan.«

»Und ich«, fügte Annie hinzu. »Ich hätte wissen müssen, dass Hulk auf ihn losgeht. Gib ihm noch eine Chance, Dad! Ich hab ein gutes Gefühl bei ihm.«

»Ach ja? Du bist doch nicht etwa …«

»Dad!«, unterbrach sie ihn rasch.

»Also meinetwegen«, sagte er. »Aber wenn so was öfter passiert, vor allem in Anwesenheit anderer Gäste, handeln wir uns großen Ärger ein. Beim Frühstück muss Ruhe sein. Und dann decke ich ihn ordentlich mit Arbeit ein.«

Gegen zehn lagen alle in ihren Betten, die Gäste im Erdgeschoss und Annie und ihre Eltern im ersten Stock. Annie hatte bereits das Licht gelöscht, konnte aber nicht schlafen und starrte nachdenklich zur Decke empor. Während der vergangenen Tage war viel passiert, aber Mark und seine Ausbrüche waren nicht das einzige Problem. Der Zoff mit Simon Taylor steckte ihr noch immer in den Knochen, vor allem, wenn sie daran dachte, dass er seinen Urlaub abgebrochen hatte und ins Robson Valley zurückgekehrt war. So viel Beziehungsstress hatten nicht einmal die Mädels bei *Gossip Girl* oder *Bachelor*.

Obwohl sie beinahe sicher war, dass Simon Taylor aufgegeben hatte, tauchte sein Gesicht noch immer in ihren Träumen auf. Es waren keine angenehmen Träume, manchmal schreckte sie schweißüberströmt aus dem Schlaf auf. Inzwischen drängte sich auch Mark in ihre Träume, beteuerte ihr immer wieder, dass er sich für seine dämliche Anmache schämte und sie wirklich gernhatte, doch gleich darauf sah sie in ihrem Traum, wie er mit anderen Jugendlichen auf unschuldige Paare einschlug, und sie öffnete die Augen und richtete sich wütend auf.

In dieser Nacht machte ihr vor allem Mark zu schaffen. Sein erster Tag hätte besser laufen können, das war mal sicher, und sie würden sich mächtig anstrengen müssen, wenn sie ihn nicht verlieren wollten. Noch vor ein paar Stunden hätte sie behauptet, umso früher er die Lodge verlassen würde, desto besser, und ihr Vater war jetzt noch dieser Meinung, aber aus irgendeinem Grund glaubte sie an Mark und hätte es als Niederlage empfunden, wenn er den Aufenthalt bei ihnen abgebrochen hätte.

Es ging bereits auf Mitternacht zu, als sie hellen Lichtschein vor dem Fenster bemerkte. Sie stand auf und erkannte, dass Mark in seinem Zimmer das Licht eingeschaltet hatte. Nur für ein paar Sekunden, dann erlosch es wieder. Wahrscheinlich hatte er irgendetwas gesucht, sein Smartphone vielleicht. Schlecht gelaunt, wie er war, wollte er sicher seine Freunde in Prince George anrufen. Oder seine Mutter und ihr sagen, dass sie ihn noch vor dem Frühstück abholen solle. Irgendetwas hatte er vor, sonst würde er doch längst schlafen.

Sie blickte nach unten und sah wenige Minuten später die Haustür aufgehen. Im schwachen Mondlicht, das in dieser Nacht über dem Tal lag, beobachtete sie, wie der Junge zum Van ihrer Eltern schlich, seine Tasche auf den Beifahrersitz schob und hinter das Lenkrad kletterte. Jeder auf der Lodge wusste, dass der Zündschlüssel des Wagens an einem Haken neben der Küchentür hing.

Er startete den Motor und fuhr dem Highway entgegen.

10

Annie zögerte keine Sekunde. In Windeseile zog sie sich an und stürmte die Treppe hinunter. Sie schlüpfte in ihren Anorak, nahm die Schlüssel des Pick-ups vom Haken und rannte nach draußen. Seit Mark davongefahren war, waren keine drei Minuten vergangen. Sie hatte ihr Fernlicht eingeschaltet und raste los, leider nicht schnell genug, um ihn vor der Abzweigung einzuholen.

Sie hielt an und blickte unschlüssig in beide Richtungen. Außer dem Truck einer Supermarktkette, der in Richtung Banff an ihr vorbeifuhr, war kein anderes Fahrzeug zu sehen. Ohne weiter zu überlegen, bog sie nach rechts ab. Mark war sicher nach Hause unterwegs. Er hatte die Nase gestrichen voll und würde bei einem seiner Freunde unterkriechen. Erst vor ein paar Wochen hatte sie einen Bericht über straffällige Jugendliche im Fernsehen gesehen. Die meisten gerieten auf die schiefe

Bahn, weil sie im falschen Viertel aufwuchsen oder sich falsche Freunde suchten und sich vor ihnen beweisen wollten.

Natürlich war der erste Tag für Mark nicht optimal gelaufen. Da er sowieso schon schlechte Laune gehabt hatte, waren der Scherz des Oldtimers und die feindselige Begrüßung durch Hulk wie Gift für ihn gewesen. Die Neckereien der kleinen Megan schienen ihm endgültig den Rest gegeben zu haben. Auf gewisse Weise verstand sie seine Reaktion. Jemand, der sich schon zu Hause vernachlässigt gefühlt hatte und von seinen besten Freunden getrennt und in eine vollkommen fremde Umgebung verfrachtet worden war, konnte schon mal durchdrehen. Nur mit viel Geduld und Zuspruch konnte man ihn besänftigen. Normalerweise beschäftigten sich Psychologen mit straffälligen Jugendlichen, sie waren dafür ausgebildet und wussten, wie man den Betroffenen am besten helfen konnte. Ihre Eltern, sie und die beiden Oldtimer waren es zwar gewohnt, mit den unterschiedlichsten Charakteren umzugehen, aber auf diesem Gebiet leider nur Laien.

Dennoch wollte Annie es versuchen. Sie empfand es als Herausforderung, den Jungen auf andere Gedanken zu bringen und ihm ihre Heimat schmackhaft zu machen. Warum sie es versuchen wollte, wusste sie selbst nicht. Vielleicht, um den Ärger mit Simon Taylor zu vergessen. Oder weil sie ahnte, dass sich hinter der rauen

Schale letztendlich ein netter Junge verbarg. Doch um damit anzufangen, musste sie ihn erst einmal einholen und dazu bringen, auf die Lodge zurückzukehren. Durchbrennen durfte er mit dem Van ihrer Eltern auf keinen Fall. Wenn sie ihn anzeigten, konnte er im Gefängnis landen.

Sie fuhr, so schnell es die Schilder am Wegesrand erlaubten, und noch ein bisschen schneller, schien Mark aber keinen Meter näher zu kommen. Mitten in der Nacht waren nur wenige Fahrzeuge unterwegs, meist Trucks und Lieferwagen irgendwelcher Firmen, die gezwungen waren, nachts zu fahren.

Keine Spur von dem Van, keine Spur von Mark.

In Tete Jaune Cache klapperte sie die Motels ab, falls Mark dort untergekommen war, doch auf keinem der Parkplätze war der Van zu sehen. Leise fluchend fuhr sie weiter, immer noch in dieselbe Richtung und wesentlich schneller, bis ihr klar wurde, dass Mark nach links abgebogen sein musste. Er hatte geahnt, welche Richtung seine Verfolgerin einschlagen würde, und war nach Osten geflohen. Was er dann unternehmen würde, wusste er wahrscheinlich selbst nicht. Sicher war nur, dass er den Van so rasch wie möglich loswerden musste, wenn er eine Chance haben wollte, der Polizei zu entkommen. Denn ihre Eltern würden nicht zögern, den Diebstahl zu melden, wenn sie erfuhren, was passiert war.

Leise fluchend wendete sie den Pick-up und fuhr zurück. Obwohl ihre Hoffnung, den Jungen noch einzuholen, inzwischen sehr gering war, dachte sie nicht daran aufzugeben. Allein der Gedanke daran, welchen Aufruhr seine Flucht verursachen würde, hielt sie davon ab. Seine Mutter würde die Betreiber der Lodge für sein missliches Verhalten verantwortlich machen, auch in der Öffentlichkeit kräftig schimpfen und ihre Eltern in der Presse verunglimpfen. Der Junge würde nach Hause zurückkehren und ins selbe Fahrwasser wie zuvor geraten und konnte froh sein, wenn ihre Eltern ihn nicht wegen Diebstahls anzeigten.

Sie fuhr an der Abzweigung zu ihrer Lodge vorbei und weiter in Richtung Banff. Ihre Eltern konnte sie nicht anrufen, ihr Smartphone lag auf ihrem Nachttisch. Selbst ein funktionierendes Netz half ihr nicht weiter. Aber auch wenn sie ihr Handy dabeigehabt hätte, hätte sie wohl nicht angerufen. Was hätte es schon für einen Sinn, ihre Eltern mitten in der Nacht aus dem Schlaf zu reißen? Neben dem Schuppen stand zwar noch ein zweiter Pick-up, den ihr Vater oder die Oldtimer manchmal für die Arbeit brauchten, aber den hatten sie schon seit Wochen nicht benutzt, und es würde viel zu lange dauern, ihn flottzumachen.

Tröstlich war nur das Wetter. Es schneite nicht, der Mond stand beinahe voll am Himmel und tauchte das Land in ein fahles Licht, und selbst der Wind hielt sich zurück. Der aufwirbelnde Schnee in ihrem Rückspiegel stammte von den Rädern ihres Pick-ups, der seine besten Jahre bereits hinter sich hatte, aber immer noch lief und ohne Reparaturen auszukommen schien. Altersschwach präsentierte sich nur die Heizung, die kaum gegen die Kälte draußen ankam.

Nachdem sie insgesamt zwei Stunden gefahren war, wurde sie müde. Wenn sie nicht am Steuer einschlafen wollte, musste sie umkehren. Zu beiden Seiten des Highways erstreckte sich dichter Fichtenwald, und es dauerte eine Weile, bis sie eine geeignete Stelle zum Wenden fand. Sie wollte schon anhalten, als sie die schattenhaften Umrisse eines Vans am Straßenrand entdeckte.

»Unser Van!«, rief sie erschrocken. »Das ist unser Van!«

Sie fuhr bis dicht hinter den Wagen, der anscheinend ins Schleudern geraten und mit Vollgas über den Schneewall auf dem Seitenstreifen ins Unterholz gerast war. Nur der Schnee hatte ihn gebremst, als er gegen einen Baum geprallt war. Im Licht der Scheinwerfer, die noch brannten, war die zerbeulte Motorhaube selbst aus der Entfernung zu erkennen. Die Fahrertür stand offen.

»Mark!« Sie schaltete die Warnblinkanlage ihres Pick-ups ein und rannte zu dem Van. »Mark! Wo bist du?« Sie suchte im Wagen, blickte auf die Straße und sah die Spuren des Vans im Schnee. Mark war aus irgendeinem

Grund ins Schleudern geraten, hatte vielleicht wegen eines Elchs oder eines Coyoten zu heftig auf die Bremse getreten und den Van nicht mehr halten können.

Sie zog die kleine Taschenlampe, die sie immer bei sich trug, aus ihrer Anoraktasche und leuchtete in den Innenraum. Die Airbags waren aufgegangen, aber an der Fahrertür klebte Blut, er musste mit dem Kopf dagegengestoßen sein. Bestimmt nichts Schlimmes, sagte sie sich, sonst hätte er es sicherlich nicht aus dem Van geschafft. Sie blickte sich suchend um, ließ den Lichtkegel über den Waldrand und den Schnee davor wandern. Erst beim zweiten Hinsehen entdeckte sie die Spuren, die vom Van zum Waldrand führten, und das Blut, das in den Schnee getropft war. Warum bist du nicht im Wagen geblieben, Mark?, fragte sie sich.

Sie folgte den Spuren in den Wald und bahnte sich einen Weg durchs Unterholz. Mit der Taschenlampe hatte sie auch dort keine Schwierigkeiten, ihnen zu folgen. »Mark!«, rief sie. »Mark! Wo steckst du?« Ihre Stimme hallte durch den Wald, begleitet vom leisen Rauschen des Windes in den Bäumen. Auch im Wald war es eisig kalt, und sie konnte von Glück sagen, dass sie nichts von dem Schnee abbekam, den der Wind von den Ästen wehte.

»Mark! Warum versteckst du dich? Bist du schlimm verletzt?«

Aus dem Wald kam keine Antwort. Obwohl Annie

bereits weit gegangen war, schien die Spur kein Ende zu nehmen. Als würde Mark es darauf anlegen, so weit wie möglich in den Wald vorzudringen, weg von dem Ärger und dem Stress, der in der Lodge auf ihn warten würde. Anderen gegenüber ließ er den Macker raushängen, aber kaum ging es ihm mal selbst an den Kragen, verlor er die Nerven und suchte das Weite, schimpfte sie in Gedanken. Gleichzeitig hatte sie Angst, es könnte ihm etwas Schlimmes zugestoßen sein.

»Mark! Mark! Antworte doch!«

Die Spuren waren immer noch deutlich zu erkennen. Sie führten noch mindestens einen halben Kilometer durch den Wald, bis sie unvermittelt nach rechts abbogen und zu einer riesigen, vom Blitz gefällten Fichte führten, vor der Mark auf dem Boden lag und zu schlafen schien. Sein Kopf lag auf der Brust, und die Augen waren geschlossen, öffneten sich aber, als sie ihm ins Gesicht leuchtete.

Sie schaffte es nur mühsam, einen Schrei zu unterdrücken. Sein Gesicht war blutüberströmt, und sie erkannte erst, als sie ihn mit einigen Papiertaschentüchern säuberte, dass es sich um eine einfache Platzwunde handelte. Sie drückte ihm ein Taschentuch in die Hand und wies ihn an, es auf die Wunde zu pressen. »Das muss genäht werden«, sagte sie. »Ich bringe dich in die Ambulanz nach Valemount, die kennen sich mit so was aus. Ist sonst alles okay?«

»Annie!« Er schien sie erst jetzt zu erkennen. »Verdammt, Annie!«

»Ist sonst alles okay?«, wiederholte sie.

»Ich friere«, flüsterte er. »Es ist … es ist verflucht kalt hier.«

»Warum bist du nicht im Van geblieben?«

»Weiß nicht. Ich hatte ihn … ihn gestohlen.«

»Und da rennst du lieber in den Wald und legst dich zum Sterben nieder wie ein alter Elefant? Bis morgen früh wäre ein Eisklotz aus dir geworden.«

»Scheißspiel!«

»Kannst du laufen?«

»Weiß nicht«, sagte er wieder.

»Was anderes bleibt dir wohl nicht übrig, wenn du's ein bisschen wärmer haben willst.« Sie half ihm vom Boden hoch und stützte ihn, bis er sich einigermaßen aufrecht halten konnte. »Besonders munter siehst du nicht aus.«

»Meine Rippen!«, jammerte er.

»Gebrochen?«

»Nur geprellt, glaub ich. Du musst mich stützen!«

Sie war zu besorgt um ihn, um ihn mit billigen Retourkutschen zu ärgern. Obwohl sie ihr auf der Zunge lagen: Seit wann jammern Machos wie kleine Mädchen? Ich dachte, du bist der Größte! Wie kommt es dann, dass du hier auf der Nase liegst? Nicht mal einen Van kannst du steuern, du Versager! War die Straße nicht breit genug? Wie flüchtige Echos geisterten die gemeinen Antworten durch ihren Kopf, doch sie sagte gar nichts, stützte ihn mit dem rechten Arm und half ihm, seinen eigenen Spuren zur Straße zu folgen.

Sie kamen nur langsam voran. Es fiel ihr schwer, ihn zu stützen und gleichzeitig die Taschenlampe auf die Spuren vor ihnen zu richten, und sie liefen einmal sogar in die falsche Richtung, weil ihr die Last zu schwer wurde und sie kaum noch etwas sah. Die dichten Baumkronen hielten das Mondlicht ab und sie waren auf die Taschenlampe angewiesen. Er stöhnte bei jedem Schritt, war wohl empfindlicher, als er gedacht hatte, und hielt sich alle paar Meter an einem Baum fest. So hatte er sich die Flucht nicht vorgestellt.

Als sie sich dem Highway näherten, blitzte rot-blaues Licht durch den Wald. Die Warnlichter eines Polizeiwagens. Der Constable hatte den Lichtkegel ihrer Taschenlampe bereits entdeckt und kam auf sie zu, erfasste die Situation mit einem Blick und half ihr, den Jungen zu ihrem Pick-up zu bringen. Sie setzten ihn auf den Beifahrersitz. Der Constable holte ein Pflaster aus seinem Erste-Hilfe-Kasten und klebte es auf Marks Wunde. »Die sollten Sie schnellstens nähen lassen. Ist sonst alles in Ordnung? Keine weiteren Verletzungen? Schwindelgefühle? Übelkeit? Sagen Sie mir, wenn Sie irgendwelche Probleme haben.«

»Es ist … es ist scheißkalt!«

»Wenn's weiter nichts ist. Führerschein? Fahrzeugpapiere?«

Annie breitete die Wolldecke, die sie für alle Fälle auf dem Rücksitz mit sich führte, über den Schoß des Jungen und half ihm, seinen Führerschein aus der Gesäßtasche zu ziehen. »Die Papiere liegen im Handschuhfach des Van.«

»Mark Donovan? Und Sie, Miss?«

Sie kramte ihren Führerschein und die Papiere hervor und zeigte sie dem Constable. Er war ein junger Mann, nur ein paar Jahre älter als sie, und sah mit seinen kurzen Stoppelhaaren wie jemand vom Militär aus. »Meinen Eltern gehört die Rainbow Lodge am Mount Robson. Mark arbeitet für uns und war in unserem Van unterwegs. Er wollte nach Banff und sich dort ein wenig umsehen. Als er sich von unterwegs nicht meldete, fuhr ich ihm nach.« Sie setzte ihr schönstes Lächeln auf. »Mark hatte versprochen, mich anzurufen.«

»Mitten in der Nacht?«

»Ich gehe spät zu Bett.«

»Und dann haben Sie den Van am Straßenrand gesehen?«

»So ist es, Constable. Ich habe Angst um ihn bekommen und bin seinen Spuren gefolgt. Er war in seiner Verwirrung in den Wald gelaufen.«

»Und wie ist der Unfall passiert?«, fragte er den Jungen.

»Ein Coyote«, antwortete Mark. Er erholte sich allmählich von seinem Schrecken. »Er war plötzlich auf der Straße. Ich konnte nicht mehr bremsen und geriet ins Schleudern. Dann gab's einen Krach und ich landete im Schnee.«

»Sie haben doch nichts dagegen, dass ich einen Alkoholtest durchführe.«

»Ich bin stocknüchtern, Constable.«

»Es dauert nur ein paar Minuten«, sagte der Polizist. Er holte sein Testgerät und ließ den Jungen hineinblasen. »Null Komma null«, zeigte er sich zufrieden. Inzwischen hatte er wohl auch ihre Papiere gecheckt. »In Ordnung. Ich lasse Ihren Van abschleppen und zu Ihrer Lodge bringen. Kann morgen früh werden. Ihnen würde ich empfehlen, so schnell wie möglich einen Arzt aufzusuchen.« Er reichte ihnen die Papiere. »Gute Fahrt und gute Besserung!«

Annie holte Marks Reisetasche und stellte sie auf die Rückbank des Pick-ups. Erleichtert, den Jungen rechtzeitig gefunden und vielleicht vor ernsthaften Erfrierungen bewahrt zu haben, wendete sie ihren Wagen und fuhr nach Westen zurück. Wieder passierte sie die Abzweigung zur Lodge, ohne abzubiegen. »Das war dumm von dir«, sagte sie. »Wo wolltest du denn hin? Nach Banff, um dich dort ein wenig umzusehen?« Sie lächelte schwach.

»Weg. Ich wollte einfach nur weg.«

»Weglaufen geht nicht. Du ziehst das jetzt durch, okay?«

»Bist du jetzt der Boss?«

»Nur für eine Weile«, antwortete sie vieldeutig. »Allein würdest du es nicht schaffen, meine Eltern zu beruhigen. Die können ziemlich ausrasten, wenn ihnen jemand den Van klaut und sich bei Nacht und Nebel aus dem Staub macht. Von deinen Eltern ganz zu schweigen. Also lass mich das machen.«

Er hielt sich immer noch die Wunde. »Ich wollte den Van nicht klauen. Ich wäre über ein paar Umwege nach Prince George gefahren und hätte ihn vor unserem Haus stehen lassen. Meine Mutter hätte ihn sicher zurückgebracht.«

»Dein Vater nicht?«

»Der hat doch noch weniger Zeit als meine Mutter.«

»Und dann wärst du zu deinen Kumpels gegangen?«

»Bei denen brauche ich mich nicht zu verstellen.«

»Und würdest weiter harmlose Pärchen verprügeln oder sonst was in der Art machen?« Sie schüttelte den Kopf. »Damit würdest du nicht weit kommen. Beim nächsten Mal wärst du im Knast, und wenn du dir dann noch mal was leistest, landest du gleich für ein paar Jahre hinter Gittern. Dann könnten dir auch deine Eltern nicht mehr helfen, und wenn sie noch so viel Geld lockermachen.«

»Ich bin kein Schläger«, betonte er.

»Sondern?«

»Keine Ahnung«, erwiderte er, »ich weiß ja nicht mal, was ich werden will. Vor ein paar Monaten hab ich ein Praktikum in einer Werkstatt gemacht, das war ziemlich cool, aber meine Eltern wollen unbedingt, dass ich studiere.« Er lachte so heftig, dass ihm seine Rippen wehtaten. »Ich und studieren! Mit den hochgeistigen Dingen hab ich's noch nie so gehabt. Ich mag lieber was Handfestes.« Er wurde ernst. »Ach, Scheiße, ist doch egal!«

»Ist es nicht.«

»Wieso?«

»Weil du gar nicht so ein Stinkstiefel bist, wie man zunächst denkt.«

Seine Miene erhellte sich. »Soll das heißen …?«

»Das heißt gar nichts«, nahm sie ihm gleich jegliche Hoffnung, »aber ich schlage vor, wir vereinbaren einen Deal. Ich bringe die Geschichte mit dem Van in Ordnung und überrede meine Eltern, dich nicht nach Hause zu schicken, und du machst auf der Lodge mit, zickst nicht mehr rum und bist nicht gleich beleidigt, wenn dich einer der Oldtimer ärgert oder was schiefläuft.«

»Ich weiß nicht …«

»Zurück kannst du immer noch, wenn's sein muss.«

»Meinetwegen. Und du sagst Hulk, dass er sich benehmen soll.«

»Immerhin weißt du noch seinen Namen.«

Sie erreichten die Ambulanz um kurz nach drei Uhr und mussten eine halbe Stunde warten, bis Mark endlich an der Reihe war. In dem Fragebogen, den jeder Patient ausfüllen musste, hatte er bereits vermerkt, wie es zu der Verletzung gekommen war. Der Arzt nähte seine Wunde mit ein paar Stichen, untersuchte ihn auf weitere Verletzungen und schüttelte zufrieden den Kopf.

»Nur ein paar Prellungen. Wird die nächsten Tage noch ein bisschen wehtun, aber das geht bald vorbei. Seien Sie froh, dass Sie so glimpflich davongekommen sind.« Er gab ihm einige Schmerztabletten mit und sie fuhren zur Lodge.

Im Aufenthaltsraum brannte Licht, als sie das Haus betraten.

11

Annie stand etwas später als gewöhnlich auf und beeilte sich mit dem Anziehen. Ihre Eltern waren bereits dabei, das Frühstück vorzubereiten, als sie etwas kleinlaut die Küche betrat. Ihre ernsten Mienen verhießen nichts Gutes. In der vergangenen Nacht waren sie nahe daran gewesen, Marks Mutter anzurufen, und hatten nur nachgegeben, weil der Junge dringend Ruhe brauchte.

»Sorry«, entschuldigte sie sich, »ich hab wohl verschlafen.«

»Kein Wunder«, erwiderte ihr Vater immer noch verstimmt. »Wenn ich die halbe Nacht durch die Gegend gefahren wäre, hätte ich auch verschlafen.«

Ihre Mutter blickte von der Pfanne mit dem Rührei auf. »Wir haben uns große Sorgen um dich gemacht. Was hast du dir bloß dabei gedacht? Du hättest wenigstens dein Handy mitnehmen können. Du hast es doch sonst immer dabei.« Sie stocherte in dem Rührei herum. »Kannst du dir vorstellen, wie uns zumute war, als der Abschleppwagen mit dem Van hier vorfuhr? Wir dachten, dir wäre sonst was passiert. Das war unverantwortlich von dir, Annie!«

»Ich weiß, und es tut mir sehr leid«, sagte sie, »aber als ich Mark mit dem Van wegfahren sah, hab ich nicht lange nachgedacht. Ich hab mich angezogen und bin ihm hinterher. Ich hatte doch keine Ahnung, was er im Schilde führte. So, wie der gelaunt war, hätte es mich nicht gewundert, wenn er irgendeinen Blödsinn angestellt hätte. Ihr hättet ihn sehen sollen! Wie ein Häufchen Elend lag er im Wald. Wenn ich ihn nicht gefunden hätte, wäre er sicher erfroren.«

»Schon gut«, zeigte ihr Vater sich versöhnlich, »der wahre Schuldige ist Mark. Sich den Van zu schnappen und heimlich davonzufahren, war mehr, als wir ihm durchgehen lassen können. Eigentlich war das Diebstahl, und dafür käme er ins Gefängnis, wenn wir ihn anzeigen würden.« Er machte sich an der Kaffeemaschine zu schaffen und blickte auf. »Wo steckt er überhaupt?«

»In seinem Zimmer«, erwiderte Annies Mutter. »Ihm ist noch ein bisschen schummrig. Ich hab ihm gesagt, er soll im Bett bleiben und sich ausruhen.«

»Jetzt sollen wir ihn auch noch bedienen?«

»Willst du lieber, dass er ernsthaft krank wird?«

»Okay«, zeigte sich Annies Vater einverstanden, »aber

ich rufe noch heute seine Eltern an. Sie sollen ihn so bald wie möglich abholen. Wir sind eine Lodge und kein Therapiezentrum für straffällige Jugendliche. Mit dem Diebstahl des Vans ist er definitiv zu weit gegangen. Das hätte er nicht machen dürfen.«

Annie fühlte sich bemüßigt, den Jungen zu verteidigen. »Er wollte den Van nicht stehlen! Er ist durchgedreht, das ist alles. Er wollte ihn vor dem Haus seiner Eltern abstellen und dann bei seinen Freunden unterkriechen.«

»Bei den Schlägern, die unschuldige Menschen verprügeln? Na, toll!«

»Wo sollte er denn sonst hin? Seine Eltern haben nie Zeit für ihn.«

»Das ist bei vielen anderen Eltern ähnlich«, konterte ihr Vater. »Deshalb muss man sich doch keiner Gang anschließen und auf die schiefe Bahn geraten. Fehlt nur noch, dass er Drogen nimmt!« Er schaltete die Kaffeemaschine aus. »Wir hätten uns nicht auf den Deal mit seiner Mutter einlassen sollen. Zugegeben, das Geld können wir gut gebrauchen, aber was haben wir davon, wenn wir seinetwegen nur Ärger haben und die Gäste uns absagen?«

»Ich kümmere mich um ihn«, sagte Annie.

»Du tust was?«

»Ich kümmere mich um ihn.« Sie wunderte sich über ihre eigenen Worte. »Ich hab unterwegs und in der

Ambulanz länger mit ihm geredet und glaube nicht, dass er so schlimm ist, wie ihr denkt. Er ist ein Maulheld, will überall der Größte sein und dreht durch, wenn er mal auf die Nase fällt oder ihm ein Mädchen eine Absage erteilt, das stimmt schon, aber dieses ganze Getue ist doch nur Show. In Wirklichkeit will er doch bloß Anerkennung. Um das herauszufinden, muss ich keine Psychologin sein. Seine Eltern sind kaum zu Hause und lassen ihn mit seinen Problemen allein. Kein Wunder, dass er irgendwo Dampf ablassen muss.«

»Du solltest Jura studieren«, sagte ihr Vater. »Ein besseres Plädoyer hätte auch eine Rechtsanwältin nicht für den Jungen halten können.« Er gestattete sich ein flüchtiges Lächeln. »Mag sein, dass du recht hast, aber wie willst du es anstellen, dich um ihn zu kümmern? Hast du denn nicht schon genug zu tun?«

»Klar, aber ich sehe das Ganze sportlich. Wir dürfen nicht zulassen, dass er zu diesen Schlägern zurückkehrt, und es wäre doch ein Armutszeugnis, wenn wir schon nach zwei Tagen aufgeben würden. Wir schaffen das. Ich denke, der Unfall und die paar Minuten allein im Wald haben ihn zur Vernunft gebracht. So kleinlaut wie im Wald war er vorher nie. Gebt ihm eine Chance! Wenn er nicht mitmacht, können wir immer noch seine Eltern anrufen.«

Ihre Mutter blickte sie an. »Dir liegt etwas an ihm, oder?«

»Wir dürfen ihn nicht so schnell aufgeben.«

»Na schön«, erwiderte ihr Vater. »Wir tun dir den Gefallen. Aber wenn er sich noch mal so etwas leistet, gibt's kein Pardon mehr.«

»Schon klar, Dad.«

In der offenen Tür erschien Megan, schon in Stiefeln und in ihrem knallroten Anorak, und begrüßte sie fröhlich: »Hallo, ich bin auch schon auf.« Sie blickte Annie an. »Ich dachte, wir wollten vor dem Frühstück die Huskys füttern? Wenn du ihnen nur einmal am Tag etwas zu fressen gibst, haben sie jetzt doch sicher Hunger. Ich hab aus dem Fenster gesehen. Sie sind schon ganz nervös.«

Annie musste lachen. »Du hast recht, Megan. Es wird höchste Zeit.«

Sie zog ihren Anorak an, schnappte sich den Eimer mit dem Futter und ging mit dem Mädchen nach draußen. Die Huskys begrüßten sie mit lautem Geheul, sie konnten es gar nicht erwarten, ihre Schnauzen in den schmackhaften Eintopf zu tauchen. Es gab Reis mit gekochtem Lachs, eine ihrer Lieblingsspeisen. Den Reis hatte sie mit Wasser angereichert, damit die Hunde genug Flüssigkeit bekamen. Ohne den Eintopf würde das Wasser schnell gefrieren.

»Guten Morgen, meine Lieben!«, begrüßte Annie die Huskys. Während der letzten Tage hatte sie schnell Freundschaft mit ihnen geschlossen und wusste, wie sie am besten mit ihnen zurechtkam. Wenn man mit einem Gespann erfolgreich sein wollte, musste man die Eigenheiten der Hunde kennen, ihren Charakter und ihre Marotten. »Wie geht's euch heute Morgen? Ist alles okay?«

Die Hunde sahen nur den vollen Eimer, etwas anderes interessierte sie im Augenblick nicht. Lediglich Phantom schien das Mädchen wahrzunehmen.

»Ihr erinnert euch doch an Megan, oder? Sie hilft mir wieder beim Austeilen, das ist euch doch recht?« Auch das war den Huskys wahrscheinlich egal, aber ihr aufgeregtes Jaulen freute Annie und ihre junge Freundin dennoch. Die Hunde schienen zu spüren, dass sie gern zu ihnen kam und genauso vertrauenswürdig wie ihre neue Herrin war, und dachten nicht daran, sie anzugreifen oder zu erschrecken. »Nur nicht drängeln, meine Lieben, jeder kommt dran!«

Wie immer bekam Phantom sein Futter zuerst. Das war das Vorrecht eines Leithundes, der unterwegs die größte Verantwortung trug. Annie tätschelte ihm den Hals, während Annie den Eintopf in seinen Futtertrog schaufelte. »In ein paar Tagen bekommt ihr eure Hütten«, versprach Annie. »Dad ist schon eifrig dabei, sie zu sägen. Sie bekommen Hundehütten«, erklärte sie dem Mädchen. »Die brauchen sie eigentlich nicht unbedingt, aber manchmal haben sie genug von uns Zweibeinern und wollen allein sein. Dann ziehen sie sich in die Hütten zurück.«

Ein Husky nach dem anderen bekam sein Futter und machte sich heißhungrig darüber her. Megan achtete sorgsam darauf, dass jeder die gleiche Menge bekam. Auch sie durfte die Hunde streicheln, sogar Hulk, der in ihrer Gegenwart wesentlich zahmer war als bei Mark. »Hulk ist gar nicht böse.«

»Hulk ist ein lieber Kerl«, erwiderte Annie. »Und bärenstark.«

Mit dem leeren Eimer blieben sie eine Weile stehen und sahen den Hunden beim Fressen zu. Sie schmatzten nach Herzenslust und ließen sich durch nichts stören. Das Futter musste für den ganzen Tag reichen, zwei Mahlzeiten gab es für Huskys meist nur, wenn sie gerade für ein Rennen trainierten.

Dass sie nach dem Fressen immer noch jaulten, lag nicht daran, dass sie einen Nachschlag wollten. Sie warteten darauf, dass Annie ihnen die Geschirre überstreifte und sie vor den Schlitten spannte. Auch wenn die meisten schon einige Jahre auf dem Buckel hatten, waren sie begierig darauf, durch die winterliche Wildnis zu rennen und den eisigen Fahrtwind im Gesicht zu spüren.

»Keine Bange«, rief Annie ihnen zu, »nach dem Frühstück geht's los. Wir Zweibeiner müssen aber auch noch was essen. Morgens hab ich immer einen Bärenhunger.«

»Dann kommst du nicht mit zu unserem Picknick?«

»Ein anderes Mal«, erwiderte Annie. »Ich muss fast jeden Morgen mit den Huskys trainieren. Ich habe uns bei den *Robson Jubilee* angemeldet, einem Hundeschlittenrennen, das zwischen Weihnachten und Neujahr stattfindet. Es führt fünfzig Kilometer durch die Wildnis. Dafür müssen wir in Form sein.«

»Fünfzig Kilometer? Das ist weit, nicht wahr?«

»Sehr weit sogar, und ich habe nicht mehr viel Zeit zum Trainieren.«

»An Weihnachten sind Mama und ich schon wieder zu Hause«, sagte Megan. »Schreibst du uns, ob du gewonnen hast? Du bekommst doch sicher einen großen Pokal und viel Geld, wenn du gewinnst.«

»Wenn ich gewinne. Ich bin schon froh, wenn ich überhaupt durchhalte.«

Sie kehrten ins Haus zurück und brachten den Eimer in die Küche. Inzwischen war auch Betty aufgestanden und half Annies Eltern, den Tisch zu decken. Es duftete nach Rührei, Speck und gebackenen Bohnen. Die Lodge war für ihr deftiges Frühstück bekannt, im Urlaub durfte man sich das schon mal gönnen.

»Wo ist denn dieser Junge, der dauernd schimpft?«, wollte Megan wissen.

Annie konnte sich ein leichtes Grinsen nicht verkneifen. »Mark hat sich verletzt. Nicht schlimm, aber es ist besser, wenn er einen Tag im Bett bleibt und sich ausruht. Das nächste Mal schimpft er bestimmt nicht mehr.«

»Meine Mama schimpft nur, wenn ich frech bin.«

Bevor Annie sich an den Tisch setzte, brachte sie Mark einen Teller mit Rührei, Speck und gebackenen Bohnen, dazu einen Toast mit Marmelade und Kaffee. Da sie keine Hand zum Klopfen frei hatte, öffnete sie die Tür seines Zimmers mit dem Ellbogen. »Hi«, grüßte sie, »ich bringe dir dein Frühstück.«

Er hockte auf dem Bettrand und hielt sich den schmerzenden Kopf. Sein Brummen sollte wohl heißen: Vielen Dank, das ist sehr freundlich von dir.

»Immer noch Schmerzen?«, fragte sie.

»Blöde Frage«, erwiderte er zerknirscht.

Sie verzieh ihm die barsche Antwort. »Das wird schon wieder.«

»Klar doch.«

»Du hast Glück gehabt«, sagte Annie. »Meine Eltern erstatten keine Anzeige, die Reparatur des Vans zahlt die Versicherung, und deine Mutter rufen sie auch nicht an. Du kannst bleiben … wenn du keinen Mist mehr baust.«

»Bewährung?«

»Blödmann! Die Nummer zieht hier nicht, hast du das noch nicht gemerkt? Mit der Gangsta-Rapper-Nummer kommst du hier nicht weit. Und mit dem Macho-Gehabe noch viel weniger. Sei einfach so, wie du wirklich bist, das kommt am besten an. Und bereite dich schon mal seelisch auf eine Schlittenfahrt vor. Auf so einer Fahrt sind schon ganz andere zu Wildnis-Fans geworden.«

»Ich? Auf einem Hundeschlitten? Niemals!«

»Hulk benimmt sich, keine Angst!«

»Das sagst du.« Er griff nach der Gabel. »Und deine Eltern …«

»… haben sich schon fast wieder beruhigt«, ergänzte sie, bevor er weiterreden konnte. »Ich bring dir ein paar Zeitschriften vorbei, bevor ich losfahre, okay?«

Sie kehrte zu den anderen zurück und begrüßte die beiden Oldtimer, bevor sie sich neben Megan setzte. Es waren noch genug Rührei und gebackene Bohnen übrig, nur der Toast war schon etwas abgekühlt. Auf den Speck verzichtete sie. Für das Rennen brauchte sie ihr Idealgewicht. Zwei Kilo weniger. »Wohin soll's denn heute Morgen gehen?«, fragte sie die Oldtimer.

»Zum Little Lost Lake«, antwortete Walker, »da hat man einen tollen Ausblick, und es gibt einen Campingplatz, auf dem wir unser Lagerfeuer anzünden können.« Er deutete zum Fenster. »Sieht ganz so aus, als hätten wir einen schönen Tag vor uns. Die Trails sind geräumt und wir haben nur gute Reiter dabei. Megan sitzt wie eine Texanerin im Sattel. Das wird ein toller Ausflug.«

»Und wie kriegen wir den Picknickkorb zum See?«, fragte Megan.

»Den Korb lassen wir zu Hause«, antwortete Walker. »Wir packen all die schönen Sachen in die Satteltaschen.

Lisa hat schon alles vorbereitet.« Auch der ehemalige Ranger durfte die Chefin beim Vornamen nennen. »Wie ich sie kenne, haben wir Hamburger, Würstchen, Gemüse und für den Nachtisch dicke Marshmallows dabei. Und natürlich selbst gemachte Limonade, die erinnert mich immer an das leckere Zeug, das meine Oma gebraut hat.«

»Das wird toll. Kriegt mein Pony auch was zu fressen?«

»Das hat heute Morgen schon eine Extra-Portion Hafer bekommen, und wenn wir Glück haben, kommen wir an ein paar Laubbäumen vorbei. An manchen Bäumen hängen noch ein paar Blätter, die mögen sie auch gern.«

Alle Baldwins winkten den Oldtimern und Betty und Megan zu, als sie einer hinter dem anderen vom Hof ritten. Die beiden Oldtimer bildeten den Anfang und den Schluss, dazwischen ritten das Mädchen und seine Mutter. Megan fühlte sich im siebten Himmel, sie hatte riesigen Spaß daran, auf dem scheckigen Pferd durch den Schnee zu reiten, und bewies tatsächlich Talent. Sie hatten schon ältere Kinder erlebt, die sich sehr viel ungeschickter angestellt hatten.

»Ich muss auch los«, sagte Annie, als der Trupp zwischen den Bäumen verschwunden war. »Ich nehme mir ein Sandwich und eine Kanne Tee mit, okay? Ich muss langsam mal die fünfzig Kilometer in Angriff nehmen, wenn ich bei dem Rennen nicht als Letzte durchs Ziel gehen will. Bevor ich losfahre, schaue ich noch mal bei Mark vorbei und bringe ihm ein paar Zeitschriften. Ich sehe euch dann später.«

»Mute den Huskys nicht zu viel zu, die sind nicht daran gewöhnt.«

»Keine Angst«, erwiderte sie.

Sie hatte sich bereits von Mark verabschiedet und war auf dem Weg zu den Hunden, als sich ein schwarzer Cadillac Escalade der Lodge näherte, einer dieser sündhaft teuren Wagen, die häufig vor den Luxusherbergen in Banff zu sehen waren, auf dem Yellowhead Highway jedoch nur selten auftauchten.

»Mom! Dad! Wir kriegen Besuch«, rief sie.

Zu dritt warteten sie vor dem Eingang und beobachteten, wie eine leicht übergewichtige Dame um die dreißig aus dem Wagen stieg und rasch ihren Anorak überzog, bevor sie breitbeinig, um auf dem glatten Boden bloß nicht auszurutschen, zur Tür kam. Sie trug zu viel Make-up und leuchtenden Lippenstift, ihre Haare waren schwarz gefärbt und erinnerten an Schneewittchen. Ihr Lächeln wirkte aufgesetzt, sie fühlte sich offenkundig unsicher in dieser Umgebung.

»Mein Name ist Andrea Flores«, stellte sie sich vor. Ihre Stimme klang erstaunlich dunkel und melodisch. »Ich bin die Managerin von … aber das besprechen wir besser drinnen.« Bevor die Baldwins etwas erwidern konnten, ging sie an ihnen vorbei ins Haus. Annie und ihren Eltern blieb nichts anderes übrig, als ihr in den Aufenthaltsraum zu folgen. »Hätten Sie vielleicht einen Kaffee für mich?«

Annie war schon unterwegs und brachte Kaffee und Kekse. Ihre Mutter hatte inzwischen das iPad für die Reservierungen aus dem Büro geholt.

»Sagt Ihnen der Name ›Crystal Heart‹ etwas?«, fragte die Dame.

»Das ist eine bekannte Schauspielerin«, wusste Annie sofort. Sie hatte schon einige Filme mit ihr gesehen. Sie war jung, schön und spielte die Hauptrolle in einer Daily Soap, die immer nach der Morning Show lief. »Hat sie letztes Jahr nicht einen Emmy bekommen? Ich glaube, ich habe etwas darüber gelesen.«

Die Antwort der Besucherin kam etwas von oben herab. Wahrscheinlich hatte sie angenommen, dass sie alle in Ehrfurcht erstarrten, sobald sie den Namen der Schauspielerin nannte. »Crystal Heart ist eine der bekanntesten Schauspielerinnen der Gegenwart«, sagte sie. »Ihre Soap läuft bereits im vierten Jahr und gerade hat sie einen Vertrag für einen Hollywoodfilm unterzeichnet. Überall, wo sie auftaucht, kommt es zu riesigen Menschenaufläufen, und obwohl wir sie nach allen Seiten hin abschotten, hat sie kaum noch Privatsphäre.«

Annie und ihre Eltern warteten darauf, dass sie endlich zur Sache kam, ähnlich wie bei Susan Donovan, die auch lange um den heißen Brei herumgeredet hatte. Doch Annie glaubte bereits zu wissen, was sie sagen würde, und lachte innerlich.

Das würde ihren Eltern gar nicht gefallen.

»Ich bin Crystal Hearts Managerin«, rückte die Dame endlich damit heraus und schob ihren Eltern ihre Visitenkarte über den Tisch. Eine Adresse in Hollywood, das erkannte Annie auch aus einiger Entfernung. »Ich weiß nicht, wie Crystal ausgerechnet auf Ihre Lodge kommt. Ich nehme an, sie ist im Internet auf Sie gestoßen. Aber diese Lodge ist wie geschaffen, um mal für einige Tage dem Hamsterrad zu entkommen, hat sie gesagt und mich gebeten, einen einwöchigen Aufenthalt für sie zu buchen. Ich habe ihr gesagt, ich würde mir die Lodge erst einmal ansehen. Hätten Sie denn eine einigermaßen akzeptable Unterkunft für sie? Und ein Zimmer in der Nähe für mich? Für eine Woche ab nächsten Montag.«

Walter Baldwin brauchte eigentlich gar nicht in seinem iPad nachzuschauen, tat es aber dennoch und zögerte dann die Antwort ein wenig hinaus. »Ja, das wäre durchaus möglich. Wir haben gerade erst ein Luxus-Blockhaus für VIPs errichtet. Es liegt etwas abseits vom Haupthaus, natürlich mit eigenem Bad und den Bequemlichkeiten eines Hotels. Sie könnten entweder ebenfalls in dem Blockhaus wohnen oder hier im Haus.«

»Ich würde mir das gern mal ansehen«, sagte die Dame.

»Natürlich, wir zeigen es Ihnen gern.«

Annie war bei der Führung dabei und sah erst jetzt, wie geschmackvoll ihre Mutter das Blockhaus eingerichtet hatte. Sehr rustikal, aber gemütlich, mit Kühlschrank, Mikrowelle und einem Bad mit mehrfach verstellbarer Dusche, wie man sie aus guten Hotels kannte, dazu Fernseher, DVD-Player und eine Auswahl an Filmen, die Annie in Prince George gekauft hatte.

»Sehr schön«, zeigte sich die Managerin zufrieden, obwohl man ihr anmerkte, dass ein solcher Urlaub überhaupt nicht nach ihrem Geschmack war. »Dann können wir die Buchung vornehmen. Ich werde Ihnen noch eine Liste mit Kleinigkeiten mailen, die Crystal gerne um sich hat. Und wo kann ich, bitte schön, wohnen?«

Sie zeigten ihr ein Zimmer im Haupthaus, das sie widerwillig akzeptierte, nicht ohne eine abfällige Bemerkung über die einsame Lage der Lodge zu machen. Wenn schon die Managerin so zickig war, wie würde sich dann erst Crystal selbst verhalten?

»Crystal kommt mit ihrem Mann, und die beiden reisen natürlich unter ihren bürgerlichen Namen: Barry und Maggie Sandoval. Sonst könnten wir ja gleich eine Anzeige in der Zeitung schalten. Auch Sie verpflichten sich zu äußerstem Stillschweigen, bei Zuwiderhandlung wird der Vertrag ungültig.«

»Einverstanden«, erwiderte Annies Vater. Er unterdrückte mühsam ein Grinsen, als er den Preis nannte und die Managerin ihn bereitwillig akzeptierte.

12

»Da bist du ja«, sagte Megan, als Mark am nächsten Morgen im Aufenthaltsraum erschien. »Bist du heute wieder so schlecht gelaunt wie neulich? Meine Mama hätte geschimpft, wenn ich die Tür so zugehauen hätte. Geht es dir heute besser?«

»Megan!«, wies ihre Mutter sie zurecht. »Lass den jungen Mann in Ruhe!«

Mark war nicht beleidigt, er brachte sogar ein Lächeln zustande. »Es ist alles okay. Mir ging's neulich nicht so gut, und gestern war ich ein bisschen krank, aber heute brauchst du keine Angst vor mir zu haben.« Er grüßte in die Runde. Betty und die beiden Cowboys saßen bereits am Tisch und Annies Eltern kamen gerade mit Kaffee und Tee herein. »Tut mir leid wegen vorgestern.«

»Noch Schmerzen?«, fragte Lisa Baldwin besorgt.

»Nur ein paar blaue Flecken. Ich wollte …«

»Schon gut, Mark. Setz dich und greif zu! Blueberry Pancakes sind meine Spezialität.« Sie blickte auf die Platte mit den Pfannkuchen. »Mit Schlagsahne schmecken sie besonders gut.«

Auch die anderen griffen beherzt zu und ließen es sich schmecken. »Reine Gewohnheit«, sagte Lisa Walker immer, wenn sich jemand über die Süßspeise am frühen Morgen wunderte. »Die Japaner essen Misosuppe zum Frühstück.«

»Mmmh, die schmecken gut!«, lobte Megan nach dem ersten Biss. Sie hatte sich besonders viel Sahne genommen und kam aus dem Schlecken gar nicht mehr heraus. »So was müssen wir auch mal zum Frühstück machen, Mama. Immer nur dieses blöde Müsli und Toast sind doch auch langweilig.«

»Alles zu seiner Zeit«, zeigte sich ihre Mutter diplomatisch.

Nachdem sie den ersten Pfannkuchen verspeist hatte, wandte sich Megan wieder an Mark. Seinen grimmigen Auftritt vor zwei Tagen schien sie schon vergessen zu haben. »Gestern sind wir zu einem großen See geritten«, berichtete sie. Obwohl er »Little Lost Lake« hieß, war er tatsächlich sehr groß. »Duncan sagt, ich wäre wie ein Cowgirl geritten. Er war sein ganzes Leben Cowboy und muss es wissen. Der Trail war so schmal, dass wir ihn kaum gesehen haben. Über Stock und Stein ging es. Hätte ich nicht so gut im Sattel gesessen, wäre ich bestimmt in den Schnee gefallen. Stimmt doch, Mama, oder?«

»Natürlich, mein Kleines. Das war große Klasse!«

»Aber anstrengend war es schon«, räumte Megan ein. »Nach dem vielen Reiten tut mir der Hintern weh. Ich weiß nicht, wie Cowboys das alles aushalten.«

»Die haben Hintern aus Stahl«, sagte Duncan.

»Aber nicht mehr in unserem Alter«, widersprach Walker.

»Und was wir alles gesehen haben!«, fuhr Megan fort. »Drei … nein, vier Eichhörnchen. Die waren blitzschnell und kletterten so hoch, dass man sie bald nicht mehr sehen konnte. Und einen Fuchs. Zuerst dachten wir, es wäre ein Wolf, aber Walker und Duncan kennen sich aus, die wussten gleich, dass es ein Fuchs war. Am tollsten war aber der Elch. Er hatte ein riesiges Geweih.« Sie deutete mit den Händen an, wie groß es war, und traf dabei Mark und Annie an den Oberarmen. Sie erschrak nur kurz. »Der stand zwischen den Bäumen, rannte aber gleich davon, als wir ihm zu nahe kamen.«

»Vor Elchen muss man sich in Acht nehmen«, erinnerte Walker das Mädchen. »Wenn man ihnen in die Quere kommt, schlagen sie manchmal aus …«

»… und treffen einen mit den Hufen«, vollendete sie den Satz.

»Du hast gut aufgepasst«, sagte Walker. »Und wie war das Picknick?«

»Phänomenal!«, antwortete sie mit einem Wort, das sie erst von dem ehemaligen Ranger gelernt hatte. »Wir haben ein Feuer angezündet, auf dem Campingplatz am See, und unsere Würstchen und die Hamburger auf dem Grill gebraten. So gut hat mir schon lange kein Essen mehr geschmeckt. Und der heiße Kakao und die Marshmallows zum Nachtisch waren auch lecker.«

»Der Ausflug war ein Erlebnis!« Auch ihre Mutter fand nur lobende Worte. »Ich bin so froh, dass uns meine Mutter diesen Urlaub ermöglicht hat. Wenn das so weitergeht, wird es ein richtiger Traumurlaub, und das mitten im Winter.«

»Darf ich heute mit dem Hundeschlitten fahren?«, fragte Megan.

»Heute nicht«, antwortete Betty, »heute sind Annie und Mark mit dem Schlitten unterwegs. Wir bauen einen Schneemann. Den größten der Welt! Und wenn wir noch Zeit haben, bekommt er drei kleine Helfer.«

»Oder eine Schneefrau. Damit der arme Kerl nicht so allein ist.«

Jeder am Tisch wusste, dass Betty geschieden war, und wich ihrem Blick aus, doch sie ließ sich nicht aus der Ruhe bringen. »Wir haben auch keinen Dad«, sagte sie offen, »und sind doch nicht allein. Hauptsache, man hat jemanden, den man liebt. Wir haben uns, du hast mich, und ich habe dich.«

»Und wir gehen niemals auseinander!«

Annie hatte lediglich laut nachgedacht, als sie vor dem Frühstück überlegt hatte, Mark auf die lange Trainingsfahrt mitzunehmen. »Die Fahrt würde ihn auf andere Gedanken bringen«, hatte sie gesagt. »Ich komme inzwischen ganz gut mit ihm zurecht. Die Lodge kam zu plötzlich für ihn. Jeder wollte ihm Vorschriften machen, die Oldtimer lachten ihn aus, und Megan gab ihm den Rest, obwohl sie natürlich nichts dafür konnte. Er braucht mal frische Luft.«

»Wie ein Wolf, der sich an sein neues Rudel gewöhnen muss?«, hatte ihre Mutter gefragt.

»So ungefähr.«

»Vor ein paar Tagen wärst du noch froh gewesen, ihn los zu sein.«

»Die Menschen ändern sich.«

»Hoffentlich«, sagte ihre Mutter.

Unterwegs zu ihren Huskys dachte sie über die Worte ihrer Mutter nach. Sie hatte recht, vor ein paar Tagen wäre sie erleichtert gewesen, wenn sie nicht diesen Deal mit Marks Mutter abgeschlossen hätten. Was war nur mit ihr los? Hatte sie das Helfer-Syndrom? Fand sie Gefallen daran, dem in die falschen Kreise geratenen Jungen wieder auf die Beine zu helfen? Kam etwa plötzlich ihre mütterliche Ader durch? Wollte sie der Welt beweisen, was für eine tolle Frau sie war? Oder war sie in ihn verliebt?

Vor Wut trat sie gegen den leeren Futtereimer. Er flog scheppernd gegen die Hauswand und dann zurück in den Schnee. Die Huskys schienen sich nicht daran zu stören. Sie jaulten sowieso um die Wette, denn sie wussten längst, dass es auf große Tour gehen würde, und zerrten schon ungeduldig an ihren Ketten. »Okay, okay«, rief sie ihnen zu, »ich komme ja schon!« Sie hatte bereits den Schlitten und die Geschirre und Leinen aus dem Schuppen geholt, legte die Führungsleine aus und zog jedem ihrer Hunde das Geschirr über. »Wenn du auf dem Trail genauso munter bist, soll's mir recht sein«, sagte sie zu dem besonders ungeduldigen Thor. »Das gilt auch für dich, Wonder Woman! Keine Zicken!«

Nachdem sie das Gespann an den Schlitten gekoppelt und den Anker in den Schnee gerammt hatte, ging sie ins Haus, um den Schlittensack mit der Ausrüstung und den Vorräten zu holen. Eine Axt, warme Decken, eine Zeltplane, Ersatzkleidung, Sandwiches, Tütensuppen und ein Kocher, eine Thermoskanne mit heißem Tee und auch zwei Schlafsäcke, falls sie gezwungen waren, in der Wildnis zu übernachten. Das kam zwar selten vor, aber das Wetter in den Bergen war so unberechenbar, dass man darauf vorbereitet sein musste. Hinzu kamen noch etliche andere Ausrüstungsgegenstände, die jeder Musher mitführt, ein Messer, ein Feuerzeug, ein Feldstecher, eine Taschenlampe … die Liste war lang, besonders bei Rennen und ausgedehnten Touren.

In der Tür stieß Annie mit Mark zusammen. »Hey, Mark, ich wollte dich gerade abholen. Ich hab dir doch versprochen, dass ich dich auf eine große Tour mitnehme. Heute sind wir den ganzen Tag unterwegs. Ich hab bereits alles eingepackt, du musst dich nur noch anziehen und auf den Schlitten setzen.«

»Auf den Schlitten setzen?« Seine Stimmung drohte bereits, wieder zu kippen. Irgendetwas musste ihm die Stimmung verdorben haben. »Ich soll mich wie ein kleines Kind auf den Schlitten setzen und mich von der erfolgreichen Musherin durch die Wildnis karren lassen? Das kannst du mit Megan machen, aber nicht mit mir. Da bleibe ich lieber hier und sehe fern.«

Annie zwang sich, ihm keine schnippische Antwort zu geben. »Selbst erfolgreiche Musher setzen sich auf den Schlitten, wenn ein Kollege sie mitnimmt. Das ist gar nicht ungewöhnlich. Außerdem habe ich nicht vor, die ganze Zeit auf den Kufen zu stehen. Unterwegs zeige ich dir, wie man einen Schlitten steuert, dann kannst du auch mal fahren.«

»Ein paar Meter?«

»Wenn du willst, auch ein paar Kilometer.«

»Okay, meinetwegen.«

Sie holte den Schlittensack aus der Küche, verabschiedete sich von ihren Eltern und winkte den Oldtimern zu, die schon wieder mit den Pferden beschäftigt waren. Megan und ihre Mutter hatten sich bereits einen

Platz für den geplanten Schneemann ausgesucht und arbeiteten fleißig an seinem Kugelbauch.

»Bis später, Annie! Bis später, Mark!«, rief Megan ihnen zu.

Annie lächelte still in sich hinein, als sie den Schlitten vom Hof lenkte und zum westlichen Waldrand fuhr. Mark saß in Decken gewickelt auf dem Schlitten und hielt sich mit beiden Händen fest. Er wurde reichlich nervös, als Annie lautstark ihr Gespann anfeuerte und sie im Sprinttempo durch den Schnee rasten. Die Huskys waren froh, endlich wieder laufen zu können, und tobten sich nach Herzenslust aus. Nur eine erfahrene Musherin wie Annie konnte in so einer Situation das Tempo halten und eventuellen Hindernissen ausweichen.

Nach ungefähr einer halben Stunde, während der Annie so schnell wie bei einem Rennen gefahren war, erreichten sie eine einigermaßen geräumte Forststraße, die in zahlreichen Windungen durch den Wald führte. Annie verlagerte ihr Gewicht, um beim Abbiegen nicht vom Schlitten geworfen zu werden, und rief Mark zu, gut aufzupassen und sich festzuhalten. »Heya!«, feuerte sie die Huskys an und bog mit einem Powerslide auf die Forststraße.

»Muss das sein, du Angeberin?«, schimpfte Mark.

»Manchmal kann ich einfach nicht anders«, antwortete sie.

Erst jetzt ließ sie die Hunde langsamer gehen. Die Forststraße gehörte zu einem Netz von zahlreichen Trails, die den Forest Rangers ihre Arbeit in den Wäldern erleichtern sollten. Einige der schmaleren Trails wurden von den Angestellten mehrerer Lodges beaufsichtigt. Sie teilten sich die Arbeit, beseitigten im Sommer unnötiges Gestrüpp, räumten im Winter den Schnee zur Seite und ebneten die Trails mit Snowmobilen. Auch Annie hatte im Sommer bei dieser Arbeit geholfen und sich dabei zahlreiche Moskitostiche eingehandelt.

Im Winter präsentierten sich die Ausläufer der Berge, in denen sie sich befanden, von ihrer erhabenen Seite. Statt dem Summen der Insekten lag eine tiefe, beinahe unheimliche Stille über dem Land. Jeder Laut, das Rauschen des Windes, das Knacken von Ästen und das Scharren der Schlittenkufen, klang doppelt so laut wie sonst und schien die Natur mit ihrem Echo zu ärgern. Wie stumme Wächter ragten die schneebedeckten Fichten nach oben.

»Was war vorhin eigentlich los?«, fragte sie. »Hast du noch Schmerzen?«

»Nur ein bisschen«, antwortete er.

»Also, was war 's?«

»Meine Eltern … sie kümmern sich einen Scheiß um mich. Mein Dad sowieso nicht, und meine Mutter … die wollte doch anrufen, und was ist jetzt? Sie verbringt Tag und Nacht im OP und schneidet an irgendwelchen

Leuten herum. Und dann wundert sie sich, wenn ich mit meinen Kumpels um die Häuser ziehe. Was soll ich denn zu Hause? Was soll ich hier? Die wollten mich loswerden, und wenn's nur für drei Wochen ist. Am liebsten wäre es ihnen wahrscheinlich, wenn ich gar nicht mehr zurückkäme. Von wegen, ich soll hier wieder auf den rechten Weg kommen.« Er betonte den letzten Satz verächtlich. »Als ob's mir besser ginge, wenn ich mit dir durch die Kälte fahre.«

Sie hielt den Schlitten an und setzte den Anker. »Wenn dir langweilig ist, kannst du's ja selbst mal versuchen. Runter von deinem bequemen Thron!«

»Okay«, begann sie, als er vom Schlitten gestiegen war, »eigentlich ist es ganz einfach. Du steigst auf die Kufen und hältst dich an der Haltestange fest.« Sie lächelte. »Nein, so einfach ist es natürlich nicht. Wenn der Trail geradeaus führt, brauchst du die Huskys nur anzufeuern, aber sobald es in eine Kurve geht, musst du aufpassen. Dann bleibst du nur auf den Kufen, wenn du dein Gewicht verlagerst, wie auf einem Motorrad. Ähnlich ist es bei Bodenwellen. Nur wenn du in die Knie gehst und abfederst, bleibst du oben. Wenn du losfahren willst, rufst du ›Vorwärts!‹ oder ›Go! Go!‹ oder irgendwas in der Art. Wenn du anhalten willst, genügt ein lautes ›Whoaaa!‹« Sie deutete nach unten. »Zwischen den Kufen ist die Bremse, doch mit der musst du vorsichtig sein. ›Gee!‹ heißt ›Rechts!‹, und ›Haw‹ heißt

›Links!‹, aber die Befehle brauchst du nur, wenn du wenden willst. Es kommt viel auf dein Gefühl an.«

Mark stieg auf die Kufen und griff nach der Haltestange. »So schwer kann das doch gar nicht sein«, sagte er. »Da hab ich schon ganz andere Sachen gemacht.«

»Warte!«, hielt sie ihn zurück, als er losfahren wollte. Sie setzte sich auf den Schlitten, hielt sich mit beiden Händen fest und drehte sich nach ihm um. »Okay, jetzt kann es losgehen. Zieh den Anker aus dem Schnee und treib die Hunde an. Nicht zu schnell! Ruf ›Easy!‹, wenn sie langsamer werden sollen.«

»Wenn du meinst«, erwiderte er ein wenig schnippisch.

Wie die meisten Draufgänger, wenn sie zum ersten Mal einen Schlitten steuerten, legte er viel zu stürmisch los. »Go! Go! Go!«, rief er aus vollem Hals, und hätte er eine Peitsche gehabt, hätte er wohl auch die benutzt. »Vorwärts! Wollt ihr wohl laufen! Jetzt zeigen wir Annie, was wir draufhaben!«

Die Huskys gehorchten ihm und legten sich mächtig ins Zeug. Obwohl manche von ihnen schon zum alten Eisen zählten, steckten noch viel Kraft und Energie in ihnen. Phantom war ein erfahrener Leithund, der eine Menge Ehrgeiz an den Tag legte und sich auf Mitstreiter wie Thor und Hulk verlassen konnte. Nicht umsonst hatte der Indianer sie nach legendären Superhelden benannt.

Die ersten hundert Meter ging alles glatt. Der Trail war eben, es ragten keine störenden Wurzeln oder Felsbrocken aus dem Boden, und Mark brauchte nichts anderes zu tun, als leicht gebeugt auf den Kufen zu stehen und sich festzuhalten. Erst als die erste Kurve in Sichtweite kam, wurde es kritisch.

»Langsamer, Mark!«, warnte Annie ihn. »Du musst die Kurve langsamer angehen! Und vergiss nicht, in die Knie zu gehen und dich nach links zu beugen!«

Mark hörte nicht auf sie. Er war berauscht von seinem Erfolg und genoss es, den Wind im Gesicht zu spüren. »Ich bin der König der Welt!«, rief er wie Jack in *Titanic*, als er sich mit Rose über den Bug des legendären Schiffes beugte. Da wusste er noch nichts von einem Eisberg, und Mark ahnte nicht, wie tückisch eine Kurvenfahrt mit dem Hundeschlitten sein konnte, wenn man zu schnell fuhr und sich selbst überschätzte. »Vorwärts, Phantom! Go!«

Kaum war er in der Kurve, verlor er das Gleichgewicht und stürzte vom Schlitten. Er segelte schreiend über den Trail und landete im Tiefschnee, der weich genug war, dass Marc keinen Schaden davontrug. Fluchend hockte er auf dem Boden, während der aufgewirbelte Schnee wie Konfetti auf ihn niederregnete.

»Whoaa!«, bremste Annie den Schlitten. Ohne die Bremse zu spüren, gehorchten die Huskys nur widerwillig, erkannten aber die Entschlossenheit in ihrer

Stimme und blieben stehen. Sie sprang auf und rammte den Anker in den Schnee. »Mark! Hast du dir wehgetan?«, rief sie besorgt. »Ist alles okay?«

Sie rannte zu ihm, erkannte zu ihrer Erleichterung, dass er nicht verletzt war, und stemmte die Hände in die Hüften. »Hab ich dir nicht gesagt, dass du langsamer fahren und in die Knie gehen sollst? So wird das nichts, Mark. Nicht der Schnellste gewinnt, sondern der Klügste, heißt es.«

»Klugscheißerin!«

»Das hat mir ein Musher verraten, der den Yukon Quest gewonnen hat.«

»Am besten kehren wir um. Ich hab die Nase voll.«

»Unsinn! Wir versuchen es gleich noch einmal. Aufstehen, Krone richten, weitermachen. Noch so ein schlauer Spruch, den ich mal gehört habe.«

»Von einem Musher?«

»Nein, von meinem Großvater. Als er beim Schmücken des Weihnachtsbaums von der Leiter fiel. Es waren nur drei Sprossen, und ihm ist kaum was passiert.«

»Okay.«

Sie zog ihn vom Boden hoch und sie versuchten es noch einmal. Diesmal ging Mark es etwas langsamer an. Er begann ein Gefühl für das Gespann und den Schlitten zu entwickeln, und nach einigen Kurven hatte er raus, wie man unfallfrei eine Biegung meisterte. Aus ihm würde nie ein erfolgreicher Musher werden, dazu fuhr er zu unruhig und wechselte viel zu oft das Tempo, aber für kleine Ausflüge reichte es, und sie würde den Teufel tun und ihm seine Schwäche unter die Nase reiben. Die bekam man nur durch jahrelanges intensives Training und die dadurch gewonnene Erfahrung in den Griff.

Nach einigen Kilometern entspannte sie sich allmählich und lehnte sich auf dem Schlitten zurück. »Weißt du was?«, sagte sie, ohne vorher groß darüber nachzudenken. »Wenn man dich ein bisschen besser kennt, bist du gar nicht so übel.«

13

Gegen Mittag erreichten sie das Ufer eines Baches, der sich unterhalb einer zerklüfteten Felswand durch eine Senke zog. In einer Ausbuchtung der Felsen, einer halben Höhle, verbrachten sie ihre Mittagspause. Wie schon den ganzen Morgen achtete Mark darauf, genügend Abstand zu den Huskys zu wahren, besonders zu Hulk, der ihn immer noch argwöhnisch beobachtete.

Annie hatte an dieser Stelle schon öfter gerastet. Selbst bei böigem Wind oder leichtem Regen oder Schnee war man einigermaßen geschützt. Einmal hatte sie dort sogar ein heftiges Gewitter ausgesessen. Ein Unwetter, an das sie sich nur ungern erinnerte. In den Bergen und auch in den Ausläufern des Mount Robson klang ein Gewitter wesentlich lauter und bedrohlicher als anderswo.

Für die Huskys hatte sie einige Leckerli mitgenommen. Ihr war klar, welch wichtige Rolle in einer solchen

Umgebung das Gespann spielte, und sie vergaß niemals, sich bei den Hunden zu bedanken. »Hey, Phantom«, sagte sie zu ihrem Leithund, »ihr seid besser in Form, als ich dachte. Ihr gehört noch lange nicht zum alten Eisen. Noch dazu müsst ihr euch auf dieser Tour mit zwei Mushern herumschlagen, das ist sicher doppelt schwer.« Sie umarmte jeden einzelnen Husky und verabreichte Hulk einen spielerischen Klaps. »Du weißt schon, warum. Reiß dich gefälligst zusammen gegenüber unseren Gästen!«

Die Sandwiches und der heiße Tee, diesmal ohne Milch, aber mit Zucker, schmeckten herrlich. Im Freien schmeckte alles besser, hatte sie bemerkt, deshalb waren auch ihre Picknicks so beliebt. Mark aß schweigend, hielt jedes Mal im Kauen inne, wenn er Hulk fauchen hörte, und starrte gedankenverloren auf den zugefrorenen Bach. Einige Wolken hatten sich vor die Sonne geschoben, aber das Wetter war dennoch ganz passabel. Der Gipfel des Mount Robson lag allerdings längst wieder hinter Dunstschleiern verborgen.

Sie blickte den Jungen verstohlen von der Seite an. Er war tatsächlich nicht so übel, wie sie zunächst gedacht hatte. Unfassbar, dass sie so schnell ihre Meinung über ihn geändert hatte, noch vor wenigen Tagen hatte sie ihn zum Teufel gewünscht. Zu Recht natürlich, in der Kaffeebar hatte er sich wie ein kompletter Idiot benommen, und der Angriff auf die Pärchen war eigentlich unverzeihlich. Wahrscheinlich hatten ihn nur die

Beziehungen und das Geld seiner Eltern vor einer empfindlichen Strafe bewahrt. Aber es war wie bei vielen Straftätern, wenn man sich ihre Geschichte näher ansah, fand man auch andere Gründe für ihr Verhalten, nur dass es dann meistens schon längst zu spät war.

Mark konnte die Kurve noch kriegen. Wenn er sich nur ein bisschen zusammenriss, würde er es vielleicht schaffen, auch wenn seine nächtliche Flucht mit dem Van und sein anschließender Unfall nicht dafürsprach. Holy Moly, dachte sie, wer hätte gedacht, dass ich mich mal als Sozialarbeiterin versuchen würde? Als ob ich nicht genug eigene Probleme am Hals hätte. Wenn sie nur an Simon Taylor dachte, wurde ihr übel. Sie hatte das Gefühl, dass sie ihn noch lange nicht los war.

»Wird dir das Leben hier draußen nicht zu langweilig?«, fragte Mark. Er spülte einen Bissen mit Tee herunter und reichte ihr dann die Thermosflasche. »Jeden Tag in der Wildnis zu verbringen und immer dieselben Bäume und Berge um sich zu haben?«

Diese Frage hatte Annie sich nie gestellt. »Langweilig?«, fragte sie verwundert. »Langweilig wird's einem vielleicht in der Stadt, wenn man jeden Tag ins Büro geht und in den Computer glotzt. Die Bäume und Berge sehen jedes Mal anders aus. Du musst nur richtig hinschauen, dann erkennst du, wie viele Gesichter die Natur hat. Selbst die Sonne verändert sich ständig. Siehst du die Dunstwolken über dem Gipfel des Mount

Robson?« Sie zeigte mit dem Finger nach Norden. »Sieht das nicht geheimnisvoll aus? Wenn man die Augen zusammenkneift, kann man sogar Gesichter in den Wolken erkennen. Und der Schnee und das Eis in dieser Senke. Seit wir hier sitzen, verändert sich ständig die Farbe. Von den Abenteuern, die man hier draußen erleben kann, ganz zu schweigen. Mit dem Hundeschlitten, dem Snowmobil, auf Schneeschuhen. Wo sieht man in der Stadt schon einen Grizzly? Oder einen Elch?«

»Und du wolltest niemals hier weg? Mal was anderes sehen?«

»Klar will ich auch andere Gegenden kennenlernen. Bevor du zu uns kamst, wäre ich beinahe mit einer Clique nach Kalifornien gefahren. Hawaii und die Südsee würden mir sicherlich auch gefallen. Und ob du's glaubst oder nicht, ich würde mir auch gern mal New York und Chicago ansehen. Vielleicht sogar nach Europa fahren, nach Paris, London oder Berlin. Das mach ich auch alles … irgendwann.«

»Aber?«

»Das heißt noch lange nicht, dass ich dort leben wollte. Mein Zuhause ist hier in Kanada. Ich brauche die Berge, die Wildnis, die Lodge. Das Leben hier ist alles, nur nicht langweilig. Du brauchst dich doch nur umzusehen. Hier hat sich seit vielen Hundert Jahren kaum etwas verändert. Ist das nicht aufregend? Die Natur ist spannender als alles andere.«

»Dann willst du immer für deine Eltern arbeiten?«

»Für meine Eltern und für mich selbst«, verbesserte sie ihn. »Die Lodge ist ihr Lebenswerk, und ich hätte nichts dagegen, wenn sie auch für mich zum Lebensinhalt würde. Ich habe mich bereits an der Uni angemeldet, werde Touristik und Public Relations studieren, um mit Vermietung, Werbung und dem ganzen Kram gut zurechtzukommen. Den Rest, das Praktische, lerne ich von meinen Eltern und den Oldtimern. Die haben viel mehr Lebenserfahrung als wir beide zusammen, sie verstehen was von Pferden und kennen die Gegend um den Mount Robson besser als jeder Schwarzbär. Und jeder Fallensteller.«

Mark wusch sich die Hände im Schnee und dachte eine Weile über ihre Antwort nach. »Es ist ziemlich cool hier draußen, das stimmt. Aber saukalt.« Er lachte. »Also, ich kann mir was Schöneres vorstellen, als dauernd zu frieren.«

»Denkst du an die Werkstatt? Dein Plan klang doch gar nicht übel.«

»Meine Eltern würden durchdrehen, wenn ich das machen würde.«

»Die wären doch froh, wenn du von der Straße wegkämst.«

»Da bin ich mir nicht sicher«, sagte Mark. »Meine Eltern dachten, ich wäre so schlau wie sie und würde Medizin oder Jura oder so was studieren. So ein Blödsinn!

Ich bin froh, dass ich die Schule endlich hinter mir habe. Ich hab keine Lust mehr, den ganzen Tag zu lernen.«

»Ohne Anstrengung geht's leider nicht.«

»Ich lass die Dinge einfach auf mich zukommen.«

»Von nichts kommt nichts.« Annie fühlte sich wie eine Klugscheißerin und lächelte die Floskel weg. »Es wäre doch sicher spannend, in einer Werkstatt an Autos rumzubasteln. Wenn man davon Ahnung hat, meine ich. Ich kann einen Hundeschlitten reparieren, aber bei einem Snowmobil hört es auf. Und an ein Auto würde ich mich niemals rantrauen, davon hab ich keine Ahnung.«

Mark antwortete nicht darauf, sondern blickte stattdessen zum Waldrand jenseits der Senke. »Da drüben«, flüsterte er, »da hat sich was bewegt.«

»Wahrscheinlich ein Elch oder Fuchs oder was in der Art.«

»Sah eher wie ein Mensch aus.«

»Bist du sicher?«

»Ich weiß nicht … aber irgendwas war da.«

Annie dachte an Simon Taylor und erschauderte innerlich. Sie hatte den aufdringlichen Jungen noch immer nicht aus ihren Gedanken vertreiben können. Sie traute ihm eine Menge zu, sogar, dass er ihre Warnung in den Wind schlug und sie weiter stalkte. Aber würde er so weit gehen und ihr bis in die Wildnis folgen?

Sie holte ihr Fernglas aus dem Schlittensack und suchte minutenlang den Waldrand ab. Sie entdeckte ein

Eichhörnchen, das von einem Ast zum anderen sprang und jedes Mal in einem Schneeschauer verschwand. Eine Krähe floh vor dem munteren Tier und machte es sich auf einem anderen, weiter entfernten Ast bequem. Kein größeres Tier und schon gar kein Mensch waren zu sehen.

»Und?«, fragte der Junge.

»Nichts«, antwortete sie.

Sie packten ihre Sachen und wollten gerade zum Schlitten gehen, als Annie merkte, dass ihre Huskys aufgeregter als sonst reagierten. »Warte!«, flüsterte sie und hielt den Jungen am Arm fest. »Du hattest recht, da ist jemand.«

Sie drehte sich um und sah einen Mann auf Schneeschuhen zwischen den Bäumen hervortreten. Er trug einen Hudson's-Bay-Mantel über seinen Wollhosen und seinem Hemd und hatte seine weißen Haare zu Zöpfen gebunden.

»Jules!«, begrüßte sie ihn erfreut. Obwohl sie sich kaum kannten, waren sie zu dieser vertrauten Anrede übergegangen. »Deshalb freuen sich die Huskys also so.« Sie lachte. »Glaub bloß nicht, dass du sie mir wieder abnehmen kannst. Ich würde sie für kein Geld der Welt mehr hergeben.« Sie zog Mark nach vorn. »Das ist übrigens Mark ... Mark Donovan, einer unserer Gäste.«

»Du kannst mich Jules nennen«, erwiderte der Indianer.

»Von Old Jules hab ich meine Huskys«, erklärte sie dem Jungen. »Er ist der einzige Indianer in Kanada, der sämtliche Superhelden beim Namen kennt. Dort, wo andere Fallensteller ihre Felle aufbewahren, liegen bei ihm stapelweise Comics. Superman, Spiderman, Green Lantern und wie sie alle heißen.«

»Auch Captain America?«, wollte Mark wissen.

»Der ganz besonders«, antwortete Jules. »Ich hab nichts für Krieg übrig, aber wenn wir den zu Sitting Bulls Zeiten gehabt hätten, wären die meisten Schlachten anders ausgegangen. Der hätte den Krieg ganz allein gewonnen.«

»Du meinst, der hätte für die Indianer gekämpft?«

»Als Captain America?«, zeigte sich Jules verwundert. »Für wen sollte er denn sonst in den Krieg ziehen? Die Indianer waren schließlich zuerst in Amerika.« Er grinste. »Die meisten weißen Amerikaner stammen von Flüchtlingen ab, das lernt man sogar in der Schule. Ihre Vorfahren wurden politisch oder religiös verfolgt oder rannten vor einer schlechten Ernte davon.« Er deutete auf den Lagerplatz der beiden. »Lust auf was Süßes? Ich hab echte Schweizer Schokolade dabei. Die lass ich mir von einem Feinkostladen kommen. Amazon macht's möglich. Der Tee ist mir ausgegangen, aber wie ich euch kenne, habt ihr noch einen Schluck für mich.«

Sie setzten sich auf die Isomatte, die Annie mitgenommen hatte, und ließen sich die Schokolade schmecken. So gute Schokolade hatte Annie noch nie gegessen. Auch Mark war hin und weg. »Ein Traum!«, schwärmte sie.

»Ich hab gehört, du willst bei dem Rennen mitmachen«, sagte Jules zu Annie.

»Woher weißt du das?«, fragte sie irritiert. »Ich habe mich doch gerade erst dafür angemeldet. Ich weiß, dass ich mit deinen Hunden nicht gewinnen kann, aber ich will wenigstens dabei sein. Ein Geldpreis wäre natürlich auch nicht übel.«

»Wer weiß? Phantom ist besser in Form, als die meisten glauben.«

»Ich weiß.« Sie trank etwas Tee. »Und du? Was machst du hier?«

»Ich hatte mir vorgenommen, mich neben meinen Ofen zu setzen und mir die warme Luft um die Nase wehen zu lassen, aber das klappt leider nicht.« Er grinste. »Alle paar Tage muss ich raus aus meiner Hütte, sonst fällt mir die Decke auf den Kopf. Dass ich meine Huskys verkauft habe und keine Pelztiere mehr jage, heißt schließlich nicht, dass ich mich auf mein altes Sofa setzen und nur noch Comics lesen muss. Ich will in Form bleiben und nicht irgendwann wie ein nasser Sack in den Schnee fallen.«

»Du bist weit gewandert. Weiter als viele junge Leute.«

»Ich brauche die Natur«, sagte er. »Und den Mount

Robson. Der Berg ist mein Freund. Ich hab mein ganzes Leben in seiner Nähe verbracht.« Er blickte in die Richtung des Berges, der wieder nur einen Teil seiner gewaltigen Größe offenbarte. »Obwohl man ihn selten ganz zu sehen bekommt. Wie bei einem Eisberg. »

»Ist dir hier unterwegs jemand begegnet?«, fragte Annie.

»Außer einem Eichhörnchen? Nicht dass ich wüsste.«

»Mark hat jemanden am Waldrand gesehen.«

»Ich kann es nicht gewesen sein«, sagte Jules. »Ein Indianer wird nur gesehen, wenn er gesehen werden will.« Er lachte über diesen Satz, der in jedem dritten Western vorkam. »Nein, ich hab niemand getroffen.« Er ließ eine längere Pause folgen, stopfte gemächlich seine Stummelpfeife und zündete den Tabak an. Er paffte ein paar Züge. »Bis auf die Geister in meinen Träumen.«

»Du sieht Geister? Wie ein Medizinmann?«

»Glaubst du mir etwa nicht?«

Annie hätte nicht sagen können, ob der Indianer die Wahrheit sagte, so wundersam sie auch klingen mochte, oder ob er versuchte, ihr einen Bären aufzubinden. »Und was erzählen dir die Geister? Berichten sie aus dem Jenseits, so wie dieses Medium im Kabelfernsehen, die Lady mit den irren Haaren?«

»Theresa Caputo?«

»Du hast ihre Sendungen gesehen?«

»Nur einmal, das hat mir gereicht«, erwiderte Jules.

»Das ist Hokuspokus, nehme ich mal an, damit macht man Quote. Nein, meine Geister schicken mir Träume. Die können, müssen aber nicht wahr sein. Erinnerst du dich daran, dass ich dir gesagt habe, die Liebe käme auf Umwegen zu dir? Dass du eine Kriegerfrau wärst, die wenig Zeit für die Liebe hat, solange es böse Kräfte gibt, die ihr schaden wollen?« Er blickte Mark an und schien etwas zu ihm sagen zu wollen, ließ es dann aber. »Diese Stimme höre ich immer noch. Eine böse Stimme, die dir schaden will. Vielleicht hat der Schatten, den Mark am Waldrand gesehen hat, etwas damit zu tun. Oder der junge Mann, der gestern zur gleichen Zeit wie ich im Roadhouse in Dome Creek einkehrte. Er wollte wissen, wo du hingegangen bist, nachdem du das Roadhouse verlassen hast. Er war ziemlich wütend, als ihm der Wirt sagte, dass er keine Ahnung hätte.«

»Simon Taylor.« Sie hatte keinen Zweifel. »Ich bin ihm neulich begegnet. Er fuhr mir nach, wie ein Stalker. Ich hab ihm gesagt, er würde großen Ärger bekommen, wenn er mich nicht in Ruhe ließe. Ich dachte, er hätte kapiert.«

»Irgendwann wird er es verstehen. Aber sei auf der Hut!«

»Du hast einen Stalker?«, fragte Mark verwundert.

»Ein Junge aus der Clique, mit der ich nach Kalifornien fahren wollte. Ich wusste nicht, dass er was von mir wollte. Er wurde ziemlich aufdringlich.«

»Gib mir Bescheid, wenn er wieder auftaucht«, sagte Mark.

»Mit Gewalt kommst du bei dem nicht weiter. Damit würdest du dir nur selbst schaden. Er würde dich anzeigen und du würdest eine saftige Strafe erhalten. Seine Eltern haben auch Geld. Die würden dich vor Gericht zerren und sich halb totlachen, weil wir ihrem Sohn rein gar nichts nachweisen könnten.«

»Du bist eine Kriegerfrau. Dir wird schon etwas einfallen«, sagte Jules.

»Mir wäre es lieber, er würde überhaupt nicht mehr auftauchen«, sagte Annie. »Ich hab schon genug am Hals. Wir haben jede Menge Arbeit auf der Lodge.«

»Und du willst ein Rennen gewinnen.«

»Nicht gewinnen, nur gut dabei abschneiden.«

»Wenn du nicht gewinnen willst, kannst du auch nicht gut abschneiden«, sagte der Indianer. Nur wenn du nach den Sternen greifst, kannst du etwas erreichen.« Er klopfte seine Pfeife aus und stand auf. »Ich muss weiter. Wenn ich mich nicht beeile, muss ich draußen übernachten. Dafür bin ich zu alt.«

»Vielen Dank für deinen guten Rat, Jules.«

Er blickte sie beide an. »Ihr habt euch gefunden, das ist gut.«

Nachdem der Indianer auf seinen Schneeschuhen davongestapft war, dachte Annie noch einige Zeit über Jules Worte nach, dann ging sie zum Schlitten und packte den Vorratsbeutel in den Schlittensack. »Ich bin dran«, sagte sie zu Mark, der einen weiten Bogen um die Huskys machte und auf die Ladefläche des Schlittens kroch. »Mal sehen, was die Huskys noch alles draufhaben.«

Sie trieb das Gespann an, und sie folgten ihren eigenen Spuren zur Lodge zurück. Die Huskys hatten wohl gehört, was der Indianer gesagt hatte, und gaben sich alle Mühe, ihr zu zeigen, in welch guter Verfassung sie waren. Um fünfzig Kilometer ohne große Pausen und in einer guten Zeit zu schaffen, mussten sie noch viel trainieren, aber bis Ende Dezember war auch noch Zeit. »Weiter so, Phantom!«, rief Annie ihnen zu. »Das macht ihr ganz toll!«

Auf einer ebenen Forststraße, die wie geschaffen für ein Hundeschlittenrennen war, beschloss sie, die Sprintqualitäten ihrer Huskys zu testen. Sie hielt den Schlitten an. »Okay«, rief sie, »seht ihr diesen Trail? So ähnlich wird es auf der Zielgeraden vor der Wellness Lodge auch aussehen. Viele, viele Leute werden uns zuschauen, wenn wir die letzten Meter hinter uns bringen, deshalb müsst ihr ausdauernd genug sein, um kurz vor dem Ziel noch einmal alles aus euch herauszuholen. Am besten üben wir das gleich mal. Bis zur nächsten Biegung geben wir alles, was wir können. So wie heute Morgen, als Mark von den Kufen gestürzt ist. Diesmal kann er es sich aber auf dem Schlitten bequem machen.«

»Mal sehen, ob du es besser kannst«, forderte Mark Annie heraus.

»Vorwärts! Go! Go! Wollt ihr wohl laufen, ihr Faulenzer!«, feuerte Annie ihr Gespann an. »Jetzt zeigt mir mal, was ihr draufhabt! Lauft, so schnell ihr könnt! Als ginge es um den Siegerpokal! Als ginge es um euer Leben!«

Die Hunde rasten so schnell los, dass Annie beinahe von den Kufen geflogen wäre. Mark klammerte sich mit beiden Händen an den Schlitten und schrie vor Aufregung. Die Huskys gaben keinen Laut von sich, sie rannten nur nach Leibeskräften.

Annie genoss jeden einzelnen Augenblick des langen Spurts. Wie im Rausch trieb sie ihr Gespann an, spürte sie den eisigen Fahrtwind im Gesicht. »Gut so, Phantom! Batman! Thor! Flash! Wonder Woman! Iron Man! Hulk! Nur keine Müdigkeit vortäuschen! Lauft, schnell, ich will euch laufen sehen!«

In ihrer Aufregung sah sie den abgebrochenen Ast viel zu spät. Die Kufen verloren ihren Halt, der Schlitten geriet ins Schleudern, und sie flogen beide in den Tiefschnee. Ihr Glück war, dass der Schlitten umkippte und die Hunde bremste. Nur wenige Meter von ihnen entfernt blieben sie verwirrt stehen.

Annie und Mark lagen nebeneinander im Schnee, sein rechtes Bein befand sich über ihrem linken, und ihre Hände waren nur Zentimeter voneinander entfernt. Gleich darauf berührten sich ihre Hände und sie lachten und kicherten um die Wette.

14

Am Abend war wenig Zeit für eine Unterhaltung mit den neuen Gästen. Annie und Mark begnügten sich mit einer kurzen Begrüßung und zogen sich gleich nach dem Abendessen in ihre Zimmer zurück. Nach der langen Tour waren sie rechtschaffen müde, besonders Mark, der solche Anstrengungen nicht gewohnt war und dessen Schnarchen schon bald durch den Flur drang.

Erst am nächsten Morgen, nachdem sie zusammen mit Megan die Huskys gefüttert und bei der Zubereitung des Frühstücks geholfen hatte, wurde Annie mit den neuen Gästen näher bekannt. Die beiden Ehepaare aus Vancouver erschienen bereits in ihren Skianzügen, sie konnten es kaum erwarten, auf die lange geplante Zwei-Tages-Tour mit den Snowmobilen aufzubrechen. Kenny und Carrie waren um die dreißig, arbeiteten beide in einer Werbeagentur und waren Dauergäste in einem Fitnessstudio, wie sie mehrfach betonten. Jack und Mandy waren etwas älter und begeisterte Snowboarder und Wakeboarder. Sie waren für den größten Kunden der Werbeagentur tätig, einen Pharmakonzern, er als Abteilungsleiter und sie im Labor. Sport war ihre Leidenschaft, betonten sie beim Frühstück, »wir sind auch im Urlaub immer in Bewegung.«

»Wir sind auch immer in Bewegung«, plapperte Megan nach, »stimmt's, Mama? Ich darf heute wieder auf Ruby reiten. Wir spielen Rodeo. Duncan sagt, ich wäre eine gute Barrel Racerin. Beim Barrel Racing musst du um Tonnen rumreiten. Wenn du schnell genug bist, bekommst du einen Pokal.«

Die anderen saßen bereits am Frühstückstisch, als Lou erschien. Sie war eine Frau in den Zwanzigern mit blonden kurzen Haaren und in einer dieser weiten Jeans, die gerade wieder modern wurden. Über ihrer gemusterten Bluse trug sie eine lederne Weste. Sie war auffallend schlank und wirkte aufgekratzt.

Ein paar Meter vor dem Frühstückstisch schien sie gegen eine unsichtbare Wand zu laufen. Sie blickte auf die Schüsseln, Platten und Teller, als hätte sich dort der Teufel breitgemacht, und stöhnte laut. »Oh nein, bitte nicht!«

»Lou!«, rief Annies Vater besorgt. »Ist Ihnen nicht gut?«

»Das riecht nach ... das ist Speck, nicht wahr?«

»Rühreier mit Speck, dazu Buttertoast ...«

»Eier! Butter! Um Himmels willen!«

»Ist alles in Ordnung, Lou? Mögen Sie keinen Speck und …?«

Lou ließ ihn nicht ausreden. »Speck? Eier? Butter? Ist das Ihr Ernst? Die armen Tiere! Ich bin Veganerin und dachte eigentlich, in dieser Lodge gäbe es auch ein Angebot für gesund und ethisch korrekt lebende Menschen.«

»Tut mir furchtbar leid, Lou«, entschuldigte sich Annies Vater, »aber da hätten Sie uns vorher informieren oder spätestens gestern Abend nach Ihrer Ankunft Bescheid sagen müssen. Aber ich kann Ihnen versichern, dass wir nur biologisch einwandfreie Produkte verarbeiten. Wenn Sie wollen, verraten wir Ihnen sogar die Ranch oder Farm, von der unser Fleisch kommt.«

»Für das Fleisch mussten Tiere sterben, Walter!«

»Dann dürften wir gar nichts mehr essen«, sagte er. »Auch Pflanzen sind Lebewesen. Sprechen Sie mit einem Indianer, der sagt Ihnen, dass auch Pflanzen eine Seele haben. Sie könnten fühlen und sogar sprechen. Wenn das stimmt, schreit der grüne Salat im Kühlschrank schon den ganzen Morgen.«

»Sie machen sich über mich lustig, Sie … Mörder!«, schimpfte sie.

Lisa Baldwin fuhr ihr über den Mund. »Nun mal halblang, Lou! Ich lasse nicht zu, dass Sie so mit meinem Mann sprechen. Ich gebe zu, er reagiert etwas allergisch auf Veganer, aber das gibt Ihnen noch lange nicht das Recht, ihn als Mörder zu bezeichnen.« Sie gab ihr Zeit, ein wenig herunterzukommen. »Wir haben weder etwas gegen Vegetarier noch gegen Veganer. Jeder so, wie es ihm gefällt und wie er es für richtig hält. Aber bitte keine Entsetzensschreie, wenn etwas Speck auf dem Teller liegt, und keine Strafpredigten und Besserwisser-Sprüche. Ich denke, in den Medien und im Internet wurde genug über diese Themen gestritten, und wir sollten uns ein wenig zurücknehmen.« Sie begleitete ihre Worte mit einem Lächeln. »Und jetzt setzen Sie sich bitte. Ich bringe Ihnen Tee, frisches Obst und ein paar Scheiben Toast.«

»Muss ich am großen Tisch sitzen? Ich vertrage diesen Geruch nicht.«

»Setzen Sie sich an den kleinen Tisch drüben am Fenster. Ich bin gleich wieder da. Und schreiben Sie uns doch bitte eine Liste mit veganen Lebensmitteln, die Sie gerne essen möchten. Meine Tochter wird sich nach dem Frühstück gleich auf den Weg machen und alles einkaufen, was Sie möchten. Aber bitte reagieren Sie nicht so ...«, sie hatte wohl »hysterisch« auf der Zunge, »... übertrieben laut. Wir wollen doch, dass Sie sich auf unserer Lodge wohlfühlen. Heute Mittag mache ich Ihnen einen bunten Salat und bis heute Abend ist Annie wieder zurück. Nicht wahr, Annie?«

»Kein Problem«, erwiderte Annie. Was sie sonst noch

gern geantwortet hätte, behielt sie lieber für sich. Eigentlich hatte sie vorgehabt, mit Mark den Zaun abzufahren, nach schadhaften Stellen zu suchen und nach der Arbeit noch zum Vergnügen auf Snowmobilen herumzurasen. »In dem großen Bioladen in Prince George gibt's das alles.« Sie blickte den Jungen an. »Ich nehme Mark mit, okay?«

»Meinetwegen«, antwortete ihre Mutter, nicht ohne vorher einen raschen Blick mit ihrem Mann zu wechseln. Annie konnte sich vorstellen, was den beiden durch den Kopf ging. Sie war in letzter Zeit auffallend oft allein mit Mark, das musste ihnen doch zu denken geben. Diese Tatsache beschäftigte sie selbst ja auch. Okay, er war netter, als es zunächst den Anschein gehabt hatte, aber das war doch noch lange kein Grund, sich wie eine Klette an ihn zu hängen.

»Mama, warum sitzt diese laute Frau denn da drüben?«, fragte Megan.

Ihre Mutter ließ sich Zeit mit der Antwort. »Lou geht es heute Morgen nicht so gut. Sie mag keinen Speck riechen, weißt du? Sie isst lieber Gemüse und Salat und solche Sachen, das sollten wir vielleicht auch mehr essen.«

»Aber nicht im Urlaub.«

Betty lächelte. »Nein, nicht im Urlaub. Ganz bestimmt nicht.«

Nach dem Frühstück steckte Annie die Liste ein, die Lou während des Frühstücks geschrieben hatte, und nahm eine Thermoskanne mit Tee aus der Küche mit. Diesmal mit Milch und Zucker. Essen würden sie im Roadhouse.

»Tut mir leid«, entschuldigte sich ihre Mutter, »diese Dame ist etwas eigen, was ihre Ernährung betrifft. Hätte sie sich telefonisch oder online angemeldet, wären wir vorbereitet gewesen. Aber wir wussten bis gestern ja gar nicht, dass sie zu uns kommen würde. Sie will in der Wildnis zu sich selbst finden, sagt sie.«

Annie lachte. »Hoffentlich muss sie nicht allzu lange suchen.«

»Kümmerst du dich heute um sie?«

»Das werde ich wohl müssen«, antwortete Annie. »Judy kommt nachher vorbei und kümmert sich um die Zimmer und den Haushalt. Ich hab mir gedacht, eine Schneeschuh-Wanderung wäre vielleicht das Beste für sie. Ich nehme ein paar Müsliriegel mit, die gehen auch für Veganer, und danach gibt's Salat.«

Mark wartete bereits vor dem Van. Annies Vater hatte ihn reparieren lassen. »Keine große Sache«, hatte er gesagt, er hatte sogar vor Ort auf den Wagen warten können.

»Du hast doch nichts dagegen mitzukommen, oder?«, fragte Annie. »In Prince George kannst du mich auf einen Cappuccino Caramel einladen, das wolltest du doch, oder?« Sie grinste. »Natürlich ohne die Anmache vom letzten Mal.«

»Den Cappuccino Caramel muss ich auch mal probieren«, sagte er.

Sie fuhren zum Highway und bogen auf den Yellowhead Highway. Der Himmel war bedeckt und es schneite leicht. Wie oftmals im fahlen Morgenlicht wirkte das Land wie erstarrt. Als ihnen ein Truck mit dröhnendem Motor entgegenkam und Eisbrocken auf ihren Wagen krachten, erschraken sie so sehr, dass Annie an den Straßenrand fahren und sich kurz erholen musste.

Inzwischen war sie gern mit Mark zusammen. Er hatte sich verändert, war lange nicht mehr so aggressiv und verkrampft. Und er hatte gelernt, sich sogar über sich selbst lustig zu machen. Keine Ahnung, ob sie sich in ihn verliebt hatte. Als sie nach dem Sturz im Schnee gelegen und sich ihre Hände berührt hatten, war ihr erster Gedanke nicht »Verdammt, mir tut alles weh!«, sondern »Das fühlt sich aber gut an!« gewesen. Ein gutes Zeichen, wie sie glaubte. »Das war cool gestern«, sagte sie, »deine erste Musher-Prüfung hast du bereits bestanden. Wenn du so weitermachst, kannst du bei dem Rennen gegen mich antreten.«

»Und dann bist du sauer, wenn ich gewinne.«

»Das kann schon sein.«

»Wenn ich mir Hulk so ansehe, bleibe ich wohl besser bei den Snowmobilen oder laufe auf Schneeschuhen hinter dir her. Zu Tieren habe ich keinen Draht, die werden immer sauer, wenn sie mich sehen. Na ja, manche Menschen auch.«

»Jetzt bist du doch besser drauf. Das merken die Leute … und die Tiere.«

Er beugte sich nach vorn und betrachtete die winterliche Landschaft, die sich zu beiden Seiten der Straße wie das Reich einer Eiskönigin erstreckte. Die Sonne war nur als ferner Schimmer zu erkennen und ließ die Wälder und die Schneeflächen, wenn sie an einer Lichtung vorbeikamen, blass und trostlos erscheinen. Ein Anblick, der viele Menschen traurig und manchmal sogar depressiv stimmte.

»Aber wenn ich ehrlich bin, wäre ich doch lieber in Kalifornien oder auf Hawaii … auf einem Surfbrett oder so. Sieh dir das Wetter doch an! Das schlägt sicher vielen Menschen aufs Gemüt. Urlaub sieht doch anders aus.«

»Es gibt aber auch Menschen, die eine solche Stimmung romantisch finden. Oder sollte ich melancholisch sagen? In Prince George habt ihr doch auch kein anderes Wetter. Ich finde zum Beispiel auch Regen romantisch.«

»Hm«, meinte er, »entweder bist du was ganz Besonderes …«

»… oder ich bin nicht ganz richtig im Kopf«, ergänzte sie für ihn.

»So direkt wollte ich es nicht sagen.«

Sie erreichten Prince George am späten Vormittag. In

dem besser gefederten Van war die Fahrt nicht so strapaziös wie in ihrem alten Pick-up und sie kamen einigermaßen ausgeruht an. Sie fand den Bioladen nicht auf Anhieb, irrte eine Weile durch die Stadt, bis sie die richtige Seitenstraße erwischte und auf den Parkplatz fahren konnte. »Willkommen im Öko-Paradies«, sagte sie.

Sie stellte den Motor ab und kramte Lous Liste aus der Tasche. Mark holte den Einkaufswagen, und als sie durch die Reihen des riesigen Ladens fuhren, las sie vor: Veganes Haarspray, vegane Aufstriche wie Apfel-Zwiebel-Pastete, Rote-Bete-Meerrettich-Streichcreme, Rote-Linsen-Aufstrich, Tofu, frisches Gemüse, frisches Obst, diverse Ergänzungsmittel, um die Mängel auszugleichen, die einseitige Ernährung verursachen kann, wenn man sich nicht genug auskennt. »Und dann das hier, das ist wirklich die absolute Krönung: Vitamin-B12-Zahncreme. Ich möchte gar nicht wissen, wie die schmeckt. Ich hab irgendwo gelesen, dass Veganer meist unter Vitamin-B12-Mangel leiden, aber dass man den mit Vitamin-Zahncreme ausgleicht ... das ist der Hammer!« Sie blieb vor einem Regal stehen und blickte Mark an. »Das kann doch nicht gesund sein! Weißt du, dass Veganer nicht mal Schokolade essen dürfen? Weil da Milch drin ist. Also, man kann's auch übertreiben, oder?«

Mark war derselben Meinung wie sie. »Also, ich esse alles, was auf den Teller kommt. Wenn nicht, hätte ich als Kind mächtigen Ärger bekommen.«

Einige der Waren, die Lou notiert hatte, waren schwer zu finden, und ihr Einkauf dauerte länger als erwartet. Sie waren froh, als sie endlich alles bezahlt hatten. Mit zwei großen Tüten liefen sie zum Van, begleitet von kühlem Wind und leichtem Schnee. Für das Wohl der blonden Lou war gesorgt.

»So, jetzt wird's aber höchste Zeit für einen Cappuccino Caramel«, sagte Annie, während sie die Fahrertür öffnete. »Und ja, du darfst mich gern einladen.«

Mark reagierte anders, als sie erwartet hatte. Er ließ sich wie ein Häufchen Elend auf den Beifahrersitz sinken und schien nach den passenden Worten zu suchen, doch jeder Ansatz, irgendetwas zu sagen, endete in wirrem Gestammel.

»Was?«, fragte sie verwundert. »Keine Lust mehr auf Kaffee?«

»Ich … ich hab die Adresse von einem der Pärchen herausbekommen«, sagte er schließlich, »der Pärchen, die meine Kumpel und ich … du weißt schon. Ich … ich würde gern vorbeifahren und … und mich entschuldigen.«

»Hältst du das für eine gute Idee?«

»Ich muss es tun«, sagte er. »Egal, was dann passiert.«

»Okay«, stimmte sie zu. »Wo wohnen die beiden?«

»In einem Apartment, ungefähr drei Blocks von der Kaffeebar entfernt. Er arbeitet als Übersetzer und sie kümmert sich um alte Leute. Stand im *Citizen*, die haben eine große Sache daraus gemacht, dabei haben wir den Frauen doch fast gar nichts getan, und die Männer … die … die haben wir auch kaum erwischt.«

Annie blickte ihn zweifelnd an. »Einer soll eine Gehirnerschütterung haben und der andere ein blaues Auge. Ziemlich heftig, würde ich mal sagen.«

»Ich hab nicht zugeschlagen. Ich wollte am liebsten weglaufen.«

»Aber du hast zugesehen.«

»Lass uns hinfahren! Ich muss mit ihnen sprechen!«

Annie hielt die Aktion für gefährlich. Wenn das Pärchen die Entschuldigung annahm, würden ihn die Medien vielleicht loben, aber für seine ehemaligen Kumpane wäre er bestimmt ein Verräter, weil er klein beigegeben hatte. Und wenn die Sache schiefging, würden die Medien einen Shitstorm über Mark und seinen Kumpanen abladen. Eigentlich konnte er nur verlieren. »Meinetwegen«, sagte sie, »aber du weißt, was du damit riskierst.«

»Ich kann nicht anders.«

Mark leitete sie zu dem Wohnort des Pärchens, einem dreistöckigen und etwas betagten Mehrfamilienhaus in einer Seitenstraße. Im Erdgeschoss waren ein Krämerladen und ein Drugstore untergebracht. An einen Haken zwischen den beiden Läden war ein großer Hund festgebunden, der sie misstrauisch beobachtete.

»Ich komme mit«, beschloss sie.

Sie stiegen aus und überquerten die Straße. Mark wirkte unschlüssig, er hatte wohl das Gefühl, durch eines der Fenster beobachtet zu werden, und wäre wahrscheinlich sogar umgekehrt, wenn Annie ihn nicht begleitet hätte. Doch vor dem Haus gab es für ihn kein Zurück mehr. »June und Harry Breslin«, sagte er.

Sie stiegen in den zweiten Stock hinauf und blieben vor der Wohnungstür stehen. Mark zögerte erneut, holte noch einmal tief Luft und drückte dann auf den Klingelknopf. Gleich darauf waren Schritte zu hören und die Tür ging auf.

Eine junge Frau im Jogginganzug öffnete. Sie hatte ihre langen blonden Haare mit einem Gummi zusammengebunden und trug eine Sonnenbrille, doch der Bluterguss von den Schlägen reichte über ihre Brillenränder hinaus.

»Mrs Breslin«, fasste sich Mark ein Herz.

»Schatz!«, rief die Frau nach hinten. »Kommst du mal?«

Ihr Mann erschien ebenfalls im Jogginganzug und starrte Mark eine ganze Weile an, bevor er die passenden Worte fand. »Sie waren bei den Typen, die uns überfallen haben.« Er sagte es leise und mit drohendem Unterton.

»Ich möchte mich entschuldigen, Sir. Es tut mir furchtbar leid.«

»Mark meint es ehrlich«, sagte Annie.

»Und wer sind Sie?«

»Annie Baldwin. Meinen Eltern gehört eine Lodge am Mount Robson. Wir wollen Mark helfen, auf den rechten Weg zurückzufinden. Er wollte das alles nicht. Er ist in die falschen Kreise geraten. Als er erkannte, was seine Kumpane vorhatten, war es schon zu spät. Ich weiß, das macht es nicht besser …«

»Wenn ich könnte, würde ich es ungeschehen machen, Sir.«

Harry Breslin ließ sich nicht besänftigen, vor allem dann nicht, als seine Frau zu weinen begann. Sie nahm die Brille ab und ließ sie fallen, schlug die Hände vors Gesicht und begann hemmungslos zu weinen. »Schaff ihn weg, Harry!«, rief sie verzweifelt. »Mach, dass er weggeht! Er soll verschwinden!«

»Sie haben es gehört, junger Mann!« Harry Breslin klang immer noch sehr ruhig und gefasst, aber gerade das ließ ihn so gefährlich erscheinen. »Meine Frau will, dass Sie zum Teufel gehen. Sie haben eine unschuldige Frau geschlagen, ist Ihnen das überhaupt klar? So etwas machen nur Feiglinge! Hauen Sie ab, Sie widerlicher Dreckskerl, bevor ich mich vergesse und Ihnen die Abreibung Ihres Lebens verpasse. Haben Sie mich verstanden? Verpissen Sie sich endlich! Wenn Sie noch einmal hier auftauchen, rufe ich die Polizei.«

Breslin knallte ihnen die Tür vor der Nase zu. Am Ende des Ganges beschwerte sich ein anderer Mieter über den Lärm und drohte ebenfalls, die Polizei zu rufen. In der Wohnung nebenan schrie ein Baby. Ein Mann, der gerade die Treppe heraufgekommen war, blickte neugierig zu ihnen herüber.

»Das war leider nicht anders zu erwarten«, sagte Annie leise.

Mark verlor die Nerven und rannte davon, blieb auch nicht stehen, als sie mehrmals seinen Namen rief, hastete an ihrem Wagen vorbei und auf die Hauptstraße zu. Als sie die Straße überquerte, war er bereits verschwunden.

Annie ließ ihn laufen und stieg in ihren Van. »Auch das noch!«, stöhnte sie. »Musste das sein, verdammt! Als ob wir nicht schon genug Probleme am Hals hätten.«

Sie glaubte jedoch zu wissen, wo er war, und fuhr zu der nahen Kaffeebar. Bis sie einen Parkplatz gefunden hatte, verging einige Zeit. Immer noch von der schroffen Ablehnung der Breslins und dem blauen Auge der Frau geschockt, betrat sie das Lokal und sah Mark an einem der Bistrotische stehen.

Er schob ihr einen Kaffeebecher hin. »Cappuccino Caramel.«

»Danke.«

»Tut mir leid. Ich hätte nicht weglaufen sollen.«

»Schon gut«, tröstete sie ihn und griff nach seiner Hand.

15

Während der Rückfahrt beschlich Annie wieder dieses seltsame Gefühl, beobachtet zu werden. Obwohl kein anderer Wagen in ihrem Rückspiegel zu sehen war, schien jemand in ihrer Nähe zu sein. Während ihrer Ausflüge in die Wildnis hatte sie sich eine Art sechsten Sinn angeeignet, der sie oftmals vor unliebsamen Begegnungen bewahrt hatte, vor allem mit Wölfen und Bären.

Ihr erster Gedanke galt nun jedoch Simon Taylor, der sich immer wieder in ihre Gedanken drängte und sie daran erinnerte, dass er noch nicht aufgegeben hatte. Auch wenn sie ihm mehrmals die Meinung gesagt und ihm sogar gedroht hatte, blieb er eine Bedrohung für sie. Das hatte ihr wohl auch Old Jules klarmachen wollen, als er sie vor Umwegen gewarnt und an ihre Befähigung zur Kriegerfrau erinnert hatte. Was hätte eine Kriegerfrau der Sioux gegen einen ungeliebten und aufdringlichen Verehrer getan? Ihn von einer Klippe gestoßen?

Mark hatte das Radio eingeschaltet, langweilige Top-40-Musik, die ihr schon nach wenigen Minuten auf die Nerven ging. Doch sie hütete sich davor, darüber zu lästern oder gar das Radio auszuschalten. Er hatte an diesem Morgen schon genug durchgemacht. Die Abfuhr, die ihm die Breslins erteilt hatten, war heftig gewesen und setzte ihm zu. Während der Rückfahrt brütete er ständig vor sich hin, wischte sich alle paar Minuten einige Tränen aus den Augen, und auch die Musik konnte seine quälenden Gedanken nicht vertreiben. Er hatte Mist gebaut, großen Mist, und dafür bezahlte er jetzt.

Annie hatte Mitleid mit ihm. Sie hätte auch nicht anders als die Breslins reagiert, und wie ihr Vater in solch einer Situation getobt hätte, wollte sie sich gar nicht erst vorstellen. Beim Anblick der Verletzungen, die June Breslin erlitten hatte, war ihr beinahe übel geworden. Kein Mann durfte einer Frau so etwas antun, dafür gab es keinerlei Entschuldigungen. Zu jung, zu betrunken, im Drogenrausch, ich hab nicht zugeschlagen, eigentlich wollte ich gar nicht mitmachen, aber sie haben mich gezwungen … nichts, rein gar nichts entschuldigte ein solches Verhalten. Am liebsten hätte sie Mark angeschrien, ihn geschüttelt und gefragt, was zum Teufel ihn zu dieser Tat getrieben hatte.

Doch dann hatte sie nur noch Mitleid mit ihm und den festen Willen, ihm aus diesem Schlamassel herauszuhelfen. Der Makel dieser Tat würde immer an ihm haften bleiben, wenn nicht öffentlich, dann doch in seinem Inneren, aber es war noch nicht zu spät für ihn, einen anderen Weg einzuschlagen. Jeder machte Fehler, die er später bereute, und es gab unzählige Menschen, die noch mehr Schuld auf sich geladen hatten als er und dennoch zu anständigen Menschen geworden waren. Im Grunde seines Herzens war Mark keiner, der mit einer Bande durch die Straßen zog, Autos knackte und klaute und harmlose Passanten überfiel.

»Eigentlich hab ich gar keinen Hunger«, sagte er, als sie das Roadhouse in Dome Creek erreichten. »Du hattest recht, es war doch keine so gute Idee, bei den Breslins zu klingeln.« Er hatte noch immer Tränen in den Augen. »Scheißspiel!«

»Sie haben gute Cheeseburger dort, die sind besser als jede Medizin.«

Sie bestellten Cheeseburger, beide mit Pommes frites, dazu Cola. Sie hatten noch eine lange Fahrt vor sich, und das Wetter sah nicht allzu vielversprechend aus. Die Wolken waren dichter und dunkler geworden, der Schnee trieb in dichten Flocken über den Highway. Der Van hatte gute Reifen, und Annie lebte lange genug in dieser Gegend, um keine Angst vor verschneiten Straßen zu haben, aber eine ordentliche Mahlzeit und ein stärkendes Getränk waren nie falsch, wenn sie gefordert war. Mit knurrendem Magen fuhr sie nicht gern.

»Ich hätte auf dich hören und nicht dorthin gehen sollen«, sagte Mark. »Ein Brief wäre vielleicht besser gewesen. Meinst du, dann hätten sie weniger abweisend reagiert?«

»Keine Ahnung«, erwiderte Annie. Sie biss in ihren Cheeseburger und kaute eine Weile. »Du musst nach vorn blicken, Mark. Was geschehen ist, kannst du sowieso nicht mehr ändern. Ich weiß, ich klinge wie eine Klugscheißerin, aber so ist es. Mag sein, dass dir die Frau niemals verzeihen und noch in fünf Jahren auf dich schimpfen wird, aber die meisten anderen, die davon wissen, werden es tun, und andere werden es gar nicht erst erfahren. Du kriegst das schon hin.«

»Das Leben ist manchmal verdammt kompliziert«, sagte er.

Von draußen klang Motorenlärm herein. Ein Wohnmobil fuhr auf den Parkplatz und blieb genau vor ihrem Fenster stehen. Annie hielt mitten in der Bewegung inne. Sie erkannte den Fahrer auf Anhieb. »Ich glaub's nicht!«

»Was ist los? Kennst du den Burschen?«

»Das ist Simon Taylor. Der Kerl, der mit mir nach Kalifornien fahren wollte.«

»Der Stalker?«

»Ja, dieser elende Scheißkerl.« Mit wachsender Wut beobachtete sie, wie Simon ausstieg, neugierig in ihren Van spähte und sich dann dem Eingang näherte. »Er folgt mir wie ein Schoßhündchen und geht mir höllisch auf die Nerven, nur weil er nicht ertragen kann, dass ich nichts von ihm wollte.«

»Der kommt tatsächlich hier rein«, sagte Mark.

»Dabei hab ich ihm schon ein paarmal gesagt, dass er mir vom Leib bleiben soll!«, fuhr Annie fort. »Beim Abschlussball, als er mich mitten auf der Tanzfläche angegrapscht hat, und neulich, als ich rausfand, dass wir in Kalifornien keine Clique, sondern nur zu zweit sein würden. Eine Frechheit, mir nachzufahren. Ich bin gespannt, was er sich jetzt ausgedacht hat.«

Simon betrat das Lokal, das wie immer um die Mittagszeit bis auf wenige freie Plätze besetzt war. Es war nicht wie in einem Westernfilm, wenn der Schurke den vollen Saloon betritt und plötzlich alle Unterhaltungen verstummen. Niemand außer ihr und Mark beachtete den eintretenden jungen Mann.

»Und jetzt?«, fragte Mark.

Simon tat so, als würde er Annie jetzt erst entdecken, und kam zielstrebig auf ihren Tisch zu. Er schien nicht die geringsten Hemmungen zu haben, benahm sich wie ein guter Freund, der sie durch Zufall entdeckt hatte, und strahlte über das ganze Gesicht. »Annie! Schön, dich wiederzusehen! Was machst du denn hier?« Er blickte Mark abschätzend an. »Ist das dein neuer Freund?«

»Das ist Mark«, erwiderte sie knapp. »Darf ich fragen, was du hier machst?«

»Ich hab Hunger. Was denn sonst?«

»Erzähl keinen Mist! Du bist mir nachgefahren!«

»Wie kommst du denn darauf? Ich wusste doch nicht mal, dass du in der Gegend bist.«

»Du hast meinen Van gesehen, was denn sonst? So groß ist Prince George nun auch wieder nicht, dass du den nicht zufällig entdeckt haben könntest. Du bist mir nachgefahren und wolltest mir irgendwo auf die Pelle rücken. Versuche erst gar nicht, das abzustreiten, Simon. Ich wusste gleich, dass du dich nicht an unsere Abmachung halten und mich weiter verfolgen würdest.« Sie ließ erst jetzt ihre Gabel sinken und zwang sich zur Ruhe. »Also? Was willst du mir sagen, Simon? Sag es, aber schnell, und dann verschwinde!«

Er ließ sich nicht beirren und spielte weiter den Unschuldigen. Sein falsches Lächeln erinnerte sie auf unangenehme Weise an den Abschlussball, als er ihr mit einer Hand unter die Bluse gefahren war. »Ich weiß gar nicht, was du hast, Annie«, erwiderte er. »Woher sollte ich denn wissen, dass du in diesem Restaurant bist? Ich breche unsere Abmachung nicht. Ich weiß, dass ich keine Chance bei dir habe.« Er verstärkte sein falsches Lächeln. »Das heißt …«

»Was?« Ihre Stimme wurde schärfer.

Mark war kurz davor, aufzustehen.

»Das heißt, was nicht ist, kann ja noch werden. Ich verehre dich wie eine Prinzessin, Annie, merkst du das denn nicht? Das wird dir kein anderer Mann bieten können.« Er blickte verächtlich auf Mark hinab. »Niemand!«

»Du bist eine Nervensäge, Simon! Ich hab ein paarmal versucht, es dir freundlich beizubringen, aber du verstehst mich anscheinend nicht. Also muss ich wohl deutlicher werden: »Du gehst mir auf den Geist! Verschwinde!«

»Aber ich liebe dich, Annie, ehrlich und aufrichtig.«

Jetzt hielt es Mark nicht mehr auf seinem Stuhl. Er sprang auf und packte Simon am Kragen. »Bist du taub, Mann? Sie will dich nicht mehr sehen! Ist das so schwer zu verstehen? Geh und iss deinen Cheeseburger woanders!«

»Du hast mir gar nichts zu sagen!«

»Mark hat recht. Lass uns in Ruhe!«, rief Annie.

»Und komm bloß nicht auf die Idee, ihr weiter hinterherzufahren und sie irgendwo abzupassen«, fuhr Mark fort. Einige der anderen Gäste sahen bereits zu ihnen herüber. »Denn dann setzt es was. Geht das in deinen Kopf rein?«

»Annie versteht mich.«

»Noch ein Wort und ich vergesse mich!«

Simon spürte wohl, dass er bei der nächsten Widerrede eine Faust im Gesicht haben würde, und schüttelte Marks Hand ab. Sein Lächeln war den Tränen eines verschmähten Liebhabers gewichen, als er das Roadhouse verließ.

»Meinst du, er wird sich daran halten?«, fragte Annie kurz darauf.

»Keine Ahnung. Er sieht eher wie ein Unbelehrbarer aus.«

Der Wirt bedachte sie mit einem fragenden Blick, als sie bezahlten, sagte aber nichts. Sein verschmitztes Grinsen deutete an, dass er Simon für einen geschassten Freund hielt, der seine Niederlage nicht akzeptieren wollte. Eine ernsthaftere Auseinandersetzung hätte anders ausgesehen, das wusste auch er.

Ohne die langweilige Musik fuhren Annie und Mark weiter nach Osten. Mark hatte vergessen, das Radio einzuschalten, und sie erinnerte ihn nicht daran. Wieder breitete sich Schweigen zwischen ihnen aus. Der dichter fallende Schnee und die zunehmende Glätte der Straße erforderten ihre ganze Aufmerksamkeit, auch wenn ihr Simon Taylors Auftritt lange Zeit nicht aus dem Kopf ging.

Umso erstaunter war sie, als sie plötzlich die hellen Aufbauten eines Wohnmobils durch den Schnee schimmern sah. Keine Panik, sagte sie sich, auf dem Yellowhead Highway fuhren viele Wohnmobile, auch im Winter.

Doch je näher sie kam, desto bewusster wurde ihr, dass Simon Taylor mit seinem Wohnmobil in einer Ausbuchtung am Straßenrand parkte. Er stand vor der geöffneten Motorhaube und leuchtete mit einer

Taschenlampe hinein. »Das ist Simon! Der Mistkerl ist weiter in unsere Richtung gefahren! Sieht so aus, als hätte er eine Panne.« Sie blickte Mark an. »Am besten wär's, ihm den Finger zu zeigen und vorbeizufahren. Vielleicht kapiert er dann, was ich meine.«

»Halt an«, verlangte Mark.

»Ehrlich? Du willst doch hier keine Schlägerei anfangen?«

»Damit der Typ mich verklagt? Bestimmt nicht.«

»Du meinst, er will dich reizen?«

»Könnte doch sein«, sagte Mark. »Wem würde man mehr glauben? Einem scheinbar wohlerzogenen Jüngling wie ihm oder einem wie mir, der erst neulich auf eine hilflose Frau losgegangen ist? Aber den Gefallen tue ich ihm nicht.«

»Ich weiß nicht, Mark. Ich hab Angst vor ihm.«

»Nicht mehr lange«, versprach er.

Sie hielt neben dem Wohnmobil, ließ die Scheinwerfer brennen und stieg mit Mark aus dem Van. Sie kniffen die Augen gegen den Schnee zusammen.

Simon schien nicht sonderlich überrascht, sie zu sehen. »Irgendwas stimmt mit dem Motor nicht«, sagte er. »Keine Ahnung, was kaputt ist.« Als wären Annie und Mark irgendwelche Fremden. »Ich versteh leider nichts davon.«

»Lass mich mal.« Mark nahm ihm die Taschenlampe ab und sah sich den Motor näher an. Er hatte nicht die geringste Angst vor Simon und drehte sich nicht einmal nach ihm um. »Das haben wir gleich«, sagte er zuversichtlich.

Annie behielt Simon im Auge. Sie traute ihm alles zu, auch einen heimtückischen Angriff auf Mark. Es wäre nicht das erste Mal, dass ein Stalker die Nerven verlor. Doch Simon blieb erstaunlich ruhig und machte nicht den geringsten Versuch, auf sie oder Mark loszugehen. Im Gegenteil, sie hatte das Gefühl, dass er sich fast vor Angst in die Hose machte. Vielleicht war es Marks ruhige Art, die bei ihm die Alarmglocken läuten ließ. So wie in manchen Thrillern, wenn ein scheinbar gesitteter Zeitgenosse alltäglichen Tätigkeiten nachging und von einer Sekunde zur anderen zum blutgierigen Killer wurde.

»Einer der Batteriepole saß locker«, sagte Mark. Er lächelte wie ein Mechaniker, der zufällig des Weges gekommen war. »Keine große Sache.«

Simon wusste nicht, wie er reagieren sollte. Meinte es Mark wirklich ernst? Hatte er ihm nur helfen wollen? Oder hatte er noch irgendetwas anderes im Sinn?

»Hast du ein Handy dabei?«, fragte Mark.

»Ein Handy? Natürlich. Warum?«

»Wähl die Nummer deiner Mutter.«

»Aber …«

»Du sollst die Nummer deiner Mutter wählen. Oder die deines Vaters.«

Simon erkannte, dass er keine andere Möglichkeit hatte, und folgte seiner Anweisung. Mark nahm ihm das Telefon aus der Hand und wartete geduldig, bis sich eine weibliche Stimme meldete. »Simon, da bist du ja endlich! Wo steckst du?«

»Ihr Sohn parkt auf dem Yellowhead Highway, ungefähr fünfzig Kilometer östlich von Dome Creek. Er hatte eine Panne mit seinem Wohnmobil.«

»Und wer sind Sie? Ein Mechaniker?«

»So etwas in der Art«, erwiderte Mark. »Ich wollte Ihnen nur sagen, dass Simon jetzt nach Hause kommt. Er ist ein Stalker, Ma'am. Er verfolgt seit Tagen eine junge Dame und belästigt sie auf abscheulichste Weise. Ich habe ihm gesagt, dass er großen Ärger bekommen würde, wenn er so weitermacht.«

»Mein Sohn ein Stalker? Niemals!«

»Glauben Sie mir, Ma'am! Und sorgen Sie bitte dafür, dass Simon sich in Zukunft zurückhält, sonst geschieht noch irgendwann ein Unglück. Das Mädchen, von dem ich spreche, erstattet keine Anzeige, und ich denke nicht daran, handgreiflich gegen Ihren Sohn zu werden. Aber das kann sich jederzeit ändern.«

»Was reden Sie da? Was soll das?«

Mark legte auf und reichte Simon das Handy zurück. »Und jetzt wende bitte dein Wohnmobil und fahr nach Prince George zurück. Hast du mich verstanden?«

»Ja ... ja doch!«

Nur wenige Sekunden später ließ Simon den Motor des Wohnmobils aufheulen und fuhr nach Westen zurück. Sie warteten, bis die Rücklichter seines Gefährts nicht mehr zu sehen waren, und setzten sich dann in ihren warmen Van.

»Du hast mir Angst gemacht«, sagte Annie.

»Ihm hoffentlich auch.«

»Du hast wie ein Mafiakiller aus dem Fernsehen geklungen.«

Er lächelte. »Den Tonfall hab ich aus *Fargo*. Ich hoffe, das war's.«

Sie bedankte sich und fuhr auf den Highway zurück. Während sie den Van trotz der glatten Straße mit nur einer Hand steuerte, suchte sie mit der anderen nach Marks Hand und drückte sie liebevoll. »Das mit Simon tut mir leid. Diese Begegnung wollte ich dir eigentlich ersparen. Ich schäme mich fast dafür, dass ich mich beinahe mit ihm eingelassen hätte. Nicht, dass da tatsächlich irgendwas gewesen wäre, aber mir reicht schon, dass ich auf seine Lügengeschichte hereingefallen bin.«

»Die mit der Clique? Das hätte jedem passieren können.«

»Dabei laufen ihm genug Cheerleaders nach.«

»Das tun sie doch immer, wenn einer auf Angeber macht.«

»Ich wollte nie Cheerleader sein.«

Mark blickte sie neugierig an. »Ehrlich nicht? Alle

Mädchen, die ich kenne, wollten Cheerleader sein. Im Rampenlicht zu stehen und von allen bewundert zu werden, ist für die meisten das Größte. Aber ohne eine dieser blöden Uniformen gefällst du mir sowieso besser. Du kleisterst deine Haare nicht mit Spray voll, schmierst dich nicht mit Make-up zu und trägst ganz normale Klamotten … und siehst trotzdem besser aus als alle anderen. Das muss man erst mal hinkriegen, stimmt's?«

»Sag bloß, das meinst du ehrlich?« Sie lächelte vorsichtig.

»Natürlich.«

»Du findest mich wirklich hübsch?«

»Nicht nur das.« Er schien plötzlich alle Hemmungen über Bord geworfen zu haben. »Du hast ganz schön viele Talente. Hilfst deinen Eltern, die Lodge zu schmeißen, fährst einen Hundeschlitten, reitest wie ein Rodeo Girl und kannst wahrscheinlich noch viel mehr. Ich mach dir ziemlich viele Komplimente, was?«

»Gib mir einen Kuss.«

»Wie bitte?«

»Du hast mich schon richtig verstanden.« Sie fuhr auf den Seitenstreifen und schaltete die Warnblinkanlage ein. »Du sollst mir einen Kuss geben!«

Die erste Berührung mit seinen Lippen war flüchtig, beinahe kaum zu spüren, und doch hörte sie ihr Herz plötzlich lauter und schneller klopfen, und ihr Körper wurde von einer seltsamen Wärme ergriffen, die sie wie eine flauschige Wolldecke umhüllte. Sie legte ihre Hände auf seine Schultern, erwiderte seinen Kuss fester und leidenschaftlicher und hatte plötzlich das Gefühl, den Boden unter den Füßen zu verlieren. Sie hatte schon ein paar Jungen geküsst, aber noch nie hatten sich Lippen so warm und verführerisch angefühlt.

»Das fühlt sich gut an«, sagte sie heiser.

Er küsste sie wieder.

»Sehr gut sogar.« Sie lächelte. »Aber wenn wir jetzt nicht weiterfahren, haben wir die Polizei auf dem Hals und bekommen einen Strafzettel.«

»Das wäre es wert«, sagte Mark lachend.

16

»Annie! Annie! Phantom ist krank!« Wie jeden Morgen war Megan noch vor dem Frühstück nach draußen gerannt, um die Huskys zu begrüßen und Annie beim Füttern zu helfen. »Du musst einen Arzt rufen! Er bewegt sich nicht!«

Annie hatte bereits ihren Anorak angezogen und den Futtereimer aus dem Kühlraum geholt. Sie ließ den Eimer stehen und folgte dem Mädchen ins Freie, sie griff sich erschrocken an die Brust, als sie Phantom reglos im Schnee liegen sah. Die anderen Huskys merkten, dass mit ihrem Leader etwas nicht stimmte, und jaulten nervös. Hulk zog an seiner Kette und bellte wütend.

Voller Sorge kniete Annie neben Phantom nieder. Seine Augen tränten, und er wirkte ungewohnt schwach und müde. Neben seiner neuen Hütte lag Erbrochenes im Schnee. »Du hast ihn doch nicht gefüttert?«, fragte Annie.

Megan schüttelte den Kopf. »Nein, ich hab auf dich gewartet.«

»Irgendjemand muss ihm etwas Falsches zu fressen gegeben haben.«

Ihr böser Verdacht wurde bestätigt, als Lou um die Ecke kam und schon von Weitem rief: »Sind diese Morgen in freier Natur nicht herrlich? Die Luft hier draußen ist unübertroffen. Hundertmal besser als dort, wo ich herkomme. Zum veganen Leben gehören nicht nur Essen und Trinken, wissen Sie?«

Sie kam näher und blickte erstaunt auf den kranken Phantom hinab. »Um Himmels willen, was ist denn mit ihm los? Ist er krank?« Sie ging in die Knie und streichelte den Husky. »Dabei hab ich ihm vorhin ein ganz besonderes Leckerli mitgebracht! Eigentlich müsste er vor Freude im Kreis springen!«

Annie blickte sie entsetzt an. »Sie haben was?«

»Ich hab ihm ein veganes Leckerli gegeben.« Sie erkannte ihren Fehler noch immer nicht. »In irgendeiner Zeitung stand, dass Haustiere ebenfalls das Recht auf eine gesunde Ernährung hätten und nicht dazu angehalten werden sollten, sich an den Kadavern anderer Tiere zu vergreifen. Ich habe von Leuten gehört, deren Hunde und Katzen sehr glücklich über vegane Kost sind, als hätten sie nur darauf gewartet, dass ihnen jemand anderes Futter gibt.«

»Und warum fressen sie dann Mäuse und andere

Kleintiere, wenn man sie überhaupt nicht füttern würde?« Annie konnte ihre Wut nur schwer im Zaum halten. »Huskys sollte man überhaupt nicht vegan füttern, das ist gar nicht gut für sie!«

»Es gibt Untersuchungen ...«

»Von radikalen Tierschutzgruppen, das stimmt. Aber es gibt keine einzige Langzeituntersuchung, schon gar nicht für Huskys. Huskys brauchen eine eiweißreiche Ernährung, die zu zwei Dritteln aus Fleisch und Fisch bestehen sollte. Meinetwegen auch Trockenfutter. Nur wenn sie sich auf diese natürliche Weise ernähren, bleiben sie stark und widerstandsfähig genug, um in der Natur draußen bestehen zu können. Was haben Sie Phantom gegeben, Lou?«

Lou wurde plötzlich kleinlaut. »Etwas Mandelmilch, eine Scheibe Brot mit Gemüsepaste, etwas Obst ... was Gesundes halt.« Sie war den Tränen nahe. »Woher sollte ich denn wissen, dass Phantom so was nicht verträgt? Ich hab's doch nur gut gemeint, Annie.«

»Wenn Sie sich vegan ernähren wollen, so ist das Ihre Sache«, erwiderte Annie. Sie hatte sich noch immer nicht beruhigt. »Aber missionieren Sie bitte nicht andere und lassen Sie vor allem unsere Huskys und die Pferde damit in Ruhe. Was Ihnen bekommt, könnte für die Tiere gefährlich sein. Wir haben viel Erfahrung mit Tieren und wissen, was am besten für sie ist. Huskys brauchen Fleisch.«

»Tut mir leid, Annie. Obwohl ich der festen Überzeugung bin ...«

Annie ignorierte ihren Einwand und brachte den kranken Hund zu ihrem Pick-up. »Wahrscheinlich nichts Schlimmes«, rief sie ihrer Mutter zu, die besorgt vor die Tür getreten war. Ihr Vater war noch mit den Snowmobilen in den Bergen unterwegs. »Er hat sich den Magen verdorben. Ich bringe ihn zu Doc Fisher, er soll ihn sich mal ansehen. Fütterst du die anderen Huskys?«

»Wenn Megan mir hilft!«

»Ich zeige dir, wie sie ihr Futter besonders gern mögen«, sagte Megan.

Lou stand wie ein Häufchen Elend da und sagte gar nichts mehr.

»Vergiss nicht, heute kommen die Sandovals!«, rief Annies Mutter, bevor Annie in den Pick-up kletterte und den Motor startete. »Gegen Mittag, okay?«

Zur Praxis von Doc Fisher war es nicht weit. Sie lag in einem lang gestreckten Gebäude in Valemount zwischen einem Souvenirladen und einem Drugstore. Annie parkte direkt davor und trug den Hund zum Empfang.

»Annie«, begrüßte sie die Arzthelferin. »Ist das nicht Phantom?«

»Einer unserer Gäste hat ihm was Veganes zu fressen gegeben.«

Die Arzthelferin verzog das Gesicht. Sie mochte

Cheeseburger für ihr Leben gern. »Was Veganes? Einem Husky? Getreidemüsli mit Mandelmilch?«

»So ungefähr.«

»Okay«, erwiderte sie, »der Doc hat gleich Zeit für Sie.«

Doc Fisher war ein sportlicher Mann um die dreißig, er war vor einigen Jahren zum Snowmobiling und Langlaufen ins Robson Valley gekommen und nur nach Hause gefahren, um den Umzug zu organisieren, so gut hatte es ihm am Mount Robson gefallen. Er hatte in der Praxis eines älteren Arztes mitgearbeitet und sich selbstständig gemacht, als der sich zur Ruhe gesetzt hatte.

»Ist das nicht Ihr neuer Leithund?«, fragte er, nachdem er sie begrüßt hatte. »Phantom, nicht wahr? Soweit ich mich erinnere, war der Gute kerngesund.«

Annie berichtete ihm, was geschehen war, und zuckte die Achseln, als er verwundert reagierte. »So hab ich sie auch angesehen. Sie hat ihm Mandelmilch, eine Scheibe Brot mit Gemüseaufstrich und etwas Obst gegeben. Ich weiß, ich hätte besser aufpassen sollen, aber sie war schon sehr früh auf.«

Doc Fisher machte sich kopfschüttelnd an die Arbeit und sagte dann: »Es ist nur eine vorübergehende Übelkeit, die Mandelmilch war wohl gezuckert. Morgen dürfte er wieder fit sein. Lassen Sie ihn über Nacht hier, nur für alle Fälle, dann kann ich ihn sofort behandeln, wenn es Probleme gibt.«

»In Ordnung, Doc. Vielen Dank.«

Sie unterhielt sich noch eine Weile mit der Sprechstundenhilfe, die auf dieselbe Schule gegangen war wie sie, und fuhr dann erleichtert zum Highway zurück. So ein verrücktes Huhn, dachte sie und meinte natürlich Lou. Nichts gegen Gemüse und Obst, aber man kann es auch übertreiben. Hoffentlich kriegt sie keine Kinder, die würden ihr wahrscheinlich weglaufen, sobald sie einigermaßen laufen könnten, und bei McDonald's oder Burger King unterkriechen.

Ungefähr einen Kilometer vor der Abzweigung zur Lodge tauchten zwei schwarze Cadillac Escalades in ihrem Rückspiegel auf, edle SUVs mit verdunkelten Fenstern und verchromten Felgen. Die hellen Scheinwerfer blendeten sie so stark, dass ihr nichts anderes übrig blieb, als an den Straßenrand zu fahren und sie vorbeizulassen. »Rücksichtsloses Pack!«, beschimpfte sie die Fahrer in dem Wissen, nicht von ihnen gehört zu werden. »Passt doch auf!«

Sie wartete, bis sich der aufgewirbelte Schnee gelegt hatte, und fuhr dann langsam weiter. Auch an diesem Morgen schneite es, der Wind war böig geworden und trieb die Flocken zeitweise waagrecht über den Highway. Sie vertraute der Wetterfee im Fernsehen, die versprochen hatte, dass der Schneefall am Nachmittag nachlassen und sich die Sonne durch die Wolken kämpfen würde. Walker und Duncan wollten mit Megan und ihrer Mutter in eine nahe Schlucht reiten, in der sich früher die Indianer versteckt haben sollten.

Die beiden Escalades parkten vor dem Haus, als sie die Lodge erreichte, und sie sah gerade noch, wie die Managerin von Crystal Heart und ein Mann und eine Frau durch die Tür traten. Sie winkte Megan und ihrer Mutter und auch Lou zu, die bereits zwei Schneemänner errichtet hatten und wahrscheinlich an einer ganzen Familie arbeiteten, und rief: »Alles okay! Phantom ist nur ein wenig übel. Er übernachtet beim Doc. Morgen hole ich ihn wieder ab.«

»Tut mir leid«, entschuldigte sich Lou noch einmal. »Ich wollte Ihrem Hund wirklich keinen Schaden zufügen. Ich hatte doch keine Ahnung ... es tut mir leid!«

Auch Annies Mutter war erleichtert über die gute Nachricht, war aber vollauf mit den Gästen beschäftigt. Andrea Flores, die übergewichtige Managerin, kannte sie schon. Die andere Frau musste Crystal Heart sein. Schlank, goldblonde Locken, eine große Sonnenbrille zur Tarnung im Gesicht. Sie trug den leuchtend roten Anorak eines bekannten Designers, dessen Winterklamotten das Fünffache der üblichen Waren kosteten, und eine Wollmütze in derselben Farbe. Ihre Stiefel stammten ebenfalls von einem Stardesigner.

»Benutzen Sie bitte ihren bürgerlichen Namen«, bat Barry Sandoval, ihr Ehemann, ein ungefähr zehn Jahre älterer Charmeur mit grauen Schläfen, ein Typ wie aus einem alten Hollywoodfilm. »Crystal möchte nicht erkannt werden. Nennen Sie meine Frau bitte Maggie.« Er wandte sich an die Managerin. »Was sind wir noch mal? Inhaber eines Gestüts? Eines Kosmetikkonzerns?«

»Wir hatten uns auf ein Weingut geeinigt«, antwortete die Managerin. »Von Wein verstehen Sie genug. Falls jemand neugierige Fragen stellt. Auf ein Weingut im Sonoma Valley, das Sie von Ihren Großeltern geerbt haben.«

»Richtig … das kriegen wir hin. Und wer sind Sie?«, fragte er Annie.

»Das ist unsere Tochter Annie«, stellte ihre Mutter sie vor.

»Keine Angst, bei mir ist Ihr Geheimnis sicher«, sagte Annie.

»Sie kennen meine Filme?«, fragte Crystal.

»Ich habe davon gehört. Persönlich stehe ich mehr auf Krimis.«

Die Antwort schien der Schauspielerin gar nicht zu gefallen. Es gelang ihr nur mühsam, ihr Missfallen zu unterdrücken. Sie nahm ihre Wollmütze ab und ließ sich auf einen der Stühle am Esstisch fallen. »Gibt's hier keinen Begrüßungsdrink? Ich trinke liebend gern Champagner, zur Not auch Prosecco.«

»Natürlich … gerne.«

Annie holte eine Flasche aus dem Kühlschrank und

öffnete sie umständlich. Normalerweise übernahm ihr Vater diesen Job, aber der war noch mit den Snowmobilen unterwegs, und sie musste ihn vertreten. Ihre Mutter brachte die Gläser. Auch Annie sah sich genötigt, zumindest so zu tun, als würde sie an dem Champagner nippen. »Willkommen auf der Rainbow Lodge«, begrüßte ihre Mutter die neuen Gäste feierlich. »Ich hoffe, Sie fühlen sich wohl bei uns.«

»Ein bisschen sehr ländlich ist es schon«, sagte Crystal.

»Wenn man aus L. A. kommt«, gab Annie zu bedenken. Sie stellte ihr volles Glas auf den Tisch. »Ich weiß, Sie wollen mal abseits des Trubels ausspannen. Dazu ist in unserer Luxushütte reichlich Gelegenheit: Aber Sie wollen doch sicher auch etwas erleben? Ich könnte eine Fahrt mit dem Hundeschlitten organisieren. Einen Ausritt mit den Pferden. Eine Schneeschuh-Wanderung. Geben Sie mir Bescheid, wenn Sie einen besonderen Wunsch haben.«

Crystal nippte an ihrem Champagner. »Nun, da wäre schon etwas. Wenn Sie meine Daily Soap verfolgen, wissen Sie sicher, dass die nächste Staffel in einem Wintersportort in Colorado spielen wird. Ich werde von einem aufdringlichen Lover bedrängt, der heimliche Bande zur Mafia geknüpft hat und mich als Köder für irgendeinen Verbrecherkönig benutzt. Mir bleibt nichts anderes übrig, als mit einem Snowmobil in die verschneiten Berge zu fliehen. Normalerweise übernimmt eine Stuntfrau diesen Job, aber ich habe den Ehrgeiz, diesmal viele Actionszenen selbst zu spielen, und brauche etwas Training. Könnten Sie mir beibringen, wie man mit so einem Ding fährt?«

»Kein Problem«, antwortete Annie. »Wenn Sie wollen, fangen wir schon heute Nachmittag damit an. Natürlich erst nach dem Lunch. Wir haben ...«

»... hoffentlich etwas Schmackhaftes vorbereitet«, meldete sich die Managerin zu Wort. »Jetzt, würde ich vorschlagen, zeigen Sie uns erst mal unsere Hütte. Beim Lunch können wir immer noch über das Programm reden. Crystal?«

»Eine gute Idee. Gehen wir?«

Crystal war nicht gerade begeistert, aber einigermaßen zufrieden mit ihrer Unterkunft. Ihr erster Weg führte sie zum Kühlschrank, den Annies Mutter am frühen Morgen mit Champagner, Bier, Wasser und Leckereien gefüllt hatte. »Räucherlachs«, sagte sie, »da fehlt Räucherlachs. Ich weiß auch nicht, warum, aber nachts gönne ich mir manchmal ein Häppchen. Normalerweise bestehe ich auf Sushi, aber ich nehme mal an, die würde man in dieser Einöde sowieso nicht bekommen.« Sie schloss die Kühlschranktür. »Und etwas Pumpernickel. Sie wissen schon, dieses dunkle Brot. Die Cocktail-Schnittchen.«

»Ich weiß nicht, ob ich welche im Haus habe«,

entschuldigte sich Annies Mutter, »aber ich backe mein eigenes Brot. Vielleicht probieren Sie das mal.«

»Meinetwegen«, erwiderte sie.

»Sehen Sie trotzdem zu, dass Sie Pumpernickel bekommen«, sagte Andrea.

»Sonst noch spezielle Wünsche?«, fragte Annies Mutter. Auch sie war dieses Hollywood-Gehabe nicht gewohnt, und es fiel ihr sicher schwer, nicht sarkastisch zu klingen. Wir tun wirklich, was wir können, Mrs Sandoval.«

Crystal prüfte die Festigkeit der Matratze, küsste im Vorbeigehen ihren Mann, der es sich in einem der Sessel bequem gemacht hatte, und inspizierte dann das Bad. »Der Spiegel ist zu klein«, sagte sie, »da muss ein größerer rein.«

»Den bekommen wir nicht so schnell.«

Annie platzte der Kragen. »Warum brauchen Sie einen größeren Spiegel? Ich denke, Sie wollen unerkannt bleiben, dann wär's doch viel besser, Sie sähen nicht so gut wie im Fernsehen aus. Lassen Sie auch alles überflüssige Make-up weg, dann erkennt Sie garantiert niemand. Seien Sie Maggie Sandoval!«

»Ich darf doch sehr bitten, junge Dame!«, begann die Managerin.

Barry Sandoval unterbrach sie lachend. »Endlich zeigt dir's mal jemand, Maggie-Schatz!« Er klatschte ein paarmal in die Hände und blickte Annie an. »Das haben

Sie großartig gemacht! Die meisten kuschen doch ehrfürchtig, wenn sie Crystal gegenüberstehen. Sie haben ihr's gegeben ... großes Kino!«

»Barry!«, wunderte sich die Managerin und wollte erneut ausholen.

»Nein, er hat recht«, stimmte Crystal ihrem Mann zu. Sie kicherte ein wenig gequält. »Wenn ich ehrlich bin, reicht mir auch der kleine Spiegel. Ein Punkt für Sie, junge Dame. Sind Sie beim Snowmobiling auch so streng?«

»Kommt ganz drauf an«, wich Annie aus.

Beim Lunch trug Crystal eine Schwarzhaarperücke und verzichtete dafür auf ihre dunkle Sonnenbrille. Annies Mutter servierte zwei bunte Salate, einen italienischen und einen griechischen, dazu gab es selbst gebackenes Brot, Käse und Trauben. Bis auf Annies Vater und die Pärchen waren sie vollzählig: Crystal und ihr Mann, Andrea Flores, Megan und ihre Mutter, Lou, die beiden Oldtimer und Annie und ihre Mutter. Mark saß links neben Annie und griff heimlich nach ihrer Hand, als ihre Mutter den heißen Tee hereinbrachte: normalen schwarzen und – auf speziellen Wunsch von Lou – auch grünen.

»Ich kenne Sie irgendwoher«, sagte Lou, nachdem Annies Mutter die neuen Gäste vorgestellt hatte. Sie studierte Crystals Gesicht. »Also, wenn die schwarzen Haare und die dunklen Augen nicht wären, würde ich beinahe sagen, Sie sähen dieser Schauspielerin ähnlich. Wie heißt sie doch gleich?«

»Einer Schauspielerin?« Crystal lachte etwas übertrieben, so wie in ihren Filmen. »Nein, wir besitzen ein Weingut in Kalifornien. Mit Schauspielerei hatte ich nie etwas im Sinn.« Die Perücke und die Kontaktlinsen waren eine gute Idee gewesen. »Das heißt, ich war mal in einem Werbefilm für kalifornischen Wein zu sehen, für wenige Sekunden auf einer belebten Terrasse.«

Lou überlegte noch immer. »Vielleicht kenne ich sie daher.«

»Das glaube ich kaum«, erwiderte Crystal noch immer belustigt. »Dann schon eher vom Flyer unseres Weingutes. Waren Sie mal in Sonoma Valley?«

»Wir kommen aus Vancouver.«

»Na, dann haben Sie es doch gar nicht so weit.«

»Ich glaube, die Kleine passt besser nach Texas«, sagte Walker. Er übertrieb seinen texanischen Akzent. »Ihr hättet sie gestern beim Barrel Racing sehen sollen! Wenn sie so weitermacht, sollte sie beim Rodeo teilnehmen. Damit lässt sich viel Geld verdienen, Megan! Und alle Leute jubeln dir zu.«

»So wie in Hollywood?«, fragte das Mädchen.

»Nicht ganz, aber dafür hättest du mehr Spaß.«

»Dann will ich Rodeo-Reiterin werden.«

»Es hat aufgehört zu schneien«, sagte Walker, »nach dem Essen können wir gleich wieder loslegen. Sie reiten übrigens auch nicht übel, Betty. Für einen der vorderen Plätze wird es nicht reichen, aber spielt das eine Rolle?«

»Darf ich auch mitreiten?«, fragte Lou vorsichtig.

»Sicher«, zeigte sich Walker einverstanden, »aber essen Sie meinen Pferden nicht das Futter weg. Getreide, Kraftfutter, das ist doch genau Ihr Ding.«

»Jetzt geben Sie mir's aber.«

»Das haben Sie sich auch gründlich verdient, oder?«

»Ich weiß, ich hab Mist gebaut.«

»Wir haben alle mal Mist gebaut«, sagte er.

»Also, ich hätte jetzt gern einen Cappuccino«, sagte Crystal, nachdem sie gegessen hatten, »mit einem doppelten Schuss Espresso, wenn's recht ist.«

Die Zubereitung übernahm Annie in der Küche, während ihre Mutter den einfachen Kaffee für die übrigen Gäste braute. »Ganz schön anstrengend, unsere Filmdiva«, sagte Annie, »die möchte ich nicht das ganze Jahr um mich haben. Mal davon abgesehen, dass wir zu wenig Champagner im Haus haben.«

»Du weißt sie wenigstens zu nehmen. Ich tu mich da schwerer«, erwiderte ihre Mutter.

»Warte mal ab, bis ich sie mit dem Snowmobil über die Piste gejagt habe«, sagte Annie, »dann wird sie anders reden. Und den Champagner wird sie dann auch kaum brauchen. Nach dem Training will sie Wasser, nur Wasser!«

»Nimm sie nicht zu hart ran, Annie.«

»In der Serie, die sie drehen, ist sie auf der Flucht«, erinnerte Annie ihre Mutter. »Um das glaubhaft rüberzubringen, muss sie ordentlich Gas geben und auch mal was riskieren. Am liebsten würde ich ihr eine kleine Schanze bauen …«

»Annie!«

Annie lachte. »Das war ein Scherz. Aber lustig wird es auf jeden Fall.«

17

»**Wird Ihnen nicht zu** warm unter der Perücke?«, fragte Annie, als sie zu den Snowmobilen gingen. »Mit dem Ding geraten Sie bestimmt ins Schwitzen.«

»Und was ist mit Mark? Ich dachte, Ihr Freund kommt auch mit.«

»Mark ist nicht mein Freund.«

Crystal grinste. »Das sah beim Frühstück aber ganz anders aus. Sie haben dem armen Kerl ziemlich heiße Blicke zugeworfen. Ich kenne mich mit so was aus, ich spiele jeden Tag eine Frau, die bis über beide Ohren verknallt ist.«

»Wir hatten nicht mal ein Date.«

»Spielt das eine Rolle?«

»Er kann ruhig wissen, wer Sie sind. Wahrscheinlich kennt er nicht mal Ihren Namen. Ich glaube nicht, dass er sich Daily Soaps und so was ansieht.«

»Okay, ich kann diese Perücke sowieso nicht leiden.«

Sie vergewisserte sich mit einem raschen Blick, dass ihr niemand außer Annie zusah, nahm ihre Wollmütze ab und zog die Perücke herunter. Bevor Annie sichs versah, hatte Crystal die Mütze über ihre festgesteckten blonden Haare gestülpt. Die Perücke ließ sie in einer Tasche ihres Anoraks verschwinden. »Und jetzt? Besser so?«

»Viel besser«, bestätigte Annie. »Wo stecken eigentlich Ihre Managerin und Ihr Mann? Muss eine Managerin nicht in der Nähe sein, wenn ihr Star auf ein Snowmobil steigt? Und Ihr Mann, der könnte doch mitkommen.«

»Barry?« Sie lachte. »Mein Mann ist Anwalt, der hat nur seine Klienten im Kopf. Ich musste ihn zwingen, mich auf die Lodge zu begleiten. Wie, werde ich Ihnen nicht auf die Nase binden. Und Andrea? Die ist unsportlicher als meine Großmutter und die sitzt seit sieben Jahren auf ihrem Lieblingssessel. Andrea wird schon übel, wenn sie anderen beim Sport zusehen muss. Aber wenn ich nicht jeden Morgen joggen würde, wäre ich längst weg vom Fenster.«

»Na, dann wollen wir mal loslegen.«

Mark hatte bereits die Snowmobile aus dem Schuppen geholt. Zwei neue, die sie erst gekauft hatten, und eines der älteren. Er sah wohl die blonden Locken, die unter Crystals Wollmütze hervorlugten, und wunderte sich über die veränderte Augenfarbe, denn die Schauspielerin hatte inzwischen auch die Kontaktlinsen aus den Augen genommen. »Hey, Sie sehen ja ganz anders aus.«

»Maggie ist gar nicht Maggie«, versuchte Annie zu erklären. »Das heißt, Maggie ist ihr bürgerlicher Name. Viel bekannter ist sie als Crystal Heart.«

»Crystal Heart?« Anscheinend hatte er diesen Namen noch nie gehört.

Annie hatte eine solche Reaktion erwartet. »Dann hast du wohl noch nie ›Love of My Life‹ gesehen, die angesagte Daily Soap der letzten drei Jahre.«

»Daily Soap? Den Liebeskram seh ich mir nicht an. Football …«

»Typisch Mann!«, sagten Annie und Crystal beinahe gleichzeitig.

»… und Quizsendungen. Obwohl ich da untergehen würde.«

»Mark versteht was von Technik«, sagte Annie, »irgendwann will er seine eigene Werkstatt eröffnen. Er kann Ihnen am besten erklären, wie man ein Snowmobil fährt.« Sie hätte es auch gekonnt, ließ ihm aber den Vortritt. Nach dem Tiefschlag bei dem Pärchen brauchte er dringend etwas Aufmunterung.

»Dann sind Sie noch nie mit einem Snowmobil gefahren?«, fragte er.

»In L. A. braucht man so was selten«, antwortete Crystal.

»Motorrad? Motorroller? Irgendwas in der Art?«

»Vespa ... ich glaube, so hieß das Ding. In einem Film, der in Italien spielte. Leider haben wir in Kalifornien gedreht, in der Gegend von Bakersfield.«

»Okay«, fuhr Mark fort, »dann kennen Sie das Gefühl, auf einem Fahrzeug mit zwei Rädern zu sitzen. Der einzige Unterschied ist, dass ein Snowmobil zwar wie ein Motorrad oder Motorroller gelenkt, aber mithilfe einer Antriebsraupe aus Gummi angetrieben wird.«

»Und ich gebe Gas und bremse wie auf dieser Vespa?«

»Ganz recht, aber es ist nicht so einfach, wie es aussieht. Wenn Sie zu schnell fahren, übersehen Sie leicht ein Hindernis, und bevor Sie sichs versehen, fallen Sie in den Schnee. Sie müssen sich erst an das Ding gewöhnen.«

Crystal stieg in den Sattel, startete die Maschine und zuckte heftig zusammen, als der Motor losröhrte und sie von einer stinkenden Qualmwolke eingehüllt wurde. »Pfui Teufel!«, schimpfte sie. »Und mit einer solchen Giftschleuder soll ich durch die Gegend fahren? Ich bin doch nicht lebensmüde!«

»Gleich kommt Frischluft«, beruhigte Mark sie. Die Auspuffwolke, ohnehin kaum sichtbar, löste sich auf, und er zeigte ihr sicherheitshalber noch mal, wo Gas und Bremse waren. »Wie gesagt, langsam losfahren, ganz langsam, sonst landen Sie im Schnee und kriegen Ärger mit Ihrer Managerin. Ist Schauspielerinnen verboten, so was zu machen? Wegen der Verletzungsgefahr, meine ich. Ich weiß von Footballern, die dürfen im Winter nicht Ski laufen, weil sie sich was brechen und dann eine Weile nicht spielen könnten.«

Crystal schien sich zu amüsieren. »Das stimmt«, räumte sie ein. »Andrea hat mir den Passus in meinem Vertrag erst heute Morgen gezeigt. »Aber was soll mit einem Snowmobil schon groß passieren? Ich stürze mich schließlich keinen Abhang hinunter. Ich will ein bisschen im Kreis fahren, weiter nichts.«

Sie drehte am Gas, fuhr ein paar Meter und bremste so plötzlich, dass sie beinahe über den Lenker flog. Ihr Kichern klang ein wenig hysterisch. »Das war wohl nichts.« Sie versuchte es noch einmal und nickte dann einigermaßen zufrieden. »Schon besser. Jetzt können wir loslegen. Wohin soll es denn gehen?«

»Auf meine Lieblingspiste«, antwortete Annie.

Inzwischen hatten sie Helme und Schutzbrillen angelegt, ein unbedingtes Muss, besonders bei Anfängern, und auch von den Versicherungen gefordert. Unter sechzehn Jahren und ohne Führerschein durfte man auf der Straße nicht damit fahren, schon gar nicht auf öffentlichen Highways. Die Polizei war da sehr streng.

Sie fuhren vom Hof, angeführt von Annie, die kein großes Risiko eingehen wollte und die breite Forststraße am Flussufer ausgewählt hatte. Die ideale Trainingspiste für eine Anfängerin und so abgelegen, dass nicht zufällig

Wanderer auftauchen und sie erkennen konnten. Wie eine Allee, zu beiden Seiten von verschneiten Fichten begrenzt, zog sich die Straße nach Westen.

Mark war ganz in seinem Element. Auf einem Snowmobil fühlte er sich wesentlich wohler als auf einem Pferd oder den Kufen eines Hundeschlittens und fand sogar Spaß daran, damit durch den Schnee zu kurven. Auch als Lehrer war er gar nicht so übel. Er blieb locker, zeigte aber auch Respekt vor der Schauspielerin. In der Kaffeebar hatte das ganz anders ausgesehen. Aber welcher Junge benahm sich nicht affig, wenn er einem Mädchen imponieren wollte?

»Na, dann gehen Sie mal auf große Fahrt!«, forderte er Crystal auf. »Immer geradeaus, bis zu der Kurve da ganz hinten und wieder hierher zurück.«

Etwas Ähnliches hatte auch Annie zu ihm gesagt, bevor er mit dem Hundeschlitten gestartet war, und eine Minute später war er auf die Nase gefallen. Daran dachte er wohl gerade, zumindest sagte ihr das der verlegene Blick, den er ihr zuwarf, bevor Crystal mit dem Snowmobil auf große Fahrt ging.

Annie und Mark blieben auf ihren Snowmobilen sitzen und beobachteten mit gemischten Gefühlen, wie rasant die Schauspielerin losfuhr. Ihre Managerin hätte sicher einen Schwächeanfall bekommen, wenn sie das gesehen hätte. Und die Produzenten ihrer Daily Soap erst recht.

Aber Crystal hatte ihren eigenen Kopf. Sie fuhr immer schneller, hatte riesige Freude daran, sich den Fahrtwind um die Nase wehen zu lassen, und achtete kaum auf Hindernisse. Ein Snowmobil war stabiler als ein Hundeschlitten, aber auch eine schwere Maschine konnte durch eine Bodenwelle oder einen abgebrochenen Ast aus dem Gleichgewicht gebracht werden und eine ungeübte Fahrerin wie Crystal aus dem Sattel werfen. Durch den Helm und die dicke Winterkleidung war man zwar gesichert, aber weh tat es dennoch.

»Nicht so schnell!«, rief Annie ihr nach. »Fahren Sie vorsichtig!«

Sie hatte den letzten Satz noch nicht ausgesprochen, als Crystal mit dem Snowmobil ins Schleudern geriet, von der Straße abkam und in den Tiefschnee raste. In einer aufwallenden Schneewolke stürzte sie aus dem Sattel. Gleich darauf hörten Annie und Mark ihr Lachen, nahezu hysterisch, das nur bewies, wie unerwartet und plötzlich der Unfall gekommen war. Die Maschine kippte um und blieb auf der Seite liegen, röhrte nervös im Leerlauf weiter.

Annie und Mark fuhren beinahe gleichzeitig los, erreichten die Verunglückte keine Minute später und atmeten erleichtert auf, als Crystal aufstand, sich lachend den Schnee von ihrem neuen Anorak klopfte und sich bereits von ihrem Schrecken erholt hatte. »Das war doch nicht schlecht für den Anfang«, sagte sie, »in der Szene in meinem Film muss ich nämlich auch vom Snowmobil fallen. Nicht, dass ich den Sturz bewusst herbeigeführt hätte …«

»Das hätte auch schiefgehen können«, sagte Annie. »Da stehen 'ne Menge Bäume. Wenn Sie einen von denen erwischen, nützt auch ein Helm nicht viel. Fahren Sie langsamer, Crystal! Hier gibt es weder Zuschauer noch Presse.«

»Da haben Sie auch wieder recht«, erwiderte Crystal, immer noch lachend. Aus dem zickigen TV-Star war eine lebenslustige junge Frau geworden. Fast kam es Annie so vor, als wäre ihr Verhalten in der Öffentlichkeit die größte schauspielerische Leistung der Crystal Heart. Ein Leben auf der Überholspur.

»Lassen Sie uns zusammen fahren«, schlug Annie vor, »immer am Fluss entlang und über die Hügel am anderen Ufer, die machen am meisten Spaß.«

Annie übernahm die Führung und fuhr in gemäßigtem Tempo voraus. Crystal und der Junge blieben dicht hinter ihr. Erst als Annie das Gefühl hatte, die Schauspielerin hätte sich an ihr Snowmobil gewöhnt, drehte sie auf und zog ein wenig das Tempo an. Sie kannte das Problem. Auch bei ihren Ausflügen mit den Four-Wheelers im Sommer hatte es immer Teilnehmer gegeben, die der Verlockung nicht widerstanden und zu viel Gas gegeben hatten. Four-Wheeler waren noch gefährlicher, weil man meist härter landete.

Nach ungefähr zwei Kilometern überquerten sie den Bach und fuhren einen steilen Hang hinauf. »Geben Sie ordentlich Gas!«, forderte Annie die Schauspielerin auf. »Nicht bremsen, sonst fallen Sie um. Ja, so ist es gut, weiter so!« Mit heulenden Motoren kämpften sie sich nach oben. Annie fuhr lieber mit dem Hundeschlitten, war kein Fan der stinkenden und lauten Motorschlitten, aber manchmal machte es Spaß, sie durch den tiefen Schnee zu treiben.

Sie erreichten die Anhöhe, wurden dort langsamer und blieben stehen, um zu verschnaufen und die grandiose Aussicht zu genießen. Kanada war ein riesiges und größtenteils immer noch dünn besiedeltes Land, das erkannte man auch von diesem Aussichtspunkt. Scheinbar endlos dehnten sich die Wälder nach Norden, nur unterbrochen von Seen, Flüssen, Schluchten und Tälern. Wie ein riesiger Kegel ragte der Mount Robson aus dem zerklüfteten Land hervor, ein Herrscher im weißen Mantel über ein weites Reich. Nur seine Krone war nicht zu sehen, sie lag wie meist im nebligen Dunst verborgen.

»Eindrucksvoll!«, staunte Crystal. »Das ist schon was anderes als L. A. Dennoch wüsste ich nicht, ob ich hier leben könnte. Zu abgelegen und einsam. Als Städterin kommt man von dem Beton nicht los. Und den Restaurants und Boutiquen am Rodeo Drive. Meine Sushi Bar würde ich schon vermissen.«

»Meine Rede«, erwiderte Mark. Seine Augen begannen zu glänzen. »Ich will auch mal nach L. A. ziehen. Ist es da wirklich so toll, wie alle sagen?«

»Kommt ganz darauf an«, erklärte Crystal. »Wenn du genug Geld hast und in Beverly Hills oder Bel Air wohnst, gefällt es dir dort bestimmt. Mit weniger Geld sieht die Sache schon anders aus. Ich habe beides erlebt und bin froh, dass ich's geschafft habe. Alle sind von den Stränden begeistert, aber die sind im Sommer sehr voll, selbst in Malibu, wo mein Mann und ich wohnen. Und wenn du die Natur liebst, so was wie hier, dann gibt's sicher was Schöneres.«

»An den Strand fährt man im Urlaub«, sagte Annie, »und zum Shoppen würde mir auch eine Woche L. A. oder New York reichen. Für mehr würde mein Sparschwein sowieso nicht reichen. Ehrlich gesagt, wüsste ich gar nicht, was ich mir kaufen sollte. Was will ich in der Wildnis mit teuren Outfits? Das Geld würde ich viel lieber in die Lodge stecken, einen neuen Schlitten oder neue Geschirre für die Huskys kaufen.« Sie klopfte mit der flachen Hand auf den Tank ihres Snowmobils. »Oder für ein neues Snowmobil. Action kann ich auch in Banff oder Vancouver haben.«

»Oder auf diesen Hügeln!« Mark gab plötzlich Gas, raste den Hang hinab und auf der anderen Seite wieder hinauf, bis er die nächste Anhöhe erreicht hatte und fröhlich zu ihnen herüberwinkte. »Was ist?«, forderte er sie heraus. »Was ist los mit Ihnen? Hier gibt's keine Hindernisse. Wer zuerst bei mir ist!«

Annie und Crystal ließen sich nicht zweimal bitten, gaben reichlich Gas und folgten den Spuren des Jungen in die Tiefe und den steilen Hang auf den nächsten Hügelkamm hinauf, wo sie beinahe gleichzeitig ihr Ziel erreichten. Annie bremste mit einem Powerslide, der Mark reichlich Schnee ins Gesicht wehte.

Annie verteilte Schokoriegel, bevor sie die Hügel verließen und sich auf den Rückweg machten. Der Wind war wieder kälter geworden, doch ihre Schutzbrillen und die Schals, die sie sich vor den Mund gebunden hatten, schützten sie vor den frostigen Böen. Leichter Schneefall setzte ein. Auch im Winter zeigte sich das Wetter im westlichen Kanada launisch und nur erfahrene Einheimische konnten es zumindest einigermaßen sicher voraussagen.

Auf der breiten Forststraße, die nach dem schmalen Trail am Fluss noch einladender als vorher wirkte, hatte Crystal eine Idee. Später griff sich Annie an den Kopf und schalt sich dafür, dass sie die Schauspielerin nicht gebremst hatte, aber es ging alles viel zu schnell, und ihr Einspruch hätte sicherlich sowieso nichts genützt. »Also, die Filmszene, von der ich dauernd erzähle, geht ungefähr so«, sagte sie, als sie auf die Forststraße fuhren und anhielten. »Der aufdringliche Lover, der mich als Lockvogel zu den Mafia-Bossen schicken will, hat mich in meinem Versteck in einem Wochenendhaus entdeckt, und ich kann ihm nur mit Müh und Not entkommen. Von der Hütte führt eine breite Straße zum Highway, ungefähr wie hier, und ich schlage ihm ein Schnippchen, indem ich plötzlich in den Wald abbiege und zwischen den Bäumen verschwinde. Es entwickelt sich eine spannende Verfolgungsjagd, die sich über eine Folge hinzieht … aber was rede ich lange …«

Bevor Annie und Mark sie davon abhalten konnten, ließ Crystal den Motor aufheulen und raste mit Vollgas davon. Sie schien tatsächlich vor einem aufdringlichen Lover zu fliehen, so flach, wie sie über dem Lenker lag, und so entschlossen, wie sie ihr Snowmobil lenkte. Sie spielte wirklich die Szene durch, die sie gerade geschildert hatte, nutzte ihren gemeinsamen Ausflug für eine Generalprobe unter den Bedingungen, die im Film herrschen würden.

Mit dem Unterschied, dass es hier keine Tricks gab, die ihr das Leben leichter machten, auch keine Fangnetze und Schaumstoffmatten, wenn man vom Kurs abkam und irgendwo im Schnee landete, und schon gar nicht eine Stuntfrau, die einem zumindest einen Teil der Arbeit abnehmen konnte. Aus irgendeinem Grund hatte sie ihre helle Freude daran, ihren Kopf zu riskieren.

»Crystal! Bleiben Sie stehen! Das ist zu gefährlich!«

Annie raste der Schauspielerin hinterher, dicht gefolgt von Mark, der etwas später reagiert hatte. Mit

Vollgas versuchten sie Crystal einzuholen. Man würde ihnen den Kopf abreißen, wenn dem Hollywoodstar etwas zustieß.

Doch daran dachte Crystal nicht. Sie fuhr ebenfalls mit Vollgas, holte alles aus ihrem Snowmobil heraus, einem neuen Modell, das wesentlich schneller fuhr als Annies ältere Maschine, und blickte sich nur einmal nach ihnen um, voller Angst und Verzweiflung, wie es in dieser Szene von ihr verlangt wurde.

»Lass mich in Ruhe, Jack!«, rief sie. »Du kannst mir nichts befehlen!« Ein Satz aus dem Drehbuch, wie Annie erst sehr viel später herausfand. Genauso wie der nächste: »Hast du nicht gehört? Du sollst dich zum Teufel scheren!«

Das Drehbuch befahl ihr auch, sich nur wenige Sekunden nach diesem Satz in die Büsche zu schlagen und ihr Heil in einer wilden Flucht durch das Labyrinth der Bäume zu suchen. Annie und Mark rasten ihr hinterher, immer noch mit Vollgas, obwohl es langsam dunkler und die Fahrt immer riskanter wurde. Annie schaltete mit einer raschen Bewegung den Scheinwerfer ein, war Crystal dicht auf den Fersen und rief: »Crystal! Halten Sie endlich an, verdammt!«

»Du kriegst mich nicht, Jack!«, tönte sie.

Sie erreichten eine weite Lichtung, wie geschaffen für eine dramatische Filmszene, und ein gütiges Schicksal sorgte dafür, dass Crystal den Halt verlor und in den

Tiefschnee stürzte. Sie hatte noch größeres Glück als beim letzten Sturz, fiel weicher als in ein Sprungtuch, zog sich nicht mal eine Prellung zu und stieg unverletzt aus dem Schnee. Prustend blieb sie vor Annie stehen.

»Na, wie war ich?«, fragte die Schauspielerin.

»Nun ja …«, zögerte Annie.

»Zu realistisch?«

»Etwas«, räumte Annie ein. »Das hätte leicht ins Auge gehen können.«

»Sorry, aber ich musste das tun. Wenigstens dieses eine Mal.«

»Aber ab jetzt benehmen Sie sich«, warnte Annie, »sonst verpetze ich Sie bei Ihrer Managerin. Die würde dir gehörig den Kopf waschen, stimmt's?«

»Andrea? Sie würde mich nach Hause schicken.«

»Und jetzt?«, fragte Annie.

Crystal lächelte wie ein kleines Mädchen. »Jetzt fahren wir drei gesittet nach Hause, trinken Champagner und knabbern an leckeren Horsd'œuvres.«

»Hors was?«, fragte Mark.

»Horsd'œuvres«, wiederholte Crystal. »So nennt man kleine leckere Vorspeisen wie Balsamico-Tomaten, süße Oreo-Trüffel oder Goudaröllchen.«

»Ein Cheeseburger wäre mir lieber«, sagte Mark.

18

Als Annie nach dem Frühstück das Haus verließ und die Huskys vor den Schlitten spannte, wartete Lou bereits auf sie. Ihr Gesicht war vom frischen Wind gerötet. »Ich habe mich bei Phantom entschuldigt«, gestand sie kleinlaut. »Ich war wohl etwas übereifrig. In meinem Bekanntenkreis gibt es einen Mann, der seinen Golden Retriever tatsächlich vegan ernährt und nur Gutes darüber zu berichten weiß. Ich dachte, Phantom würde veganes Futter schmecken.«

»Mag sein, dass es Hunde gibt, die veganes Futter mögen, obwohl ich mir das nur schwer vorstellen kann. Mandelmilch auf keinen Fall, das ist mal sicher. Die ist Gift für Hunde, besonders wenn sie gezuckert ist. Aber bei Huskys ist das noch mal was anderes. Die könnten ohne Fleisch gar nicht existieren.«

Lou lächelte verlegen. »Ich weiß, wir Veganer schießen oft übers Ziel hinaus. Dann versuchen wir, anderen unsere Überzeugung aufzuzwingen. Ich nehme mich da nicht aus. Anschließend bin ich auch ziemlich wütend auf mich.«

»Immerhin waren Sie bei Phantom. Wie hat er reagiert?«

»Er hat leise gejault.«

»Das ist ein gutes Zeichen«, sagte Annie. Sie umarmte ihren Leithund und begrüßte ihn und die anderen mit einem freundschaftlichen Klaps. »Wollen Sie mitfahren?« Sie hatte bereits die Führungsleine ausgelegt und streifte den Hunden die Geschirre über. »Zum Mittagessen sind wir wieder zurück. Vier, fünf Stunden durch den Wald, sonst rosten mir die Huskys ein. Wir trainieren für ein Rennen, wissen Sie? Nichts Besonderes, aber ohne Training würden wir dort keinen Blumentopf gewinnen, geschweige denn einen der Pokale.«

»Wenn ich Ihnen nicht zur Last falle?«

»Unsinn! Sie sollen doch Ihren Spaß haben.«

Wenig später fuhren sie zum Fluss hinab. Lou saß in Decken gewickelt auf der Ladefläche des Schlittens und hielt sich am Rahmen fest, wirkte während der ersten Kilometer noch etwas unsicher, fand aber mit zunehmender Dauer immer größeren Gefallen an dem Ausflug und genoss ihn schließlich in vollen Zügen. »Hey, das ist cool!«, rief sie Annie zu, ohne sich umzudrehen. »Und diese Huskys, die bewegen sich wirklich toll ... wie Rennpferde. Da sieht man jeden Muskel.« Sie sah ihnen eine Weile zu. »Und es macht ihnen gar nichts aus?«

»Den Huskys?« Annie lachte. »Die wären sauer, wenn ich sie nicht durch den Schnee jagen würde. Ein größeres Vergnügen können sie sich gar nicht vorstellen. Ich weiß, dass Sie ein Herz für Tiere haben. Das habe ich auch. Ich würde niemals etwas tun, was den Huskys schaden könnte. Sie brauchen ihnen doch nur in die Augen zu blicken. Die freuen sich wie kleine Kinder.«

Sie nahm denselben Trail wie mit den Snowmobilen, trieb ihr Gespann über die breite Forststraße, überquerte den Fluss aber weiter südlich und folgte dann einem alten Jagdpfad, der sich in zahlreichen Windungen durch einen dichten Fichtenwald zog. Er gehörte zum offiziellen Trail der *Robson Jubilee*, den die Veranstalter vor einigen Tagen festgelegt und allen Teilnehmern gemailt hatten. Eine anspruchsvolle Strecke, die durch dunkle Wälder und über Lichtungen und hügeliges Land in den Ausläufern des Mount Robson führte.

Auch weil sie ein Gespann besaß, das schon etwas älter und in letzter Zeit keine Rennen gefahren war, gewöhnte sie ihre Huskys nur ganz allmählich an die Strecke. Jeden Morgen kam ein anderes Teilstück dran. Bis die vollen fünfzig Kilometer an der Reihe waren, würden noch einige Tage ins Land ziehen. Sie durfte ihre Hunde nicht überfordern, musste auch an ihre Gesundheit denken.

Sie hatte Lou nicht belogen. Auch ihre Huskys waren gerne unterwegs und tobten sich am liebsten bei Wind und Wetter aus. Aber gerade weil einige ihrer Hunde schon älter waren, ließ sie ihr Gespann alle paar Tage von einem Tierarzt untersuchen. Nur wenn er grünes Licht gab, machte sie weiter. »Machen Sie sich keine Sorgen«, hatte Doc Fisher ihr beim letzten Besuch gesagt, »Ihre Huskys sind fitter als die meisten anderen Hunde, die ich kenne. Phantom hat sich bestens erholt. Ein Prachthund! Ich bin sicher, mancher Musher wäre froh, einen so intelligenten und kräftigen Leithund in seinem Gespann zu haben. Mit Ihren Hunden haben Sie einen tollen Fang gemacht, Annie.«

Der Teil der Strecke, den sich Annie für diesen Morgen ausgesucht hatte, stellte besonders hohe Anforderungen an sie und ihr Team. Weil der Trail teilweise unter hohen Schneewehen versteckt lag, musste sie häufig runter von den Kufen und anschieben und nicht selten sogar ihre Schneeschuhe anschnallen, um den Weg für die Huskys zu ebnen. Das konnte einer Musherin und einem Musher sogar während des Rennens passieren, wenn es schneite.

»Ich wusste gar nicht, dass es so anstrengend sein kann, einen Hundeschlitten zu lenken«, wunderte sich Lou. »Kann ich Ihnen irgendwie helfen? Ich weiß natürlich, dass ich nichts von dieser Sache verstehe. Soll ich absteigen, damit der Schlitten nicht so tief einsinkt? Kann ich denn wirklich nichts tun?«

»Bleiben Sie ruhig sitzen, damit helfen Sie mir am meisten«, erwiderte Annie. »Ich komme schon zurecht. Beim Rennen bin ich schließlich auch allein.«

»Es ist mir irgendwie … unangenehm.«

»Das braucht es nicht. Bleiben Sie locker, Lou!«

Erst nach einigen Kilometern stießen sie auf die Spuren eines anderen Mushers, der von der anderen Seite gekommen sein und nördlich des Flusses gewendet haben musste. An den Spuren erkannte sie, dass nur wenig Zeit seit seinem Auftauchen vergangen sein konnte, die Ränder der Abdrücke waren noch nicht eingefallen. Was das bedeutete, stand in jedem Indianerroman.

Sie kniff die Augen gegen den leichten Schneefall zusammen und glaubte das Flackern eines Feuers zwischen den Bäumen zu erkennen. »Da ist jemand«, sagte sie. Nur einen winzigen Augenblick dachte sie an Simon Taylor und die Möglichkeit, dass er doch nicht nach Hause gefahren war, doch so dumm würde nicht mal er sein. Zumindest seinen Eltern war wohl inzwischen klar, dass er großen Ärger bekommen würde, wenn er nicht verschwand. Mark war am Handy sehr deutlich gewesen. »Das ist sicher ein anderer Musher. Seitdem der Trail für das Rennen bekannt ist, trainieren die meisten auf dieser Strecke.«

Sie behielt recht. Aus der Ferne war bereits das aufgeregte Jaulen eines Husky-Gespanns zu hören, und je näher sie einer Lichtung kam, desto lauter wurde es. Der Musher hatte seinen Schlitten am Waldrand geparkt und saß auf einem umgestürzten Baumstamm, eine handgeschnitzte Pfeife im Mund. Er trug einen langen Fellmantel und hatte seine Kapuze über den Kopf gezogen. Im Halbdunkel waren ein verschmitztes Lächeln und ein Schnurbart zu erkennen. Auf einem Stein am Feuer stand ein kleiner Topf mit Nudelsuppe.

»Hey«, rief er, »so hübschen Besuch hatte ich schon lange nicht mehr.«

Annie fuhr ebenfalls zum Waldrand und verankerte den Schlitten unter einer mächtigen Fichte. »Hey«, grüßte sie zurück. Sie wischte sich einige Schneeflocken aus dem Gesicht. »Sind Sie nicht Charly Maxwell?« Sie erwiderte sein Lächeln. »Na klar sind Sie Charly Maxwell. Sie waren beim letzten Yukon Quest unter den Top Ten, nicht wahr? Achter, soweit ich weiß.«

»Fünfter«, verbesserte er sie. »Und wenn einer meiner Hunde nicht schlappgemacht hätte, wäre ich sogar Vierter oder Dritter geworden. Und Sie sind?«

»Annie Baldwin«, stellte sie sich vor. »Meinen Eltern gehört die Rainbow Lodge. Ich verbinde das Angenehme mit dem Nützlichen, zeige unserer Besucherin die Schönheiten der Natur und trainiere für die *Robson Jubilee*.«

»Lou Cameron«, kam es vom Schlitten.

»Freut mich. Wollen Sie was von meiner Nudelsuppe?«

»Die duftet wirklich gut«, musste Lou zugeben.

»Das will ich doch meinen«, sagte Charly, »es ist genug für alle da.« Er lud sie mit einer ausholenden Bewegung auf seinen Baumstamm ein. »Nehmen Sie Platz, meine Damen. Es macht Ihnen hoffentlich nichts aus, mit mir von einem Teller zu essen, ich hab leider nur einen.« Er säuberte das Essgeschirr im Schnee und reichte es Annie. »Das hat meine Akeya heute Morgen für mich gekocht.«

»Das ist sehr freundlich von Ihnen, Charly, aber ...«

»Lou ist Veganerin«, half Annie ihr. »Veganer essen kein ...«

Charly erstickte den Rest ihres Satzes mit einem lauten Lachen. »Ich weiß, was Veganer dürfen und nicht dürfen. Um Gottes willen kein Fleisch oder Fisch, keine Milch, kein Käse und keine Eier, möglichst nur Obst und Gemüse, aber auf keinen Fall in Fleischbrühe gegart, überhaupt nichts, was von Tieren kommt und einigermaßen gut schmeckt, sodass ich mich lange Zeit gefragt habe, was diese Menschen an Weihnachten und anderen Festtagen machen, wenn alle anderen Leute fettes Zeug und haufenweise Schokolade essen.« Er lachte wieder, beinahe wie der Nikolaus im Fernsehen. Fehlte nur noch, dass er »Ho, Ho, Ho!« rief. »Lassen Sie sich's schmecken, junge Frau!«

»Wie bitte?« Lou blickte in die Nudelsuppe.

»Meine Akeya lebt schon seit zwanzig Jahren vegan«, erklärte er. »Stellen Sie sich das vor, eine Indianerin, die vegan isst. Damals gab's noch gar kein Wort dafür und die Schickeria hatte veganes Essen auch noch nicht entdeckt. Ich wehrte mich natürlich, schoss jeden Herbst einen Elch und musste ihn ganz allein aufessen. Aber das gab sich im Laufe der Jahre. Ehrlich gesagt, schmeckt mir das vegane Zeug gar nicht so schlecht. Hier draußen gibt's genug Kräuter, mit denen man jedes Gemüse schmackhaft zubereiten kann. Nun ja, und wenn ich unterwegs bin, kocht sie mir immer was vor und gibt es mir mit.« Er deutete in den Topf. »Das sind Vollkornnudeln mit Gemüse, Lady!«

»Und die schmecken?«, fragte Annie neugierig.

»Probieren Sie!«

Die Nudeln schmeckten tatsächlich und zauberten vor allem Lou ein zufriedenes Lächeln ins Gesicht. »So gute Gemüsenudeln habe ich noch nie gegessen!«, staunte sie. »Ihre Frau muss mir unbedingt das Rezept verraten.«

»Kommen Sie uns besuchen, in Valemount kennt uns jeder.«

»Ich nehme Sie beim Wort, Charly.«

»Und Sie wollen auch die *Robson Jubilee* gewinnen?«, fragte Charly. Er hatte den Tabak in seiner Pfeife entzündet und blickte sie neugierig an. Er gehörte zu den

Männern, deren Alter man schwer schätzen konnte. Fünfzig, sechzig, vielleicht sogar siebzig. »Ihre Huskys sind nicht mehr die jüngsten.«

»Ich weiß«, erwiderte sie. »Ich denke olympisch.«

»Dabei sein ist alles?«

»Ich hab Harris das Rennen vorgeschlagen und ihn und seine Lodge herausgefordert. Wäre peinlich, wenn wir die Rote Laterne gewinnen würden.«

Er betrachtete ihre Hunde genauer. »Die sind aber nicht chancenlos.«

»Meinen Sie wirklich?«, fragte sie hoffnungsvoll. »Sie haben tatsächlich einige Jahre auf dem Buckel, und ich wäre, ehrlich gesagt, schon froh, wenn ich ins Ziel käme und einigermaßen bei dem Rennen abschneiden würde.«

»Das sind die Huskys von Old Jules, nicht wahr?«

»Ich hab sie ihm abgekauft.«

»Dann muss er ein Faible für Sie haben«, sagte Charly. »Er hat seine Hunde geliebt und wollte, dass sie in gute Hände kommen. Phantom ist einer der besten Leithunde, die ich kenne. Beim Sprint ist er nicht mehr der Allerschnellste, aber immer noch ausdauernd und wetterfest. Und die anderen brauchen sich auch nicht zu verstecken. Wenn Sie die richtig trainieren, könnte es klappen.«

»Meinen Sie wirklich?«

»So wahr ich hier sitze, Lady.«

»Sind Sie ein Freund von Old Jules?«

Er paffte ein paarmal. »Das will ich doch meinen. Wir waren oft zusammen auf der Jagd und haben uns ein paarmal gegenseitig das Leben gerettet. Old Grey, den größten Grizzly, den ich je in Kanada gesehen habe … und ich bin viel herumgekommen, das kann ich Ihnen sagen … also, diesen Old Grey mussten wir uns so oft vom Leib halten, dass ich gar nicht mehr weiß, wie oft wir auf den geballert haben. Immer gerade so viel, dass der andere seinen Pranken entkam. Soweit ich weiß, lebt Old Grey immer noch.« Er paffte wieder. »Egal, unterwegs hab ich seine Hunde gut kennengelernt, und ich hab mir oft gewünscht, er hätte mit ihnen am Yukon Quest teilgenommen.«

»Das ist eine Weile her.«

»Strengen Sie sich an! Sie haben mehr als die Rote Laterne verdient.«

»Aber gegen Sie hab ich keine Chance.«

»Darüber hab ich gerade nachgedacht, Lady.« Er paffte ein paarmal nachdenklich und nahm die Pfeife aus dem Mund. »Ihren Eltern gehört die Rainbow Lodge, sagen Sie? Die familiäre Lodge am Lost River? Dann sind Sie doch sicher nicht gut zu sprechen auf diesen neuen Wellness-Tempel am Highway. Solche Riesen-Unternehmen wie die wollen doch alles an sich reißen.«

»Harris war bei uns. Rupert W. Harris, der Manager. Er sagt, dass wir eine unterschiedliche Klientel ansprechen, und irgendwie stimmt das ja auch. Aber wir trauen dem Braten nicht, deshalb haben wir jetzt auch im Winter geöffnet. Und natürlich wissen wir auch, dass er uns mit der Robson Jubilee eins auswischen will. Das Rennen soll eine große Werbeveranstaltung für seine Wellness Lodge werden und uns zurückdrängen. Unsere Lodge soll ein Checkpoint werden, aber Start und Ziel liegen natürlich auf seinem Land.«

Charly ging ein Licht auf. »Deshalb der ganze Aufwand.«

»Ich verstehe nicht …«

»Eigentlich hatten sich zu dem Rennen nur Lokalmatadoren angemeldet«, erklärte er, »alles Musher, die Sie schlagen können. Aber mir und zwei anderen Mushern, die beim Quest ganz vorn gelandet waren, versprach er einen Extra-Gewinn, wenn wir die vorderen Plätze belegen würden. Eigentlich nichts Böses, er will halt bekannte Namen, aber wir sollen auch dafür sorgen, dass Sie auf einem der hinteren Plätze landen. Ich dürfte Ihnen das gar nicht erzählen, aber ich mag's nicht, wenn jemand falschspielt. Als ob ein riesiger Konzern es nötig hätte, eine kleine Lodge auf diese miese Weise zu demütigen.«

»Vielleicht sollte ich gar nicht mitmachen«, sagte Annie.

»Unterstehen Sie sich! Selbst wenn Sie Letzte würden …«

»... zeigen alle Fotos den Manager der Wellness Lodge und die bekannten Musher vom Yukon Quest, und hinter ihnen leuchtet das Logo der Wellness Lodge. Das ist nur ein kleiner Dämpfer, aber der wird uns zu schaffen machen.«

»Abwarten«, sagte Charly, »noch ist das Rennen nicht gelaufen, und wie sagte meine Oma immer: Man soll das Fell des Bären nicht verteilen, bevor er erlegt ist. Dann könnte man nämlich eine bittere Enttäuschung erleben.«

»Wildnis-Politik«, lästerte Annie, als sie das verwunderte Gesicht ihrer Begleiterin sah. »Selbst in der finstersten Provinz wird mit harten Bandagen gekämpft.« Sie wusch den Teller sauber, den Lou ihr weitergereicht hatte, und gab ihn Charly zurück. »Danke für alles, Charly. Es war mir eine Ehre.«

Die beiden Gespanne bellten und jaulten um die Wette, als Annie auf der Lichtung wendete und winkend in den Fichtenwald zurückfuhr. Auf dem Trail, den sie selbst geebnet hatte, kam sie besser vorwärts, auch eine Erholung für die Huskys, die am frühen Morgen alles gegeben hatten. Besonders Wonder Woman, die starken Hunden wie Batman und Thor hoffnungslos unterlegen war, genoss den leichten Abstieg und ließ sich sogar dazu hinreißen, sich zu Iron Man umzudrehen und ihm zu zeigen, was sie von ihm hielt. Die beiden verstanden sich nicht immer. Iron Man, einer der intelligentesten Huskys in ihrem Gespann, nahm es gelassen hin und rannte unverdrossen weiter.

»Wollen Sie auch mal fahren?«, fragte Annie auf der Forststraße.

»Ich weiß nicht …«, sagte Lou zögerlich.

»Versuchen Sie's ruhig mal. Ich bleibe bei Ihnen, okay?«

Annie hielt Lou den gleichen Vortrag wie der Schauspielerin, blieb aber hinter ihr auf den Kufen stehen, um einen Sturz wie bei Crystal zu vermeiden. Lou stellte sich auch wesentlich ungeschickter als Crystal an, hatte aber riesigen Spaß daran, das Gespann zusammen mit Annie zu lenken und die unbändige Kraft zu spüren, mit der die Huskys den Schlitten zogen. Es war ein vollkommen anderes Gefühl, auf den Kufen zu stehen und selbst zu lenken.

Nach ein paar Hundert Metern übernahm wieder Annie und fuhr im gemächlichen Tempo auf die Lodge zu. Die Huskys hatten sich genug verausgabt. Die Neuigkeiten, die sie von Charly erfahren hatte, ärgerten sie immer noch. Die heimlichen Winkelzüge von Harris waren nur schwer zu verdauen. Doch gleichzeitig freute sie sich über die Offenheit des erfolgreichen Mushers und seine lobenden Worte über ihr Gespann. Anscheinend hatte ihr Old Jules einen größeren Gefallen getan, als sie vermutet hatte. Seine Hunde waren Gold wert und hätten auf dem freien Markt wohl ein Vermögen gebracht.

Ihr Magendrücken wurde noch schlimmer, als sie sich der Lodge näherten. Vor dem Haus stand ein Streifenwagen der Mounties mit flackernden Warnlichtern. Ein Constable stieg aus und näherte sich ihren Eltern, die beide in der offenen Tür standen und den Officer mit düsterer Miene begrüßten.

»Was ist denn da los?«, wunderte sich Lou. »Die Polizei?«

Annie ahnte bereits, welchen Tiefschlag ihr die Worte des Constable versetzen würden, sie spannte ihre Huskys aus und versorgte sie, bevor sie widerwillig das Haus betrat. Im Aufenthaltsraum standen ihre Eltern, die beiden Paare, die mit ihrem Vater auf der Snowmobiltour gewesen waren, und Mark.

»Was sagen Sie zu dem Vorwurf, Mark?«, fragte der Constable.

19

»Ich war es nicht«, beteuerte Mark, »ich habe den Umschlag nicht genommen! Ich wusste doch nicht mal, dass es ihn gibt! Woher sollte ich auch wissen, dass Sie Ihr Geld in Briefumschlägen aufbewahren? Und selbst wenn ich es gewusst hätte, wäre ich doch bescheuert, wenn ich es gestohlen hätte!«

Der Constable blieb unbeeindruckt. »Wenn Sie wüssten, wie viele Verbrecher wegen solcher bescheuerter Taten hinter Gittern sitzen, würden Sie sich wundern. Ich habe mal einen Mann verhaftet, der vor zahlreichen Zeugen einer Frau die Handtasche stahl, dabei von einer Überwachungskamera gefilmt wurde und mir trotz allem weismachen wollte, dass er's nicht gewesen war.«

»Ich bin kein Verbrecher!«, wehrte sich Mark.

Annie hatte ungläubig zugehört und konnte sich nicht länger beherrschen. »Was ist denn hier los?«, platzte sie in das Verhör. »Wollen Sie allen Ernstes behaupten,

Mark hätte Geld gestohlen?« Sie blickte die beiden Pärchen an. »Mark ist kein Dieb! Niemals! Dafür muss es eine andere Erklärung geben.«

Mandy blickte ihren Mann an. Die Situation schien beiden unangenehm zu sein. Sie standen ungern im Mittelpunkt, wie sie während des Abendessens berichtet hatten, trieben Sport und meditierten viel und hatten wohl auch deswegen eine der neuen Blockhütten bezogen. Das andere Pärchen wohnte nebenan, weit genug von der luxuriösen Hütte entfernt, in der Crystal Heart auf ganz spezielle Sonderrechte pochte, täglichen Champagner zum Beispiel.

»Wir hätten die Polizei nicht gerufen, wenn wir nicht absolut sicher wären«, sagte Jack Larson. Er war eigentlich ein umgänglicher Zeitgenosse, der am liebsten seine Ruhe hatte. »Tut mir leid, aber er muss es gewesen sein.«

»Das ist nicht wahr! Mark ist kein Dieb!«, rief Annie.

Jack blieb relativ ruhig. »Wir wissen, dass Mark kein unbeschriebenes Blatt ist«, sagte er. »Wenn ich es richtig verstanden habe, war er in Prince George mit einer Jugendbande unterwegs und hat hilflose Frauen überfallen.«

»Eine Frau«, verbesserte ihn Annie. »Einzahl … nicht Mehrzahl. Aber es stimmt, die Tat war unverzeihlich, und er bereut sie sehr.« Sie wechselte einen raschen Blick mit Mark, der den Tränen nahe war. »Neulich war er sogar bei der verletzten Frau und hat sich in aller Form entschuldigt.«

»Das ist ja wohl das Mindeste«, sagte Jack.

»Er selbst hat nicht zugeschlagen, aber er war dabei und fühlt sich auch verantwortlich für die Tat. Er verbringt hier nicht seinen Urlaub. Er hilft uns bei der Arbeit und versucht, in der Natur auf andere Gedanken zu kommen.«

»Und das klappt?«, fragte Mandy.

»Mark ist ein guter Junge«, warf Annies Mutter ein. »Selbst in einer eher friedlichen Stadt wie Prince George gibt es zahlreiche Versuchungen, und es ist manchmal leicht, auf die schiefe Bahn zu geraten. Ich hatte eigentlich den Eindruck, dass Mark sich hier draußen gefangen hat, und wäre sehr traurig, wenn ich mich irren würde. Ich wünschte mir, er wäre unschuldig.«

»Das bin ich auch! Ich bin unschuldig!«, rief Mark.

»Das sind doch alles Vorurteile!«, schimpfte Annie.

»Leider spricht alles gegen den Jungen«, erklärte ihr Vater. Er versuchte, sie mit seinem Blick zu beruhigen. »Heute Morgen habe ich Mark gebeten, in den Blockhütten sauber zu machen. Judy musste zu einer Beerdigung. Vor dem Frühstück hatte Mandy den Umschlag noch in der Hand. Sie und ihr Mann bewahren ihre eiserne Reserve in dem Umschlag auf. Anschließend hat sie ihn auf den Nachttisch gelegt. Als sie am späten

Vormittag von einer Schneeschuh-Wanderung zurückkehrten, war der Umschlag nicht mehr da.«

»Den kann jeder genommen haben!«, sagte Annie.

»Eben nicht«, widersprach ihr Vater, »ich hatte den ganzen Morgen vor den Hütten zu tun und hatte sie ständig im Auge. Außer Mark war niemand bei den Larsons. Einen eindeutigeren Beweis kann ich mir nicht vorstellen.«

»Ich habe das Geld nicht gestohlen!«, beteuerte Mark.

»Es muss eine andere Erklärung dafür geben«, sagte Annie.

Der Constable war ein nüchterner Mann, der sich nicht von Gefühlen leiten ließ. »Wie viel Geld war denn in dem Umschlag?«, fragte er die Larsons.

»Fünfhundert Dollar«, antwortete Jack. »Kanadische Dollar.«

»Und Sie haben das Geld offen herumliegen lassen?«

»In einem Umschlag«, verbesserte ihn Jack. »Schon klar, wir hätten den Umschlag mit dem Geld in den Safe der Lodge legen sollen, dann hätte ihn auch niemand stehlen können. Unseren Verlust ersetzt keine Versicherung. Wir sind selbst schuld, dass das Geld weggekommen ist. Woher sollten wir auch wissen, dass hier ein Dieb sein Unwesen treibt? Auch wenn der Umschlag offen auf dem Nachttisch lag, bleibt es Diebstahl, und die Polizei ist verpflichtet, den Schuldigen zur Verantwortung zu ziehen. Stimmt doch, oder?«

»Aber ich habe das Geld nicht genommen!« Mark war verzweifelt und hatte bereits Tränen in den Augen. »Wie oft soll ich das denn noch sagen?« Er blickte Annies Vater an. »Ich habe in der Hütte sauber gemacht, wie Sie's mir gesagt haben, und bin anschließend zu den Pferden runtergegangen und habe Megan und ihrer Mutter beim Reiten zugesehen. Sie dürfen mich nicht verhaften!«

»Dann haben Sie ja sicher nichts dagegen, dass ich Ihr Zimmer durchsuche«, erwiderte der Constable. Sein Interesse an dem Fall hielt sich in Grenzen und er spulte lediglich das übliche Programm herunter. »Irgendwo muss das Geld ja sein.« Er wandte sich an die Larsons. »Fünf Hunderter, sagen Sie? Hatten Sie die Scheine markiert? Würden Sie das Geld sonst wie erkennen?«

»Es waren brandneue Scheine«, sagte Mandy.

»Ich hab nicht mal einen Hunderter dabei«, wehrte sich Mark. Er ließ den Constable in sein Zimmer und blieb in der Tür stehen. »Ich hab das Geld nicht! Meinetwegen können Sie das ganze Zimmer auf den Kopf stellen.«

Annie war bei ihrem Vater und den beiden Pärchen geblieben. Ihre Mutter war in der Küche und bereitete den Eintopf für das Mittagessen vor. Inzwischen waren auch Lou und zwei neue Gäste gekommen und durch das Fenster waren bereits Megan und ihre Mutter zu sehen. Sie kamen von der Koppel herüber und hatten die beiden Oldtimer im Schlepptau. Walkers Hund bellte.

»Mark hat das Geld nicht gestohlen!«, betonte Annie noch mal. Sie sah ihren Vater an. »Ich bin sicher, es ist alles nur ein Missverständnis und der Umschlag mit dem Geld taucht wieder auf.« Sie blickte die Larsons beinahe flehentlich an. »Verzichten Sie auf die Anzeige ... bitte ... zur Not zahle ich Ihnen die fünfhundert Dollar von meinen Ersparnissen zurück.«

»Sie sind in den jungen Mann verliebt, nicht wahr?«, fragte Mandy.

Annie wurde rot. »Er ... er hat es nicht getan.«

»Wenn man einen Menschen mag, sieht man vieles durch die rosarote Brille«, sagte ihr Vater. »Woher willst du wissen, dass er das Geld nicht genommen hat? War es ein Geist? Es kann sich schließlich nicht in Luft auflösen.«

»Es muss eine andere Erklärung dafür geben«, hoffte Annie.

»Nichts«, sagte der Constable, als er Marks Zimmer durchsucht hatte. »Was natürlich nichts heißen muss. Das Geld kann überall sein. Aber selbst wenn wir es finden würden, ist nicht gesagt, dass die Beweise vor Gericht ausreichen.« Er wandte sich an die Larsons. »Wollen Sie wirklich Anzeige erstatten? Vielleicht sollten Sie erst einmal versuchen, die Sache intern zu klären.« Der

Constable war anscheinend selbst daran interessiert, um den Papierkram herumzukommen. »Vielleicht erkennt der Dieb seinen Fehler und legt den Umschlag wieder zurück.«

»Bitte!«, flüsterte Annie so leise, dass es kaum jemand hören konnte.

»Sie haben recht«, erlöste sie Jack Larson, »vielleicht ist es wirklich besser so. Wir geben dem Dieb die Gelegenheit, seinen Fehler wiedergutzumachen, und verzichten dafür auf eine Anzeige. Unsere Hütte steht offen, und Mandy und ich fahren heute Nachmittag nach Valemount, um ein paar Kleinigkeiten einzukaufen. Wenn das Geld nach unserer Rückkehr wieder auf dem Nachttisch liegt, tun wir so, als wäre nichts gewesen. Wenn nicht, erstatten wir Anzeige.«

»Das ist eine gute Idee«, sagte der Constable. »Wenn ich der Dieb wäre, würde ich drei Kreuze schlagen und den Larsons auf Knien danken.« Er verabschiedete sich, stieg erleichtert in seinen Streifenwagen und fuhr zum Highway zurück.

Beim Mittagessen ließ Mark sich nicht blicken. Der Diebstahl war natürlich Thema, weniger bei den Larsons als bei den anderen Gästen, die sich jedoch nur flüsternd darüber unterhielten. Annie saß bei Lou, die vor dem Fleischgeruch an den Katzentisch geflohen war und ihren Salat genoss, und bekam kaum etwas von den Unterhaltungen mit, erkannte aber an den verstohlenen

Blicken der Gäste, dass die meisten den Jungen für schuldig hielten.

»Einmal schuldig, immer schuldig«, sagte Lou leise.

»Jetzt fangen Sie auch schon an!«

»Ich sage nur, wie es ist«, erklärte Lou. »Sie alle wissen, was Mark in Prince George angestellt hat, und können sich nicht vorstellen, dass er sich inzwischen in einen Unschuldsengel verwandelt hat. Ich übrigens auch nicht.«

Annie musste zugeben, dass es auch ihr schwerfiel. Wenn man die Sache nüchtern betrachtete, konnte nur er das Geld genommen haben. Vielleicht nur gedankenlos oder in der Absicht, es in eine Schublade zu legen, aber ein anderer kam für die Tat nicht infrage. Es sei denn, ein geheimnisvoller Wolf war in die Hütte eingedrungen und hatte den Umschlag entwendet. Bei dem Gedanken musste sie lächeln. Das wäre eine abenteuerliche Geschichte, die man den Lodge-Gästen noch in hundert Jahren am Lagerfeuer erzählen könnte.

Nur weil es unhöflich gewesen wäre, den Mittagstisch frühzeitig zu verlassen, blieb Annie bis zum Nachtisch sitzen. Sie half noch beim Servieren der bunten Cupcakes, brachte Lou einen Bio-Apfel und verließ das Haus. Sie spürte die Blicke der anderen Gäste, vor allem aber die ihrer Eltern im Rücken. Auch sie glaubten an die Schuld des Jungen, auch wenn sie sich das Gegenteil wünschten. Wahrscheinlich hatten sie schon jetzt Angst davor, den Eltern des Jungen gegenüberzutreten. Susan

Donovan würde jede Verfehlung ihres Jungen auf ihre Eltern und auch auf sie schieben, da war sie sich sicher.

Annie brauchte nicht lange nach Mark zu suchen. Er hockte auf einem Felsbrocken am nahen Flussufer und blickte über das aufgeworfene Eis hinweg. Er war so in Gedanken versunken, dass er sie erst bemerkte, als sie sich neben ihn setzte. »Ich hab mir schon gedacht, dass du hier bist«, sagte sie.

»Scheißspiel!«, schimpfte er so leise, als hätte er Angst, die beinahe andächtige Stille zu stören. »War doch abzusehen, dass die Sache schiefgeht.«

»Wer sagt denn, dass sie schiefgegangen ist?«

Er vermied es, sie anzublicken. »Ich sage das. Was meinst du denn, was passiert, wenn das Geld bis heute Abend nicht wieder auftaucht? Die Larsons werden mich anzeigen und ich wandere in den Knast. Die Mounties brauchen sich doch nur meine Akte anzusehen. Da steht drin, dass ich bei einem Überfall auf eine hilflose Frau dabei war, und wenn sie dann noch das Foto der armen Frau sehen, ist es endgültig vorbei. Dann zweifelt niemand mehr an meiner Schuld und ich bekomme die Höchststrafe. Ich bin volljährig, ich komme nicht mal in den Jugendknast. Ich muss zu den Erwachsenen, und man weiß ja, wie es da zugeht. Wenn ich rauskomme, bin ich erledigt. Oder glaubst du, irgendjemand gibt einem Schläger und Dieb wie mir einen Job? Niemals!«

»Du hast das Geld nicht genommen.«

»Das sagst du so, aber du glaubst es nicht.«

Er hatte recht, es sprach tatsächlich einiges dafür, dass er das Geld gestohlen hatte. Aber warum? Warum ging er unnötig ein Risiko ein? Warum nahm er in Kauf, dass genau das passierte, was er eben beschrieben hatte? So dumm konnte man doch gar nicht sein. Warum setzte er seine Zukunft aufs Spiel?

»Ich war es nicht«, sagte er nach einer längeren Pause. »Ich schwöre bei allem, was mir heilig ist, dass ich das Geld nicht genommen habe. So dumm bin ich nicht, Annie! Ich hab dich doch lieb. Ich will mit dir zusammen sein und nicht in irgendeinem Gefängnis darauf warten, dass die Jahre vergehen.«

»Ich hab dich auch lieb, Mark.« Sie legte ihren Kopf an seine Schulter und wehrte sich nicht, als er einen Arm um sie legte und sie fest an sich drückte. »Ich weiß, dass du kein Schläger bist. Und du bist auch kein Dieb. Das wird sich schon alles irgendwie aufklären. Unschuldige landen nicht im Gefängnis.«

»Manchmal schon.«

»Du nicht.«

Er küsste sie auf die Schläfe. »Am liebsten würde ich mit dir abhauen. In eine einsame Hütte in der Wildnis. Weg von allen Leuten, die auf mir rumhacken und mich für einen Verbrecher halten. Weg von meinen Eltern und der Polizei und dem Gefängnis. Ich hab gehört, solche Hütten gibt es.«

»Einsame Hütten?« Sie spürte die Wärme seines Körpers. »Ja, die gibt es tatsächlich. Meist haben sie früher irgendwelchen Fallenstellern gehört. Am Lost River gibt es zwei oder drei. Aber die stehen nur noch für Notfälle da.«

»Wir sind ein Notfall.«

»Bei den meisten sind die Dächer und manchmal auch die Wände eingefallen. Jede Baracke ist schöner. Ich fände es viel toller, wenn sich der Diebstahl aufklären würde und wir hier so weitermachen könnten wie bisher. Und danach kriegst du sicher einen Job in Valemount, irgendwo in der Nähe, damit wir es nicht zu weit zueinander haben und uns gegenseitig besuchen können.«

»Träum weiter«, sagte Mark.

»Du musst nur daran glauben«, widersprach Annie.

Sie kehrten gemeinsam zur Lodge zurück und spürten die neugierigen Blicke der Gäste auf sich, die bei den Pferden waren oder die Schneemann-Familie um zwei Kinder und einen Hund erweiterten. Megan saß schon wieder auf ihrem geliebten Pony und versuchte sich beim Barrel Racing, ihre Mutter hantierte mit dem Lasso und jubelte übermütig, als sie Walker mit dem Lasso einfing. »Na, was sagen Sie jetzt, Mister Texas Ranger?«, rief sie.

»Ich sehe mal in dem Schuppen nach dem Rechten«, sagte Mark.

Annie nickte nur und ging ins Haus, um ihrer Mutter bei der Vorbereitung des Abendessens zu helfen. Kartoffelschälen gehörte nicht gerade zu ihren Lieblingsbeschäftigungen, aber einer musste es schließlich tun. Ihre Mutter schnitt das Fleisch für den frischen Eintopf in mundgerechte Stücke und putzte das Gemüse, das sie am frühen Morgen aus der Kühltruhe genommen hatte. Annie war keine großartige Köchin und bewunderte ihre Mutter, die einen einfachen Eintopf so raffiniert würzte, dass er wie ein Festmahl schmeckte.

Sie redeten über Mark und waren danach genauso schlau wie vorher. Annie erzählte von ihrer Begegnung mit Charly Maxwell, seiner veganen Ehefrau und dem, was der Musher über die Motive von Rupert W. Harris gesagt hatte. »Er will den ganzen Event für sich nutzen und heuert erfahrene Musher an, um sich die Pokale für sein Wellness-Team zu sichern. Ich soll mit meinen Hunden auf einem der hinteren Ränge landen, aber da hat er sich geschnitten. Charly sagt, meine Huskys wären gut in Schuss und hätten eine echte Chance.«

»Du willst da einen Preis gewinnen?«

»Ich will ihm zumindest zeigen, dass wir keine Loser sind.«

Sie waren so sehr in ihre Arbeit und ihre Unterhaltung vertieft, dass sie gar nicht merkten, wie schnell die Zeit verging. Es war bereits nach vier, als Annies Vater zur Tür hereinblickte. »Ich gehe mit unserem Hollywoodstar zu den Pferden rüber«, sagte er, »sie will unbedingt wie ein Cowgirl reiten.«

»Na, dann viel Spaß.«

»Ach, übrigens ... habt ihr Mark gesehen?«

»Mark? Wollte er nicht die Snowmobile checken?«

»Das hat er zumindest behauptet«, antwortete Annies Vater, »aber bei den Snowmobilen ist er nicht, und ich bilde mir ein, dass eines fehlt. Ich hab den starken Verdacht, dass er sich aus dem Staub gemacht hat. Vielleicht ist er doch nicht so unschuldig, wie er tut.« Er blickte seine Tochter an. »Ich muss mich leider um unseren Star kümmern. Wie wär's, wenn du nach ihm suchen würdest? Hängt die Sache auf keinen Fall an die große Glocke. Das muss niemand wissen, okay?«

»Geht klar, Dad.«

»Als ob wir nicht schon genug Probleme hätten.«

Ihr Vater trat ins Freie, und sie beobachteten durchs Fenster, wie er mit Crystal Heart und ihrer Managerin zu den Pferden ging. Andrea Flores machte einen unglücklichen Eindruck, sie schien sich auf der Lodge überhaupt nicht und in der Gegenwart von Tieren schon gar nicht wohlzufühlen. Sie gehörte definitiv ins mondäne Beverly Hills, mehr noch als Crystal Heart selbst.

Annie wischte sich die Hände mit einem Küchentuch trocken. »Tut mir leid, Mom, aber ich breche lieber sofort auf«, sagte sie. »Ich hab so eine Ahnung, wo Mark stecken könnte, und möchte keine Zeit verlieren. Ich nehme den Hundeschlitten, damit komme ich besser vorwärts, und er hört mich nicht.«

»Wie lange willst du denn wegbleiben?«

»So lange, bis ich ihn gefunden habe. Vielleicht auch über Nacht.«

»Dann bringe ich dir gleich noch Vorräte raus.«

Annie schlüpfte in ihren Anorak und ging mit ihrer restlichen Winterkleidung zum Schlitten. Die Huskys spürten, dass eine unplanmäßige Tour bevorstand, und jaulten und bellten um die Wette. Der größte Teil der Ausrüstung war bereits verstaut. Im Kopf ging sie noch einmal die Liste der Ausrüstungsgegenstände durch, die sie unbedingt dabeihaben musste, hakte sie gedanklich wie ein Pilot ab, der vor dem Start seine Checkliste durchgeht, und verstaute Trockenfutter für die Hunde und ihre eigenen Vorräte, die ihre Mutter zubereitet und eingepackt hatte. Dazu gehörten auch eine Tafel Schokolade und etliche Schokoriegel, beliebte Energienahrung nicht nur für Musher.

Ihre Mutter blickte zum Himmel. Schwarze Wolken hingen über den Ausläufern der Berge und rückten bedrohlich näher. »Das sieht gar nicht gut aus.«

»Ich weiß.«

»Pass gut auf dich auf, hörst du?«

»Keine Sorge, Mom. Ich hab ja Phantom.«

20

Mit gemischten Gefühlen fuhr Annie den Bergen entgegen. Sie war ziemlich sicher, dass Mark dem Lost River nach Nordwesten folgte und dort nach einer der verfallenen Blockhütten suchte, über die sie gesprochen hatten. Dort würde er zumindest Zuflucht vor dem nahenden Blizzard finden. Er wusste jedoch nicht, dass es ungefähr zwanzig Kilometer bis zur ersten Hütte waren und diese so versteckt lag, dass man sie erst sah, wenn man nur noch wenige Meter davon entfernt war. Eine Vorsichtsmaßnahme des Fallenstellers, der sie einst gebaut hatte, aus Furcht vor missliebigen Konkurrenten oder gar Indianern.

Sie verstand Mark nicht. Seine Flucht war gleichbedeutend mit einem Geständnis, denn warum hätte er sonst Hals über Kopf von der Lodge fliehen sollen? Und warum ausgerechnet in die unzugängliche Wildnis? Ohne Proviant hatte er kaum eine Chance in den

Bergen. Selbst wenn er eine Hütte erreichte und dort einige Konserven fand, gab es kaum Hoffnung. Er war das Leben in der Wildnis nicht gewohnt und hatte keine Ahnung, wie man sich dort verhalten musste. Er wusste nicht, wie gefährlich und menschenfeindlich die Natur sein konnte, und würde nur überleben, wenn sie ihn rechtzeitig fand.

Ein neutraler Beobachter hätte vielleicht vermutet, er würde nach seinen bitteren Erfahrungen mit seinen Eltern, dem Vorfall in Prince George und dem Misstrauen, das ihm in der Lodge von dem Constable und den meisten Gästen entgegengebracht worden war, den Tod suchen. Es wäre nicht die erste Tragödie, die in der Bergwildnis des Mount Robson geschah. Doch dies war eine Überlegung, die Annie völlig ausschloss. Auf ihrem langen Ausflug hatten sie sich kennen- und lieben gelernt, und er würde den Teufel tun und diese Liebe aufs Spiel setzen, auch wenn weder sie noch er die magischen drei Worte ausgesprochen hatten.

»Heya! Heya! Vorwärts!«, trieb sie die Huskys an. »Das Wetter sieht nicht gut aus. Wir müssen ihn unbedingt erwischen, bevor der Blizzard kommt!«

Auf der breiten Forststraße in der Nähe des Flusses konnten sich die Hunde nach Herzenslust austoben und Tempo vorlegen. Annie hatte die Schutzbrille aufgezogen und stand mit leicht gebeugten Beinen auf den Kufen, federte jede Unebenheit des Bodens ab und verlagerte rechtzeitig ihr Gewicht, um Schneewehen und herumliegenden Eisbrocken auszuweichen. Auch mit der Schutzbrille spürte sie den eisigen Wind bis unter ihre Winterkleidung.

Weiter nördlich bog sie zum Fluss ab und folgte dem schmalen Trail, der sich an seinem Ufer entlangzog, weiter nach Nordwesten. Hier waren die Huskys gezwungen, langsamer zu laufen, und sie fragte sich, warum sie Mark nicht mit dem Snowmobil gefolgt war. Weil sie ihren Huskys mehr vertraute als einem »eisernen Hund«, wie manche Indianer ein Snowmobil nannten. Selbst neue Modelle waren dafür berüchtigt, immer dann zu versagen, wenn sie am nötigsten gebraucht wurden. In den Nationalparks waren zahlreiche Ranger mit Hundeschlitten unterwegs, wenn sie im Hinterland zu tun hatten.

Das Hinterland am Mount Robson war eine paradiesische Landschaft, ein wahres »Winter Wonderland«, wie sie es im neuen Flyer ihrer Lodge selbst beschrieben hatte. Ihr Trail folgte dem Fluss durch tiefe Schluchten und verschneite Täler, überschattet von gewaltigen Bergriesen, die mit ihren schroffen Felswänden aus dem nebligen Dunst ragten, eine zerklüftete Bergwildnis mit Seen und Wasserfällen und scheinbar endlosen Wäldern. Kahle Laubbäume hoben sich in den Tälern und an den Flussufern gegen den Schnee ab.

Außer ein paar Fallenstellern und Indianern, die sich

beinahe trotzig weigerten, in die Zivilisation zurückzukehren, war hier niemand unterwegs. Mark musste entweder sehr mutig oder sehr verzweifelt sein, um sich in diese, für ihn unbekannte Wildnis zu wagen. Die breite Spur seines Snowmobiles war deutlich zu sehen und erleichterte ihr das Vorwärtskommen, nur wenige Male musste sie von den Kufen und beim Schieben helfen. Besonders auf Steigungen und in engen Kurven sah sie, wie unsicher Mark fuhr, anscheinend hatte er doch nicht so viel Erfahrung mit den Maschinen, wie er vorgegeben hatte.

Nur in Panik konnte ein Mensch so wie er reagieren. Kein Mann, der in der Wildnis aufgewachsen war, wäre so leichtsinnig, einem Blizzard, wie er sich über den Bergen andeutete, direkt entgegenzufahren. Ein heftiger Schneesturm konnte lebensgefährlich werden, wenn man so unerfahren war wie er und keine Ahnung hatte, wie man sich bei solchem Wetter verhalten musste. Nicht einmal warme Decken und eine Zeltplane für den Notfall hatte er dabei. Wenn ihn der Sturm auf offener Strecke erwischte, wäre er verloren oder zumindest in ernsthaften Schwierigkeiten. »Mark, du verdammter Idiot!«, schimpfte sie so laut, dass sich einer der Hunde nach ihr umdrehte. »Wie kommst du nur auf diese verrückte Idee? Hier draußen hast du keine Chance!«

Nach ungefähr zehn Kilometern kürzte der Trail eine weite Biegung des Flusses ab und wand sich in mehreren

Serpentinen einen steilen Hang hinauf. Auch hier verrieten ihr die Spuren, wie gefährlich und anstrengend die Fahrt für Mark gewesen war. Immer wieder brach die Spur zur Seite aus, erkannte man, dass er mehrmals umgekippt war und sich mühsam wieder aufgerichtet hatte. Warum ging er dieses Risiko ein? Warum hielt er nicht an? Sah er denn nicht, dass seine Flucht zu nichts führte? Er würde entweder in dem Blizzard umkommen oder man würde ihn finden, ihn schuldig sprechen und ins Gefängnis sperren. Und wenn er tausendmal seine Unschuld beteuerte, auch ihr fiel es jetzt schwer, nach seiner überstürzten Flucht noch an ihn zu glauben.

Sie erreichte den höchsten Punkt der Anhöhe und hielt für einen Augenblick die Hunde an. Hoch über dem Fluss hatte man eine grandiose Aussicht, vielleicht ein Ziel für eine Hundeschlittenfahrt mit abenteuerlustigen Gästen. Der verschneite Hang zog sich steil nach unten und reichte bis zu einer Felsenklippe ungefähr fünfzig Meter über dem Flussufer. Sie kannte den Trail und wusste, dass er durch einen Fichtenwald nach Norden abbog, dann wieder auf den Fluss stieß und in ungefähr der gleichen Höhe in die Berge führte.

Der Blizzard meldete sich, kurz bevor sie den Waldrand erreichte. Es wurde schlagartig dunkel, als hätte eine geheimnisvolle Kraft den Tag abgeschaltet. Wie aus dem Nichts fegte der Wind heran, trieb eisigen Schnee vor sich her und drohte, sie mit seiner urwüchsigen

Gewalt von den Kufen zu werfen. Sie griff mit beiden Händen nach der Haltestange, duckte sich, um dem Sturm möglichst wenig Angriffsfläche zu bieten, und rief den Hunden zu: »Weiter! Immer weiter! Lasst euch nicht unterkriegen! In den Wald, da ist es ruhiger!«

Auch ohne ihre Warnung, die sie wegen des lauten Sturms wahrscheinlich sowieso nicht verstanden, wussten die Huskys, was in einem solchen Unwetter zu tun war. Selbst wenn sie den nahen Wald nicht sahen oder nur schemenhaft wahrnahmen, spürten sie seine Nähe und setzten ihre ganze Kraft ein, um ihn zu erreichen. Meter um Meter kämpften sie sich durch den Blizzard, angetrieben von Annie, die froh war, von dem Sturm nicht auf der Steigung erwischt worden zu sein, und längst von den Kufen gestiegen war und sich mit aller Kraft gegen den Schlitten stemmte. »Weiter! Weiter!«, schrie sie in den Wind. »Gleich haben wir es geschafft! Nur noch ein paar Meter!«

Es schien Ewigkeiten zu dauern, bis sie endlich den Waldrand erreichte, um im Schutz der Bäume sicher vor dem Blizzard zu sein. Auch im Wald hörte man ihn, er tobte und wütete in den Baumkronen, riss Äste und Zweige ab und ließ tagealten Schnee nach unten klatschen. Die wirbelnden Flocken kämpften wie ein Bienenschwarm gegen die Bäume an, hüllten sie in eisigen Dunst, schafften es aber nur gelegentlich bis auf den Boden. Nur der Wind war hier kaum noch zu spüren, hatte längst eingesehen, dass kein Durchkommen war. Für Annie bot sich die Möglichkeit, endlich mal wieder durchzuschnaufen.

»Das habt ihr gut gemacht!«, lobte sie die Hunde. Sie hatte ihre Stirnlampe aus einer Anoraktasche gekramt, um den Trail besser erkennen zu können. »Aber Ausruhen gilt nicht! Mark ist irgendwo da draußen und in großer Gefahr!« Es war nahezu ausgeschlossen, dass er die Blockhütte erreicht hatte.

Die Fahrt durch den Wald dauerte keine zwanzig Minuten. Der Lichtkegel ihrer Stirnlampe tanzte über den Schnee und zeigte ihr den Weg. Fest entschlossen, den Jungen rechtzeitig einzuholen, jagte sie zwischen den Bäumen hindurch. Ihre Huskys schienen zu wissen, was auf dem Spiel stand, und legten sich mit ihrer ganzen Kraft in die Geschirre. »Wir schaffen das, Phantom!«, rief sie ihrem Leithund zu. »Hörst du? Wir lassen Mark nicht im Stich.«

Als sie das Ende des Waldes erreichte, hatte der Blizzard etwas nachgelassen. Der Wind war nicht mehr ganz so stürmisch, der Schnee nicht mehr ganz so dicht. Sie ließ sich nicht täuschen. Der Wind war immer noch stark genug, um ein Snowmobil aus der Bahn zu werfen, und wer ohne ausreichenden Schutz in dieser Wildnis strandete, konnte froh sein, wenn er überlebte. Das Land veränderte sich in einem Blizzard. Aus einer malerischen Winterlandschaft wurde eine eisige Hölle, aus majestätischen Bergen wurden dunkle Monster, und aus dem Wind wurde der fauchende Atem des Wintergeistes, wie er in den Legenden der Indianer lebendig war. Ein furchterregendes Wesen, das aus dem fernen Norden kam und sich wütend auf alles Lebendige stürzte.

»Haltet die Augen offen!«, rief Annie den Huskys zu, obwohl die Vierbeiner einer Gefahr eher instinktiv begegneten. »Es könnte sein, dass Mark etwas zugestoßen ist. Wenn er gestürzt ist, müssen wir ihn unbedingt finden, okay?«

Ohne zu zögern, liefen die Huskys in den Schneesturm hinein. Annie war darauf vorbereitet und federte den Ansturm des Windes in den Knien ab, sie feuerte die Hunde unablässig an, dem kaum sichtbaren Trail weiter zu folgen. Die Spuren von Marks Snowmobil waren längst nicht mehr zu sehen. Der Blizzard hatte sie mit Schnee überschüttet, auch für einen erfahrenen Spurenleser waren sie nicht mehr zu erkennen. An einer durch eine Felswand geschützten Stelle kam sie leichter voran und konnte einige Augenblicke auf den Kufen mitfahren, bis sie wieder absteigen und die Huskys bei ihrer Arbeit unterstützen musste. Das vergaßen die Urlauber immer, die eine Hundeschlittenfahrt buchten. Nur einen Teil der Fahrt konnte man sich auf den Kufen ausruhen, es sei denn, man blieb auf einer geräumten Forststraße wie zahlreiche Veranstalter.

Ein Blick auf ihre Armbanduhr verriet ihr, dass die Nacht hereingebrochen war. Durch den Blizzard war es schon lange dunkel. Jetzt würden auch die Temperaturen rapide sinken und die Gefahr für Mark würde noch größer. Annie war gewappnet gegen die eisige Nacht, hatte Zeltplane, Isomatte und warme Decken dabei, auch Feuerzeug und Streichhölzer und etliche Werkzeuge wie eine Axt, um Feuerholz zu schlagen, falls sie gezwungen sein sollte, im Freien zu übernachten. Normalerweise erreichte sie auf mehrtägigen Touren eine Hütte, aber auch in Höhlen, unter Felsendächern und Steilufern und zwischen umgestürzten Bäumen hatte sie schon so manche Nacht verbracht.

Die Unfallstelle sah sie nur durch Zufall. Nur weil Hulk ausrutschte und sich in den Leinen verhedderte, hielt sie an. Sie musste sich ständig festhalten, um vom Wind nicht umgeworfen zu werden, arbeitete sich zu Hulk vor und entwirrte die Leinen. Auf dem Rückweg blickte sie den Abhang zum Fluss hinab. Im Lichtschein ihrer Stirnlampe sah sie ein Snowmobil im Schnee liegen. Es war eine der neuen Maschinen, die ihr Vater erst vor dem Beginn der Wintersaison gekauft hatte. »Mark! Bist du da unten?«, rief sie sofort.

Der heulende Wind verschluckte ihre Stimme, aber sie hatte sowieso nicht mit einer Antwort gerechnet und machte sich bereits an die Arbeit. Aus dem Schlittensack zog sie das lange Rohhautseil, das auf jeder Tour zu ihrer Grundausrüstung gehörte, schlang es sich um die Hüften und band es mit dem anderen Ende am Schlitten fest, alles in geduckter Haltung und auf schwachen Füßen, weil der Wind schon wieder böig aufgefrischt hatte, als hätte er nur darauf gewartet, sie wieder ärgern zu können. Das Rohhautseil garantierte ihr, dass sie nicht die Orientierung verlor, eine der am meisten unterschätzten Gefahren, wenn man gezwungen war, sich in einem Blizzard zu bewegen. Es hatte schon Leute gegeben, die nur wenige Meter von ihrer Haustür entfernt erfroren waren, weil sie sich in einem Blizzard nicht mehr zurechtgefunden hatten.

Seitlich, wie eine Bergsteigerin, kletterte sie den Hang hinab. Der Schnee lag hier über einen Meter hoch und bedeckte einen im Sommer mit Geröll übersäten Hang, der in dem Tiefschnee aber nicht zu spüren war. Sie ließ sich auf allen vieren zu dem Snowmobil hinab und musste sich dabei auf den Lichtkegel ihrer Stirnlampe verlassen, um einen sicheren Abstieg zu finden. Auch die Schutzbrille hatte sie noch vor dem Gesicht, ein wirksamer Schutz gegen die wirbelnden Flocken, die ihr auch auf dieser Seite des Hanges entgegenbliesen.

Das Snowmobil hatte ein paar Dellen und der Lenker hatte sich verdreht. Der Motor war abgestorben, der Scheinwerfer dunkel. Sie leuchtete mit der Stirnlampe darauf und entdeckte Blut am Sattel, nicht viel, aber genug, um sie in Panik zu versetzen. »Mark! Wo steckst du? Bist du schlimm verletzt?«

Annie rief mehrere Male nach ihm, in panischer Angst und immer lauter, bis sie ein leises Stöhnen vernahm. Sie blickte in die Richtung, aus der es gekommen war, und sah ihn im Schnee liegen. Sein Körper war fast vollständig vom Schnee bedeckt, und sie hätte ihn wahrscheinlich übersehen, wenn der Wind nicht gedreht hätte und sein Stöhnen an ihre Ohren getrieben hätte.

Mit heftigen Kraulbewegungen arbeitete sie sich zu ihm vor und grub ihn aus dem Schnee. »Mark! Um Himmels willen! Was ist geschehen?«

Seine Antwort war ein verzweifeltes Stöhnen.

»Ich bin's! Annie!«, rief sie. Es fiel ihr schwer, sich gegen den heulenden Wind durchzusetzen. »Ich bin mit dem Hundeschlitten hier! Keine Angst, jetzt kann dir nichts mehr passieren! Alles wird gut, das verspreche ich dir.«

In ihren Worten schwang viel Hoffnung mit. Noch waren sie in einem heftigen Blizzard, noch mussten sie es den Hang hinaufschaffen, und bis sie in Sicherheit waren, würde noch mal viel Zeit vergehen. Aber was hätte sie ihm sonst sagen sollen? In seiner bedrohlichen Lage musste man ihm Hoffnung machen, besonders weil auch seine seelische Verfassung zu wünschen übrig ließ und er vielleicht sogar daran gedacht hatte, den Tod herauszufordern.

Die Lage wurde noch ernster, als sie seinen linken Arm berührte und er vor Schmerzen laut aufschrie. Sie richtete ihre Stirnlampe darauf und sah, dass der Arm unnatürlich vom Körper wegragte. »Ich glaube, dein linker Arm ist gebrochen«, sagte sie. »Aber das ist nicht das Schlimmste. Halte durch, Mark, okay?«

Als sie ihn endlich freigeschaufelt hatte, drückte sie ihn minutenlang an sich. Um ihn ihre Wärme spüren zu lassen, aber auch, um ihm zu zeigen, dass sie ihn mochte und sich um ihn sorgte. Dass sich das Leben lohnen würde.

»Du musst mir helfen, Mark!«, flüsterte sie ihm ins Ohr. »Allein bringe ich dich da nicht hoch! Es wird verdammt wehtun, aber es geht nicht anders. Wir müssen zum Schlitten hoch.« Sie fasste ihn unter den rechten Arm. »Stoß dich mit den Füßen ab! So fest du kannst! Und pass auf deinen Arm auf! Jetzt!«

Sein Schmerzensschrei übertönte sogar den Sturm, so stark litt er bei der ersten Bewegung. Bei der zweiten schrie er wieder, wütend auf sich selbst, weil er die Schmerzen kaum aushielt. »Weiter! Keine Angst, ich mache nicht schlapp! Ich bin den Hang runtergekommen, also schaffe ich es da auch wieder hoch!«

Meter um Meter arbeiteten sie sich den Hang hinauf. Mark gewöhnte sich ein wenig an den Schmerz, schrie nicht mehr so laut, hatte aber Tränen in den Augen und drohte mehrmals das Bewusstsein zu verlieren. Sein Gesicht war blass von der Kälte und der Erschöpfung und sah fast wie bei einem Toten aus, so maskenhaft starr und wächsern wirkte es in dieser stürmischen Nacht.

»Mach jetzt bloß nicht schlapp!«, munterte Annie ihn auf. »Wir haben es gleich geschafft! Noch drei Meter, vielleicht auch vier, dann sind wir oben!«

Oben angekommen, blieben sie minutenlang neben dem Schlitten liegen. Der Wind pfiff über sie hinweg, wie schäumende Gischt trieb er den frischen Schnee vor sich her. Annie erholte sich zuerst, entknotete das Rohhautseil und schaffte mehrere Wolldecken auf die Ladefläche. Mit einer letzten Kraftanstrengung half Mark seiner Retterin, ihn auf die Decken zu lagen. Sie breitete weitere Decken und die Zeltplane über ihn und band ihn mit dem Rohhautseil fest an den Schlitten. Sein verletzter linker Arm lag dicht am Körper.

»Ich bringe dich in die Hütte«, sagte sie, »die ist nur noch zwei Kilometer entfernt. Bis nach Hause schaffen wir es nicht in dem Sturm. Ich schiene dir den gebrochenen Arm, ich hab schon mal dabei geholfen, bei einem abgestürzten Bergsteiger, den mein Vater und ich in den Bergen gefunden hatten.«

Mark war kaum noch bei Bewusstsein. »Ich … ich war es nicht!«, stammelte er so leise, dass sie ein Ohr dicht über seinen Mund halten musste, um ihn zu verstehen. »Ich hab das Geld nicht gestohlen. Das musst du mir glauben!«

»Ich glaube dir«, erwiderte sie.

»Nicht nur … nur sagen. Du musst … es wirklich glauben.«

Sie blickte ihm in die Augen und erkannte, dass er in dieser Verfassung niemals lügen würde. »Ich glaube dir, Mark! Ich glaube dir … ganz bestimmt.«

Mark lächelte, während Annie geduckt am Schlitten entlanglief und sich auf die Kufen stellte. Mit einer Hand an der Haltestange zog sie den Anker aus dem Schnee. »Vorwärts!«, rief sie. »Zur Hütte, ich hab die Nase voll von dem Sturm. Und … beeilt euch, ich werde langsam … langsam hundemüde.«

21

Wie in Trance näherte sich Annie der Hütte. Die Rettungsaktion auf dem steilen Hang war so anstrengend gewesen, dass sie sich kaum noch auf den Beinen halten konnte. Mark erging es ähnlich. Über seine Müdigkeit vergaß er sogar seine Schmerzen und schlief ein. Wären ihre Huskys nicht gewesen, hätte Annie ihr Ziel vielleicht niemals erreicht. Sie erkannten instinktiv, wo der Trail verlief, und zogen den Schlitten zielsicher durch den Schneesturm.

Annie war plötzlich so müde, dass sie sogar auf dem Schlitten einschlief. Zumindest für ein paar Minuten glitt sie mit beiden Armen über die Haltestange und konnte froh sein, dass Phantom alle Hindernisse mied. Als sie nach einem kurzen Traum, an den sie sich schon Sekundenbruchteile später nicht mehr erinnerte, hochschreckte, hatte der Sturm kaum nachgelassen, und sie konnte sich nicht einmal mehr auf ihre Stirnlampe verlassen, um irgendetwas zu erkennen. In dem Flockenwirbel sah sie kaum den Leithund.

Sie riss sich zusammen und nahm für einen Moment ihre Schutzbrille ab, um den Schnee in den Augen und die Kälte im Gesicht zu spüren und wieder wach zu werden. Besorgt leuchtete sie den verletzten Jungen an, der reglos auf dem Schlitten hing und dringend Hilfe benötigte. In der Hütte würde er wenigstens ein Dach über dem Kopf haben, und sobald sie ein Feuer im Ofen entfacht hatte, auch die nötige Wärme, um sich vom langen Liegen im kalten Schnee zu erholen. Seinen gebrochenen Arm würde sie notdürftig verarzten, und wenn endlich der Sturm aufhörte, würde sie ihn zur Lodge zurückbringen.

Dies war der einzig mögliche Plan, bis sie die Spur eines weiteren Hundeschlittens im Lichtkegel ihrer Stirnlampe entdeckte. Sie hielt an und untersuchte sie genauer, glaubte zu erkennen, dass sie höchstens ein paar Stunden alt war. Ein Musher, der über einen anderen Trail gekommen war und ebenfalls in der Hütte übernachten wollte. »Hörst du mich?«, rief sie dem schlafenden Jungen zu. »In der Hütte ist jemand. Er hat sicher schon ein Feuer entfacht und kann mir beim Verarzten deines Arms helfen. Jetzt kann nichts mehr passieren!«

Das war maßlos übertrieben, denn noch hatten sie ungefähr einen Kilometer über eine weite Lichtung vor sich, die Annie wieder alles abverlangte. Der Sekundenschlaf auf dem Schlitten hatte sie gestärkt, und ihr unbändiger Wille ließ es nicht zu, dass sie so kurz vor dem Ziel schlappmachte. Mit wilder Entschlossenheit trieb sie ihr Gespann durch den Schnee, ständig in der Hocke, um wenigstens einigermaßen gegen den Sturm geschützt zu sein. Sie folgte den Spuren des anderen Musher, die so frisch waren, dass sie noch nicht vollständig vom Neuschnee bedeckt waren, und seufzte erleichtert, als sie nach links abbogen und zu der verwitterten Hütte am Waldrand führten.

Die Huskys des anderen Mushers begrüßten sie mit wildem Gekeife und gaben auch dann keine Ruhe, als er die Tür öffnete und neugierig nach dem Rechten sah. »Ich habe einen Verletzten hier!«, rief Annie ihm zu. Sie bremste ihren Schlitten in sicherem Abstand zu den anderen Hunden und rammte den Anker in den Schnee. »Helfen Sie mir! Er hat sich den Arm gebrochen!«

Der Mann, der bisher nur schemenhaft zu erkennen gewesen war, kam näher. »Hey, sind Sie das, Annie?«, rief er. Auch er kam mit seiner Stimme kaum gegen den Sturm an. »Ich bin's, Charly Maxwell. Konnten Sie sich kein besseres Wetter aussuchen? In so einem Blizzard bleiben selbst meine Huskys lieber liegen.« Er blickte auf den Verletzten hinab. »Das sieht nicht gut aus.«

Annie berichtete in wenigen Sätzen, was passiert war, und half Charly, den Jungen in die Hütte zu tragen. Im

Ofen brannte bereits ein Feuer und verbreitete angenehme Wärme. Sie legten Mark auf das einzige Bett, ein verrostetes Eisengestell mit einer zerfledderten Matratze, das sicher schon seit einigen Jahrzehnten in der Hütte stand. Er wachte auf und stöhnte vor Schmerz, er war zu erschöpft, um irgendetwas zu sagen oder seine Umgebung zu betrachten.

Charly hatte seinen Schlittensack gegen die Wand gelehnt und kramte seinen Erste-Hilfe-Kasten heraus. »Schlucken Sie die«, sagte er. Er reichte Mark zwei Tabletten. »Schmerztabletten, ziemliche Hämmer, die helfen bestimmt.«

Er reichte ihm einen Becher mit heißem Tee und beobachtete zufrieden, wie Mark die Tabletten einnahm. »Okay, mein Junge, dann machen wir uns mal an die Arbeit. Das wird jetzt alles ein bisschen wehtun, auch mit den Pillen, aber anders geht es nicht. Aber danach wird es Ihnen besser gehen, das kann ich Ihnen versichern. Ich hab Kräuter von meiner Frau dabei. Sie ist eine waschechte Indianerin und kennt sich mit so was aus. Wir haben jahrelang im tiefsten Busch gelebt, etliche Lichtjahre vom nächsten Krankenhaus entfernt.«

»Machen … machen Sie schnell!«

Um an die Wunde zu kommen, mussten sie ihm den Anorak ausziehen und den Pullover und das Hemd aufschneiden. Die Tabletten hatten noch nicht zu wirken begonnen und er litt höllische Schmerzen. »Wir müssen den Knochen richten«, sagte Charly, nachdem er die Wunde untersucht hatte. »So wie man es manchmal in Filmen sieht. Wäre besser, wir könnten ihm eine Narkose verpassen, aber dafür bin ich nicht ausgerüstet.« Er verkniff sich ein Grinsen. »Das wird jetzt etwas unangenehm!«, warnte er den Jungen. »Leider hab ich keinen Whiskey dabei. Das mit dem Stück Holz im Mund klappt auch selten. Sie werden wohl oder übel die Zähne zusammenbeißen müssen. Sind Sie bereit?«

Mark stöhnte nur. Was blieb ihm auch anderes übrig?

Der Schrei, den er ausstieß, als Annie ihn festhielt und Charly mit einem festen Ruck an seinem Arm zog, übertönte sogar den Sturm. Mit einem hörbaren Knacken rastete der Knochen ein. Mark war ohnmächtig geworden und spürte nicht, wie sie den Arm mit einem Besenstiel schienten, den Charly mit seiner Axt in die passende Länge gebracht hatte. Bevor sie ihn mit einem festen Verband fixierten, zauberte Charly einige Kräuter aus seinem Schlittensack, zerkaute sie gründlich und verteilte den Brei auf der Wunde. »Ein Geheimrezept meiner Frau«, erklärte er, »so was findest du in keiner Apotheke.«

Während Charly den Jungen zudeckte, wagte sich Annie erneut in den Sturm hinaus und schnallte ihren Schlittensack ab. Ihre Huskys hatten sich bereits eingerollt und schliefen. »Das habt ihr toll gemacht«, lobte sie die Hunde. »Ohne euch hätte ich das niemals geschafft.

Wir sehen uns morgen früh, okay?« Sie nahm die Decken, auf denen Mark gelegen hatte, und kehrte damit in die Hütte zurück, erleichtert, dem Blizzard entkommen zu sein.

Charly saß an dem einfachen Holztisch und schob ihr einen Becher mit heißem Tee hin. »Den hab ich gerade frisch zubereitet. Zitrone-Ingwer.« Er deutete auf den Topf auf der Herdplatte des einfachen Ofens. »Und die Bohnen sind auch gleich fertig. Garantiert ohne Fleisch und ohne Fleischbrühe.« Er füllte zwei Blechteller, die er wohl in dem eingefallenen Schrank neben dem Fenster gefunden hatte, und reichte einen Annie. »Wenn ich ehrlich bin«, fügte er grinsend hinzu, »nehme ich es mit diesem Veganerkram nicht so genau. Die Elche lasse ich inzwischen leben, aber ein anständiger Lachs mit ordentlich Butter ist doch nicht zu verachten. Die Grizzlys wissen schon, was gut schmeckt.«

Die Bohnen waren köstlich, aber wahrscheinlich hätte ihr nach dieser anstrengenden Fahrt alles geschmeckt. Sie hatte ihren Anorak in der Nähe des Ofens über eine Leine gehängt, die irgendjemand dort angebracht hatte, und genoss die angenehme Wärme, die sich in ihrem Körper ausbreitete. Nach dem Essen stillte sie die Neugier des Mushers und verschwieg auch den Diebstahl nicht. »Er hat geschworen, das Geld nicht genommen zu haben«, sagte sie.

»Und glaubst du ihm?«

»Ja, ich glaube ihm. Auch wenn ich nicht weiß, warum.«

»Weil du ihn liebst.« Aus dem Mund des Mushers klang das nüchtern. »Einem geliebten Menschen muss man vertrauen, sonst kann man es gleich vergessen. Ich habe meiner Akeya immer geglaubt. Sie würde mich nie belügen.«

»Wenn ich nur wüsste, was wirklich passiert ist«, sagte Annie.

»Das wird sich schon klären«, munterte der Musher sie auf.

Annie stellte die leeren Teller zusammen, um sie am nächsten Morgen im Schnee zu waschen, und schenkte sich Tee nach. »Gar nicht so übel, dieser Ingwer-Zitrone-Tee. Selbst gemacht, nehme ich an.« Sie lächelte. »Ihre Frau hat tatsächlich einiges drauf. Wie haben Sie sich eigentlich kennengelernt?«

»Im Busch«, antwortete er. Er hatte sich seine Stummelpfeife angesteckt, paffte ein paarmal und lächelte versonnen. »Vor einem halben Jahrhundert, so kommt es mir manchmal vor. Ich war damals viel als Jäger unterwegs. Als ich am Yukon oben auf einen Elch stieß, der mir Fleisch für ein ganzes Jahr gegeben hätte, und gerade abdrückte, fiel ein zweiter Schuss, und der Elch brach tot zusammen. Akeya hatte ebenfalls gefeuert. Beide Kugeln hatten den Elch getroffen, und wir stritten eine Weile darüber, wem er gehörte. Weil wir uns nicht einigen konnten, half ich ihr, den Elch nach Hause zu transportieren. Ich hatte mir schließlich auch ein paar Steaks verdient. Natürlich hätte ich meinen Teil mitnehmen können, aber sie kann besser kochen. Außerdem fanden wir heraus, dass wir füreinander bestimmt waren. Sagt man nicht so?«

»So ungefähr«, erwiderte sie. »Mark und ich sind auch …«

»Füreinander bestimmt?«

»Ich glaube schon. Ich hab das irgendwie im Gefühl.«

Er grinste. »Ist eine Weile her, aber ich weiß genau, wie sich das anfühlt. Ging Akeya und mir genauso. Wir hatten es im Gefühl. Und wenn wir uns heute ansehen, ist es immer noch wie damals.« Er musste plötzlich lachen. »Hey, wenn das so weitergeht, beichte ich dir noch mein ganzes Leben.«

Sie blickte aus dem Fenster. Im Licht der Kerosinlampe, die Charly auf dem Tisch entzündet hatte, glitzerten die vielen Schneeflocken wie Konfetti. Der Sturm spülte Schneewehen gegen die morschen Hüttenwände, und es gab jedes Mal ein hässliches Geräusch, wenn Eisbrocken dagegentrommelten.

»Was treibt Sie eigentlich hierher?«, fragte sie.

»Training«, antwortete er. »Für das gute Abschneiden beim Quest kann ich mir nichts kaufen. Ich muss genauso trainieren wie Sie. Ich komme langsam in die Jahre, da geht einem nichts mehr flott von der Hand.

Zum Glück war ich rechtzeitig hier. Wenn ich was nicht leiden kann, dann sind es Blizzards.«

»Hat Ihre Frau denn keine Angst um Sie?«

»Sie betet viel«, antwortete er. »Sie hat einen besonderen Draht zum Großen Geist. Ich weiß nicht, was sie ihm verspricht, wenn sie in die Wälder zieht und mit ihm spricht, aber es muss eine ganze Menge sein, sonst wäre ich wohl längst nicht mehr am Leben.« Er sah, dass Annie ihm nicht glaubte, und hob die Schultern. »Okay, sie droht mir jedes Mal mit dem Nudelholz, wenn ich losziehe. Aber ich kann nicht anders und meine Huskys erst recht nicht.«

Annie sah nach Mark, bevor sie in ihren gefütterten Schlafsack kroch. Der Junge hatte wieder Farbe im Gesicht und atmete gleichmäßig. Charly hatte gute Arbeit geleistet, das hätte sie allein niemals so hinbekommen. »Danke für alles«, sagte sie zu dem Musher, bevor sie die Augen schloss. »Kaum zu glauben, dass wir Rivalen sind. Aber ich lasse Sie trotzdem nicht gewinnen!«

Sie schlief grinsend ein und glaubte, keine fünf Minuten geschlafen zu haben, als sie durch ohrenbetäubenden Lärm geweckt wurde. Sie kroch aus dem Schlafsack und lief zum Fenster, traf dort Charly und beobachtete, wie der rote Hubschrauber eines Rundflug-Veranstalters aus Valemount vor der Hütte landete. Der Sturm war abgeklungen und nur die Rotoren des Hubschraubers wirbelten Schnee auf. Die Huskys bellten das seltsame Wesen lautstark an.

Ein junger Mann im roten Anorak kletterte aus dem Hubschrauber und kam geduckt zum Haus gelaufen. Charly öffnete ihm. »Annie Baldwin?«, fragte der Besucher mit Blick auf sie. Und als sie nickte, sagte er: »Ihr Vater schickt uns. Er ahnte, dass Sie in dieser Hütte übernachten würden. Er sagte, Sie hätten vielleicht einen jungen Mann bei sich. Und er wäre vielleicht gefährlich.«

»Nicht gefährlich«, widersprach sie entschieden, »er ist verletzt. Er hat sich den Arm gebrochen und muss dringend nach Valemount in die Tagesklinik. Die kümmern sich doch um so was. Würden Sie ihn hinbringen, Mister?«

»Ray«, verbesserte er sie. »Klar doch, das machen wir.« Er ging zu dem Jungen und blickte neugierig auf ihn hinab. Mark war aufgewacht, aber immer noch von den Tabletten benommen. »Und er ist wirklich nicht gefährlich?«

»Das sehen Sie doch! Beeilen Sie sich, er braucht dringend Hilfe!«

»Wollen Sie auch mit?«

»Ich fahre mit dem Hundeschlitten zurück. Sagen Sie meinem Vater, dass es mir gut geht. Er macht sich sicher Sorgen. Versprechen Sie mir das, Ray?«

»Natürlich, Miss … Annie.«

Zusammen mit dem Piloten, der sich entschuldigte, wegen des Blizzards nicht früher gekommen zu sein, trugen sie Mark nach draußen und luden ihn in den Hubschrauber. Annie beugte sich über ihn und sagte: »Die Leute bringen dich in die Klinik nach Valemount. Wahrscheinlich musst du eine Nacht zur Beobachtung drinbleiben. Ich fahre mit dem Hundeschlitten nach Hause und besuche dich, sobald ich dort bin. Alles wird gut, Mark! Ich liebe dich!«

»Ich liebe dich auch«, erwiderte er leise.

Sie bedankte sich bei dem Piloten und seinem jungen Begleiter und wartete vor der Hütte, bis der Hubschrauber gestartet war und über die Bäume verschwand. Sein Rot war der einzige Farbfleck in der verschneiten Berglandschaft, die nach dem Blizzard besonders sanft und friedlich aussah. Der Schnee, der über Nacht gefallen war, lag als dickes Polster über der Wildnis.

»Das nenne ich Service«, sagte Charly, als es still wurde.

»Alles inklusive bei uns«, erwiderte sie lächelnd. »Wo müssen Sie hin?«

»Nach Valemount«, antwortete er.

»Dann haben wir dasselbe Ziel. Fahren wir zusammen?«

Charly nickte. »Sie haben es sicher eilig, aber wenn Sie wollen, bringe ich Ihnen unterwegs einige Tricks bei, wie Sie mehr aus den Hunden herausholen können.

Wie Sie Ihre Pausen setzen müssen, um möglichst kraftsparend zu fahren. Wie Sie Ihren Schlitten wachsen und schneller machen können.« Er kratzte sich am Schnurrbart. »Wie Sie es fertigbringen, selbst gegen erfolgreiche Yukon-Quest-Teilnehmer erfolgreich zu sein. Wäre das was für Sie?«

»Und ob«, erwiderte sie. »Warum tun Sie das? Warum helfen Sie mir?«

»Weil dieser Rupert W. Harris ein arroganter und geldgieriger Kerl ist, der glaubt, sich alles im Leben erkaufen zu können. Und weil ich einen fairen Wettbewerb will. Sie haben es durch den Blizzard geschafft. Sie sind eine exzellente Musherin. Aber Sie können noch besser werden, viel besser, Annie!«

Die Rückfahrt verlief wie im Fluge. Annie lernte mehr in den paar Stunden als in den Jahren, die sie schon mit einem Hundeschlitten unterwegs war, kam sich bei manchen Lektionen wie eine Urlauberin vor, die zum ersten Mal auf den Kufen stand, und musste sich eingestehen, bisher nur über die Grundkenntnisse einer erfolgreichen Musherin verfügt zu haben. Sie wusste viel, räumte Charly ein, aber oft waren es die Kleinigkeiten, die einen Champion von einem gewöhnlichen Musher unterschieden, die Art, wie man mit den Hunden umging, die Technik, die man in scharfen Kurven anwandte, die Raffinesse, die einem im Spurt den entscheidenden Vorsprung einbrachte. »Haben Sie mal ein

Autorennen gesehen?«, fragte er. »Oder ein Pferderennen? Da entscheiden oft hundertstel Sekunden über Sieg oder Niederlage. Sie müssen alle Tricks kennen, wenn Sie gewinnen wollen, auch bei einem langen Rennen.«

Sie erreichten Valemount am frühen Nachmittag. »Das werde ich Ihnen nie vergessen, Charly«, bedankte sie sich. »Wie kann ich mich revanchieren?«

»Indem Sie bei der *Robson Challenge* nach ganz vorn fahren.«

»Ich werde es versuchen, Charly.«

Sie fuhr zur Tagesklinik weiter und parkte ihren Schlitten auf einem unbebauten Grundstück in der Nähe. Nur zögernd näherte sie sich dem zweistöckigen Gebäude. Als sie den Van ihrer Eltern und den Wagen des Ehepaars, dem Mark das Geld gestohlen haben sollte, auf dem Parkplatz stehen sah, zog sich ihr Magen zusammen. Benommen von der Furcht, gleich die bittere Wahrheit und das Ende ihrer Träume serviert zu bekommen, betrat sie den Empfangsraum. »Ich … ich möchte gern zu … zu Mark Donovan«, sagte sie.

»Den Gang runter, zweites Zimmer links«, antwortete die Schwester. »Hat der Junge Geburtstag oder so was? So viel Besuch bekommt selten jemand.«

Immer noch benommen, ging sie den Gang hinab. Beinahe mechanisch setzte sie einen Fuß vor den anderen. Vor dem Zimmer zögerte sie sekundenlang in der

Gewissheit, im nächsten Augenblick die Enttäuschung ihres Lebens zu erleben, und klopfte erst, als eine Ärztin rief: »Alles in Ordnung?«

»Alles okay«, antwortete sie schnell.

Sie klopfte und betrat das Zimmer, blieb verwirrt stehen, als sie Mark mit eingegipstem Arm auf dem Bettrand sitzen und ihre Eltern und die Larsons mit erleichterten Gesichtern vor ihm stehen sah. Am Bettende hingen bunte Luftballons mit der Aufschrift »Get Well!« und ein luftgefülltes Herz mit einem aufgedruckten Snoopy, der vor überschäumender Freude durchdrehte.

»Was … was ist denn hier los?«, rief sie verwundert.

»Du kommst gerade richtig«, freute sich der Junge. »Stell dir vor, die Larsons haben den Umschlag mit dem Geld gefunden. Er war unters Bett gefallen und lag so dicht an der Wand, dass ich ihn beim Putzen übersehen habe.« Er sah ihren zweifelnden Blick. »Okay, und weil ich unterm Bett nicht gründlich genug sauber gemacht hatte. Ich bin unschuldig, hab ich doch gesagt!«

»Und jeder hat dich verdächtigt!«, erwiderte sie. Sie blickte die Larsons an. »Ich dachte immer, in unserem Land ist man so lange unschuldig, bis einem die Schuld nachgewiesen werden kann. Das gilt anscheinend nicht für jeden.«

»Sie haben recht«, sagte Jack Larson, »wir hätten nicht mit dem Finger auf Mark zeigen sollen. Er hat es uns aber auch schwer gemacht.« Seine Frau fügte hinzu:

»Wir haben uns bei ihm entschuldigt ... aufrichtig entschuldigt.«

Annie dachte daran, wie die junge Frau reagiert hatte, die Mark und seine ehemaligen Freunde auf der Straße angegriffen hatten, und zwang sich zu einem Lächeln. »Es war ein langer Tag«, sagte sie und ging zu dem Jungen.

»Ich glaube, wir verschwinden jetzt lieber«, hörte sie ihren Vater sagen.

22

»**Endlich bist du wieder** da«, freute sich Megan am nächsten Morgen. Wie schon so oft während ihres Urlaubs passte sie Annie noch vor dem Frühstück ab, um ihr beim Füttern der Huskys zu helfen. »Kommt Mark auch wieder?«

»Den hole ich heute Mittag von der Tagesklinik ab«, erwiderte Annie. »Er muss noch einige Untersuchungen über sich ergehen lassen, bevor sie ihn entlassen, weißt du? Hast du Phantom und seine Freunde schon begrüßt?«

Megan nickte begeistert. »Oh ja. Sie waren heute Morgen ganz zahm und haben kaum gejault. Sogar Hulk war brav. Ich glaube, sie waren sehr müde.«

»Kein Wunder. Wir waren lange unterwegs und mussten durch einen Schneesturm fahren, einen Blizzard. Sie müssen sich erst mal erholen.« Sie stellte den Eimer mit dem Futter in den Schnee und ließ Megan die

Fressnäpfe füllen. Sie kümmerte sich inzwischen um die Hunde, nervös wie immer, wenn die Fütterung nahte. »Nicht vergessen, Phantom bekommt sein Futter zuerst. Leithunde sind empfindlich und auch ein wenig eingebildet. Wenn du Phantom übergehst, zieht er sich in seine Schmollecke zurück.«

An diesem Morgen blieb Annie bei jedem Husky länger stehen. Sie streichelte die Vierbeiner ausgiebig und bedankte sich bei ihnen. »Ihr wart wirklich toll gestern. So tapfer wie ihr sind nicht alle Hunde in einem Blizzard. Von Zweibeinern wollen wir gar nicht reden. Ihr habt ja gesehen, was mit dem armen Mark passiert ist. Ohne euch wäre es mir wohl ähnlich ergangen.«

»Machst du wirklich bei einem Rennen mit?«, fragte Megan, während sich die Huskys über das Futter hermachten. »Walker sagt, du wärst schneller mit dem Schlitten als ein Ranger auf seinem Pferd. Ist das wirklich wahr?«

Annie musste lachen. »Keine Ahnung, auf jeden Fall werde ich mein Bestes geben. Aber noch wichtiger wird sein, dass sich Phantom und seine Freunde anstrengen. Wenn sie so wie gestern laufen, haben wir eine Chance.«

»Aber dann bin ich nicht mehr hier. Das ist schade.«

»Wenn du willst, schicke ich dir nach dem Rennen eine Mail«, versprach Annie. »Oder noch besser, ich rufe dich an und erzähl dir alles. Abgemacht?«

»Abgemacht.« Megan klatschte sie ab.

Nachdem sie die Huskys gefüttert hatten, rannte Megan zur Koppel, um ihr Pony zu begrüßen, und Annie kehrte ins Haus zurück und half ihrer Mutter beim Zubereiten des Frühstücks. Lieber ein paar Pfannkuchen zu viel als zu wenig, hatten sie gelernt, besonders wenn sie mit selbst gepflückten Heidelbeeren gefüllt waren. Dazu gab es gebutterten Toast mit Marmelade, ebenfalls selbst gemacht, und Schlagsahne. Lou würde sich mit Toast und Marmelade, natürlich ohne Butter, und frischem Obst, vornehmlich Äpfeln, zufriedengeben müssen.

»Was für ein Glück, dass die Larsons ihr Geld gefunden haben«, sagte ihre Mutter. »Das hätte für Mark böse ausgehen können. Wenn du ihn nicht gefunden hättest, wäre er in den Bergen erfroren.« Sie goss Teig für mehrere Pfannkuchen in die große Pfanne. »Und alles nur, weil wir Vorurteile hatten.«

»Mark ist kein Dieb.«

»Die Beweise waren erdrückend, und als er auch noch weglief …«

»Er hatte Angst … berechtigte Angst.«

Ihre Mutter hielt in der Arbeit inne. »Du magst ihn, nicht wahr?«

»Ich liebe ihn, Mom.«

»Ja, aber überstürze nichts, versprichst du mir das?«

»Natürlich, Mom.« Annie blickte aus dem Fenster

und sah einen jungen Mann mit einer Kamera zur Koppel laufen und ein Foto nach dem anderen von Megan und den Pferden schießen. »Was ist denn das für ein Verrückter?«

Ihre Mutter blickte ebenfalls in den Hof hinaus. »Der wilde Knipser? Das ist Doug Milton, einer unserer neuen Gäste. Er kommt aus der Nähe von Los Angeles und tauchte gestern Nachmittag unangemeldet hier auf. Unsere Gegend würde ihn so beeindrucken, dass er unbedingt ein paar Fotos schießen müsste.« Sie machte mit ihrer Arbeit weiter. »Er bleibt zwei oder drei Tage.«

»Allein? Ein Profi?«

»Eher ein Amateur, er hat kaum Ausrüstung dabei.«

Annie dachte sich ihren Teil und beobachtete den Fotografen, der jetzt ihre Huskys aufs Korn nahm, aber rasch das Weite suchte, als sie zu fauchen begannen. Er trieb sich jedoch weiter im Hof herum und kehrte erst ins Haus zurück, als Annies Mutter zum Frühstück rief, bei so vielen Gästen, indem sie mehrmals auf einen Triangel schlug, wie der Koch einer Ranch im Wilden Westen. »Guten Morgen!«, begrüßte sie die Leute. »Ich hoffe, Sie haben ordentlich Hunger! Kaffee, Tee und Kakao stehen schon auf dem Tisch.«

Unter den Gästen waren auch Barry Sandoval, der Ehemann von Crystal Heart, und Andrea Flores, ihre Managerin. Beide schienen nicht besonders gut gelaunt zu sein. Sie waren gegen den spontanen Urlaub des

Hollywoodstars gewesen und fühlten sich in der Wildnis sichtlich unwohl.

Doug Milton hatte auch vor dem Frühstück seine Kamera umhängen und fotografierte wild in die Runde. »Wo haben Sie denn Ihre Frau Gemahlin gelassen?«, ging er Sandoval direkt an. Es hatte fast den Anschein, als wüsste er, um wen es sich dabei handelte. »Sie verstecken sie doch nicht vor uns?«

Sandoval verschluckte eine patzige Antwort. »Maggie fühlt sich nicht wohl. Ich fürchte, sie hat sich eine leichte Grippe eingefangen.« Er blickte in die Runde. »Sie lässt aber alle herzlich grüßen.« Er ließ den Fotografen stehen und suchte sich einen Platz weit von ihm entfernt. »Ah, Pfannkuchen!«, versuchte er erfolgreich, das Thema zu wechseln. »Die sind mein Leibgericht!«

Annie beobachtete den Fotografen, der seine Kamera wenigstens beim Frühstück in Ruhe ließ und sich heißhungrig über seine Pfannkuchen hermachte. Sie musste unwillkürlich an ihre gierigen Huskys denken. Er hatte die Rechnung aber ohne Walker gemacht, der mit dem Löffel gegen seinen Kaffeebecher schlug und sagte: »Ich bitte einen Augenblick um eure Aufmerksamkeit. Ich habe etwas Wichtiges zu sagen und möchte, dass jeder zuhört.« Er wartete, bis auch der letzte Gast zu essen aufhörte und ihn erwartungsvoll anblickte. »Ich habe heute das große Vergnügen, eine junge Lady auszuzeichnen, die während ihrer Ferien bewiesen hat, dass sie genauso gut wie ein Cowgirl reiten kann und beim Barrel Racing einen neuen Lodge-Rekord in ihrer Altersgruppe aufgestellt hat.« Er zog einen funkelnden Silberstern aus seiner rechten Westentasche. »Würdest du bitte aufstehen, Megan?«

Das Mädchen wusste nicht, wie ihr geschah, war vollkommen überrascht und stand erst auf, als ihre Mutter ihr eine Hand auf den Rücken legte und ihr etwas ins Ohr flüsterte. Es war ungewohnt für Megan, im Mittelpunkt zu stehen.

»Megan King«, sprach Walker feierlich den Namen des Mädchens aus. »Hiermit erkläre ich dich zum Texas Ranger ehrenhalber.« Er steckte ihr den Stern an ihr T-Shirt. »Für deine Reitkünste und deinen Rekord beim Barrel Racing, mit dem du selbst in meinem Heimatstaat Texas weit vorn landen würdest. Happy Trails auf allen deinen Wegen, wie wir Cowboys sagen, und herzlichen Glückwunsch! Du hast dir diese Auszeichnung redlich verdient.«

Alle klatschten so begeistert, dass Megan gar nicht wusste, wohin mit ihrer Verlegenheit, und sich mit hochroter, aber strahlender Miene setzte. Ihre Mutter schloss sie in die Arme und schien genauso glücklich zu sein wie sie.

Annie brachte die leere Kaffeekanne in die Küche und begegnete dort ihrer Mutter, die bereits auf sie gewartet zu haben schien. Sie hielt ihr einen mit Alufolie abgedeckten Teller hin. »Würdest du Crystal bitte ihr Frühstück bringen? Ich hab das dumpfe Gefühl, sie hat gar nicht die Grippe und versteckt sich nur. Sie will nicht, dass jemand herausfindet, wer sie wirklich ist.«

»Mach ich, Mom«, sagte Annie. Sie hatte den gleichen Verdacht.

Vor der Blockhütte der Schauspielerin musste Annie lange warten. Erst nach einigem Klopfen und nachdem sie mehrmals ihren Namen genannt hatte, ging die Tür auf. Crystal zog sie in die Hütte. »Annie ... dem Himmel sei Dank! Ich dachte schon, es wäre dieser Fotograf, dieser Doug Milner.« Sie nahm Annie den Teller ab und führte sie ins Wohnzimmer. Anscheinend hatte sie im Augenblick keinen Hunger. »Ich traue dem Burschen nicht über den Weg. Ich glaube, er ist meinetwegen hier. Hat er wieder nach mir gefragt?«

»Ja ... Ihr Mann hat ihm gesagt, Sie wären erkältet.«

»Das ist natürlich gelogen, aber was soll ich machen? Ich wette hundert zu eins, dass Doug Milton ein Paparazzo ist, einer dieser Nervtöter, die stunden- und manchmal sogar tagelang Prominenten auflauern, nur um ein besonderes Foto zu bekommen. In Hollywood hab ich meistens einen Leibwächter dabei, sonst könnte ich gar nicht aus dem Haus gehen. Letzten Monat hat er einen Paparazzo dabei erwischt, sich in der Damentoilette eines Restaurants zu verstecken. Was er mit dem Foto wollte, weiß ich auch nicht. Meist wollen sie einen mit einem Liebhaber erwischen oder in einer Situation, die sie exklusiv haben. Wie ich mich auf einem Hundeschlitten anstelle oder so.«

»Vielleicht hätten Sie doch nicht herkommen sollen.«

»Damit sich mein Mann und meine Managerin keine nassen Füße holen? Und ich um die schönsten Ausflüge meines Lebens gebracht werde? Die Snowmobil-Tour mit Ihnen war herrlich, auch wenn ich mich wie eine blinde Nuss angestellt habe. Und ich freue mich auf eine Fahrt mit dem Hundeschlitten. Nein, ich bereue nicht, hierhergekommen zu sein. Jetzt stelle ich mich zumindest nicht mehr wie eine Anfängerin an, wenn wir die Folge drehen.« Sie ging zum Kühlschrank und holte eine Flasche Champagner. »Auch ein Glas?«

»Nein, danke. Ich muss langsam …« Sie hörte ein Geräusch und erschrak, lief zum Fenster und glaubte einen Schatten neben dem Schuppen zu sehen. Als sie genauer hinsah, war er plötzlich verschwunden. Einer der Oldtimer?

»Ich glaube, da ist jemand!«, flüsterte sie.

Crystal stellte die Champagnerflasche ab und starrte ebenfalls aus dem Fenster. Als sie eine Bewegung zu entdecken glaubte, geriet sie in Panik. Auch ohne Perücke und Kontaktlinsen schlüpfte sie in ihren Skianzug und ihre Stiefel und lief zur Hintertür. »Ich hab ein Snowmobil draußen stehen, für alle Fälle. Ich fahre auf die

Forststraße und verstecke mich. Inzwischen müssen Sie mir diesen Paparazzo vom Hals schaffen. Ich verlasse mich auf Sie.«

»Das bringt doch nichts«, warnte Annie, aber da war Crystal schon verschwunden und raste nur wenige Sekunden später mit heulendem Motor davon.

Doch dann kam alles ganz anders. Gerade als Annie die Hütte der Schauspielerin verließ und sich den Paparazzo vorknöpfen wollte, fuhr dieser ebenfalls mit Vollgas an ihr vorbei und folgte Crystal zum Fluss hinab. Eins musste man ihm lassen: Er verstand seinen Job und wusste, wie man an die Stars herankam. Dennoch war dies ein Job, den Annie für kein Geld der Welt gemacht hätte.

Sie überlegte nicht lange, musste aber bis zum Schuppen laufen, um sich eines der anderen Snowmobile zu schnappen. Es vergingen wertvolle Minuten, bis sie ihre Maschine starten und Crystal und dem Fotografen folgen konnte. Ohne Helm und Schutzbrille wie die anderen raste sie in den Wald.

Jetzt hat Crystal ihre Verfolgungsjagd, dachte sie und überlegte gleichzeitig, wie albern dieses Spiel doch war. Die Stars brauchten Publicity, ließen fast alles mit sich machen, um einen neuen Film oder eine neue TV-Serie anzupreisen, verfluchten aber gleichzeitig Paparazzi, die ihnen mit ihren Fotos meist noch mehr Aufmerksamkeit verschafften, und die Paparazzi gaben sich nicht damit zufrieden, die Stars auf dem roten Teppich oder sonst wo abzulichten, sondern wollten sie in möglichst peinlichen Situationen erwischen. Ungeschminkt, halb nackt, im Supermarkt, im Urlaub, mit einem heimlichen Lover. Auf einem Snowmobil oder, noch besser, nach einem unglücklichen Sturz in den Tiefschnee. Die Skandalblätter gierten nach solchen Motiven.

Annie kam sich selbst wie in einem Film vor, allerdings eher in einer Komödie, als sie mit röhrendem Motor über den Trail bretterte, alles daransetzte, die beiden so schnell wie möglich einzuholen, weniger um ein peinliches Foto als einen gefährlichen Sturz der wenig erfahrenen Fahrer zu verhindern.

Sie hörte bereits die Motoren ihrer Snowmobile, als sie die breite Forststraße erreichte. Einer tönte beruhigend gleichmäßig, ein Zeichen dafür, dass die Fahrerin oder der Fahrer die Maschine im Griff hatte. Der andere schien öfter durchzudrehen, heulte plötzlich auf und erstarb im nächsten Augenblick.

Ein Sturz, erkannte Annie sofort.

Sie fuhr in den leichten Morgennebel hinein, der sich über der Forststraße gebildet hatte, und bremste schon nach wenigen Metern. Für das Bild, das sich ihr am Straßenrand bot, hätte sie ein Vermögen verlangen können. Doug Milton lag wie ein hilfloser Käfer auf dem Rücken und streckte Hilfe suchend die Arme aus. Sein Snowmobil steckte im Schnee. Crystal stand breitbeinig vor ihm und schickte sich an, ihn aus seiner misslichen Lage zu befreien.

Die Schauspielerin trug ihre Schadenfreude offen zur Schau. »Da sind Sie ja, Annie. Wie wär's, wenn Sie sich seine Kamera schnappen und ein Foto von uns machen? Crystal in Aktion. Damit würden Sie über Nacht berühmt.«

»Ich will nicht berühmt werden. Es sei denn, als Yukon Quest Champion.«

»Dann machen wir's anders.« Sie zog den verschreckten Paparazzo aus dem Schnee und wandte sich mit einem aufmunternden Lächeln an ihn. »Sie fotografieren Annie und mich vor unseren Snowmobilen und lassen Ihr Schmierblatt daruntersetzen: ›Crystal Heart, der Star der Kultserie *Love of My Life*, hatte ihren Spaß auf der Rainbow Lodge am Mount Robson in Kanada. Für eine Actionszene in der nächsten Staffel ihrer Erfolgsserie probte sie mit Annie Baldwin, ihrem erfahrenen Guide, auf ausgedehnten Touren mit dem Hundeschlitten und dem Snowmobil.‹ Um sicherzugehen, bekommen Sie den Text nachher noch mal schriftlich. Ich kann mich doch auf Sie verlassen?«

Doug Milton wusste wohl, dass ihn Crystal um seinen Job bringen konnte, wenn sie ihren Einfluss geltend machte. »Sicher, Crystal ... Mrs Sandoval.«

Es geschah alles, wie zwischen den beiden vereinbart. Annie posierte mit der kaum gestylten Crystal Heart vor ihren Snowmobilen, und der Paparazzo bekam seine Fotos, wenn auch unter bestimmten Auflagen. Er wusste genau, was passieren würde, wenn er sich nicht daran hielt, und gehorchte stumm.

Crystals Managerin schlug die Hände über dem Kopf zusammen, als sie davon erfuhr, hatte aber nichts dagegen, ein Gemeinschaftsfoto mit Crystal und allen Gästen und ein besonderes mit Annie und der Schauspielerin zu knipsen. »Aber in den sozialen Netzwerken will ich das Foto nicht sehen!«

Noch vor dem Mittagessen tat Annie endlich das, worauf sie sich den ganzen Morgen gefreut hatte. Sie fuhr nach Valemount, um Mark von der Tagesklinik abzuholen. Er wartete bereits in seinem Zimmer und schlang einen Arm um sie, als sie sich begrüßten. Ihr erster Kuss fiel sanft und zärtlich aus.

»Hey, da bist du ja!«, freute er sich.

»Meinst du, ich kämpfe mich die halbe Nacht durch einen Blizzard und zerre dich meterweit durch den Schnee, um dich anschließend zu vergessen?«

»Stimmt, das war wirklich stark.«

»Und du warst bescheuert, einfach abzuhauen.«

»Und wenn sie das Geld nicht gefunden hätten?«

»Dann hätte ich dich jede Woche im Gefängnis besucht«, antwortete sie grinsend. »Vielleicht hätte ich sogar eine Feile in deine Zelle geschmuggelt.«

»Nette Idee. Weißt du, was?«

»Was?«

»Ich hab die Werkstatt hier in Valemount angerufen. Die suchen tatsächlich einen Mechaniker und wollen mich anlernen. Der Chef hat gesagt, ich soll bei ihm vorbeikommen, sobald ich hier raus bin. Das machen wir, oder?«

Sie strahlte. »Das ist ja … das ist riesig!«

»Meinen Eltern hab ich auch schon Bescheid gesagt.«

»Und?«

»Ich hab nur ihre Anrufbeantworter erwischt.«

Sie umarmte ihn fester, ohne seinen eingegipsten Arm zu berühren, und küsste ihn noch einmal und diesmal so stürmisch und leidenschaftlich, dass sie danach vollkommen außer Atem war. Ihr war schwindlig vor Glück.

»Echte Liebe?«, fragte er, immer noch außer Puste.

»Echte Liebe«, sagte sie und küsste ihn wieder.

Das sollte man noch wissen …

Ob Annie die *Robson Jubilee* gewann? Leider nein, sie wurde nur Zweite, musste sich Charly Maxwell geschlagen geben, der sie anschließend zu sich aufs Siegerpodest zog, sie wie eine Tochter umarmte und alle Anwesenden und besonders die Reporter wissen ließ, dass er einen zukünftigen Superstar in den Armen hielt. Ihr erster Gratulant war Mark, der inzwischen fest in der Werkstatt angestellt war und während des Rennens wie kein Zweiter gezittert hatte. Bis kurz vor Schluss hatte Annie auf dem vierten Platz gelegen, bevor sie ihre Huskys noch einmal antrieb und auf den zweiten Rang vorpreschte. Sie hatte sich das Rennen wesentlich besser als die beiden Gegner vor ihr eingeteilt, einer der guten Ratschläge, den Charly Maxwell ihr gegeben hatte.

Die eigentliche Überraschung erlebte Annie aber im Frühjahr, als sich Angel Productions, die ihre Lodge für ein ganzes Wochenende gemietet hatten, als Crystal

Hearts eigene Produktionsfirma herausstellte und ein ganzer Tross mit Crystal Heart und ihrem Team auf der Lodge auftauchte. Mit dabei waren auch Megan und ihre Mutter Betty, die Crystal persönlich eingeladen hatte. Höhepunkt ihres Aufenthalts war die Uraufführung der Folge, die in den verschneiten Bergen spielte und die Verfolgungsszene in der Wildnis zeigte.

In der Szene war Crystal mit einer Freundin unterwegs, die Annie hieß, und der Schurke, der sie verfolgte, hörte zufälligerweise auf den Namen Doug. Auch diesmal landete Doug wieder wie ein Käfer im Schnee, und Crystal stand über ihm, diesmal mit einem Revolver in der Hand. »Keine Bange, Doug!«, sagte sie. »An dir mache ich mir nicht die Finger schmutzig.«

»Cool!«, kommentierte Mark.